ELIN HILDERBRAND

Wintertraum

GOLDMANN
Lesen erleben

Buch

Auf ein letztes Weihnachten mit den Quinns!
Kaminfeuer, funkelnder Schnee und der Duft von frischen Plätzchen – es ist endlich wieder Winter auf Nantucket. Im »Winter Street Inn« durchlebt die Familie Quinn ein Wechselbad der Gefühle: Einerseits herrscht Freude über die wundersame Rückkehr des verschwunden geglaubten Sohnes Bart, andererseits machen sich alle große Sorgen um Familienoberhaupt Kelley, der im Sterben liegt. Doch die Quinns sind dankbar für die Zeit, die ihnen noch gemeinsam bleibt, und fest entschlossen, ein letztes besonderes Weihnachtsfest zu feiern …

Weitere Informationen zu Elin Hilderbrand
sowie zu lieferbaren Titeln der Autorin
finden Sie am Ende des Buches.

Elin Hilderbrand

Wintertraum

Roman

Aus dem Englischen
von Almuth Carstens

GOLDMANN

Die englische Originalausgabe erschien 2017 unter dem Titel »Winter Solstice« bei Little, Brown and Company in der Hachette Book Group, New York.

Dieses Buch ist auch als E-Book erhältlich.

MIX
Papier aus verantwortungsvollen Quellen
FSC® C014496
FSC
www.fsc.org

Verlagsgruppe Random House FSC® N001967

1. Auflage
Deutsche Erstveröffentlichung Oktober 2018

Umschlaggestaltung: UNO Werbeagentur, München
Umschlagmotiv: plainpicture/ Maria Dorner
Zweig: FinePic®, München
Redaktion: Ann-Catherine Geuder
em · Herstellung: eR
Satz & Druck: GGP Media GmbH, Pößneck
Printed in Germany
ISBN: 978-3-442-48840-7
www.goldmann-verlag.de

Besuchen Sie den Goldmann Verlag im Netz

Für Reagan Arthur –
es ist ihr Buch, in jeder Hinsicht.

TEIL EINS

OKTOBER

BART

Die Party ist die Idee seiner Mutter. Bart hat am 31. Oktober Geburtstag, neben Weihnachten und dem 11. September einer der ungünstigsten Tage, auf die ein Geburtstag fallen kann. Besonders niederschmetternd fand Bart das als Kind. Keiner wollte Geburtstag feiern, wenn man schon umsonst Süßigkeiten bekam, indem man sich einfach nur verkleidete und an Türen klopfte.

Bart stimmt der Party widerwillig zu, legt dafür aber einige Regeln fest. Mitzi sitzt mit Stift und Notizblock planungsbereit auf dem Fußende von Barts Bett. Fällt ihr auf, dass es in Barts Zimmer stark nach Marihuana riecht? Muss es eigentlich, obwohl sie nichts dazu sagt. Bart vermutet, einer der Gründe dafür, dass sie eine Party geben will, ist der, dass sie Bart aus dem Bett holen möchte. Sie will, dass er wieder gesellig, wieder der vergnügungssüchtige Idiot ist, der er früher war. Er ist seit zehn Monaten aus Afghanistan zurück, und Mitzi versteht anscheinend nicht, dass der Mensch, der Bart einmal war … nicht mehr existiert.

»Keine Kostüme«, sagt Bart. »Da du ja so wild aufs Aufschreiben bist – fang damit an.«

Mitzis Mundwinkel wandern nach unten. Bart möchte

seine Mutter nicht trauriger machen, als sie es eh schon ist, aber in diesem Punkt muss er hart bleiben. Keine Kostüme.

»Schreib es auf«, sagt er noch einmal.

»Aber …«

Bart schließt frustriert die Augen. Das hier ist Mitzi, ruft er sich ins Gedächtnis. Sobald ihr eine Idee kommt, ist es nahezu unmöglich, sie ihr wieder auszureden. Bart versucht sich vorzustellen, wie ein Kostümfest bei Familie Quinn aussehen könnte: Sein Bruder Patrick könnte in einem orangefarbenen Overall und mit Handschellen kommen, schließlich hat er in Barts Abwesenheit wegen Insiderhandels achtzehn Monate im Gefängnis verbracht. Barts Bruder Kevin könnte eine Baskenmütze und ein Halstuch tragen und sich ein Baguette unter den Arm klemmen. Seit seiner Hochzeit mit Isabelle – die bei Barts Abreise das Zimmermädchen der Pension war – ist er ein regelrechter Charles de Gaulle geworden. Einmal, als Bart Kevin und Isabelle in ihrem neuen Haus besucht hat – es war die Rede davon gewesen, dass Bart zu ihnen ziehen und für ihre Tochter Geneviève und Säugling KJ, ihren Sohn, das Kindermädchen spielen sollte, doch nein, beim besten Willen nicht, Bart kann nicht gut mit Kindern –, hat Bart gehört, wie Kevin seinem neugeborenen Sohn etwas auf Französisch vorsang.

Auf Französisch!

Ava könnte als Femme fatale in einem schwarzen Kleid mit tiefem Ausschnitt kommen und eine Zigarette rauchen, die in einer dieser altmodischen Spitzen steckt, da sie in den letzten drei Jahren anscheinend eine echte Herzensbrecherin geworden ist. Sie hat versucht, Bart den Verlauf ihres Liebeslebens zu erklären – erst Nathaniel, dann Scott, dann Nathaniel *und* Scott, dann war sie ganz kurz mit Nathaniel *verlobt*, dann nahm Nathaniel einen Job auf Block Island an, also kehrte sie zu Scott zurück. Dann schwängerte Scott eine der Lehrerinnen an der Highschool, und Ava war monatelang mit niemandem zusammen. Und irgendwann – Bart erinnert sich nicht an den Zeitpunkt; sein Gehirn hat inzwischen mehr Löcher als ein Schweizer Käse – lernte sie einen dritten Mann kennen, Potter Lyons oder vielleicht auch Lyons Potter, der irgendwo in New York City Professor ist. Ava zufolge ist er aber *nicht* der Grund dafür, dass sie jetzt in der Upper West Side von New York lebt und an einer schicken Privatschule, wo der Enkel von Quincy Jones und zwei von Harrison Fords Nichten zu ihren Schülern gehören, Musik unterrichtet. Ava ist erwachsen geworden. Das ist gut und ganz natürlich, weiß Bart – doch trotzdem empfindet er Groll. Wer soll denn die Familie zusammenhalten, jetzt, wo Ava weg ist? Bart bestimmt nicht.

Und was für ein Kostüm sollte Barts Vater Kelley tragen? Kelley hat einen Hirntumor und nach fünfzehn Runden Chemo und achtundzwanzig Runden Bestrahlung eine grundsätzliche Entscheidung getroffen: keine weitere Behandlung. Wenige Monate lang sah es so aus, als hätte er die Krankheit genügend zurückgedrängt, um ihr noch ein paar gute Jahre abzuringen. Diesen Sommer war er noch in der Lage gewesen, die Blaubeer-Maismehlpfannkuchen zu wenden und den Gästen lächelnd ihr Frühstück zu servieren. Er und Mitzi gingen noch jeden Tag zu Fuß vom Fat Ladies Beach zum Cisco und wieder zurück. Dann aber, Mitte September, während er und Bart sich das Spiel University of Tennessee gegen Ole Miss anschauten – Barts bester Freund in Afghanistan, Centaur, mittlerweile tot, war ein riesiger Vols-Fan gewesen, und Bart hatte sich geschworen, die Spiele der Mannschaft zu verfolgen, da Centaur das nicht mehr konnte –, erlitt Kelley einen Schlaganfall und verlor das Sehvermögen auf dem linken Auge. Jetzt, kaum vier Wochen später, ist er auf den Rollstuhl angewiesen, und Mitzi hat den Hospizdienst eingeschaltet.

Für Kelley kommt Verkleiden nicht mehr infrage, und das ist der wahre Grund dafür, dass Bart keine Kostüme will. Kelley wird sterben.

Auf dem Heimflug von Island hat Bart sich gelobt, sich nie wieder von etwas beunruhigen zu lassen. Aber die Nachricht vom Krebs seines Vaters hat ihn kalt erwischt. Nicht nur verspürt er tiefe Traurigkeit, sondern es nagt auch das Gefühl an ihm, betrogen worden zu sein. Schließlich hat er es trotz unsäglicher Schrecken geschafft, am Leben zu bleiben und nach Hause zurückzukehren; da ist es nicht fair, dass Kelley jetzt stirbt. Kelley wird nicht dabei sein, wenn Bart heiratet oder Kinder bekommt. Er wird nie erfahren, ob Bart etwas aus sich macht oder nicht. Das rührt an Barts ältesten Schmerz: Seine drei älteren Geschwister haben viel mehr von Kelley gehabt als er. Sie haben das Beste von ihm bekommen, und Bart, das einzige Kind aus Kelleys Ehe mit Mitzi, muss sich mit dem begnügen, was übrig bleibt.

Mitzi wickelt sich eine Locke um ihren Finger. »Und wenn wir einen Kompromiss schließen?«, fragt sie. »Wenn ich sage: ›Kostümierung freigestellt‹? Ich habe ein Outfit, das ich wirklich gern tragen würde.«

Bart schließt die Augen. Er stellt sich vor, dass manche Gäste Kostüme anhaben und manche normale Kleidung. Die Party wird aussehen wie ein halb aufgegessenes Sandwich. Er erwägt, Mitzi nachzugeben, nur um sie glücklich zu machen und sich als nett und vernünftig zu erweisen – aber letztendlich kann er seinen tiefen Hass auf Halloween nicht bezwingen.

»Keine Kostüme«, sagt er. »Bitte, Mom. Du kannst die Party geben. Ich werde kommen und versuchen, mich zu amüsieren. Aber keine Kostüme.«

Mitzi seufzt, dann steht sie auf, um das Zimmer zu verlassen. »Du könntest hier drinnen etwas Raumspray gebrauchen«, sagt sie.

Bart schenkt ihr ein halbes Lächeln, mehr schafft er nicht. Erst als Mitzi hinausgegangen ist und die Tür hinter sich geschlossen hat, wird ihm klar, dass sie ihm eigentlich gar nichts zugestanden hat.

EDDIE

Es ist die erste Einladung, die er seit seiner Entlassung aus dem Gefängnis erhält, und Eddie muss zugeben: Er ist hin und weg. Eddie Pancik, früher bekannt als der Flinke Eddie, hat in der Justizvollzugsanstalt Plymouth gehorsam eine drei- bis fünfjährige Haftstrafe (in zwei Jahren und drei Monaten) für die Verabredung zu einem Verbrechen und organisierte Kriminalität abgesessen, nachdem er gestanden hatte, sein russisches Putzfrauenteam mit zahlungskräftigen Käufern von Luxusimmobilien verkuppelt zu haben. Eddies Verurteilung fiel zeitlich mit der Entdeckung zusammen, dass seine Frau Grace eine Affäre mit ihrem ansehnlichen und ansehnlich entlohnten Gartenarchitekten Benton Coe hatte – und so fühlte es sich für Eddie bei seinem Haftantritt an, als breche seine Welt über ihm zusammen.

Falls Eddie während seiner Inhaftierung eines gelernt hat, dann, dass Menschen anpassungsfähig sind. Er würde nicht sagen, dass er seine Zeit in der Vollzugsanstalt *genoss*, doch sie war nicht annähernd so schrecklich, wie er erwartet hatte. In mancher Hinsicht schätzte er die Disziplin und den Ausstieg aus dem Hamsterrad. Während Eddie sich vorher darauf konzentriert hatte, Geschäfte anzuleiern und den nächsten großen Deal an Land zu ziehen, lehrte ihn das Gefängnis, aufmerksam und präsent zu sein. Er ging jeden Morgen um sieben in den Kraftraum, dann zum Frühstück, und den Vormittag verbrachte er damit, in der Bibliothek eine Klasse von Pseudo-Maklern zu unterrichten. Die Insassen waren überwiegend Wirtschaftskriminelle – verurteilt wegen Unterschlagung, Kreditkartenbetrugs, einige auch wegen Drogenhandels, aber keiner wegen Gewalttaten – und hatten fast alle, wie Eddie feststellte, einen guten Geschäftssinn. Meistens wurde aus Eddies »Unterricht« eine angeregte Diskussion darüber, wie es kam, dass gute Geschäftsideen aus dem Ruder liefen. Manchmal verschwammen die Grenzen, da waren sich alle einig.

Es gelang Eddie sogar, während seiner Zeit in Haft ein Haus zu verkaufen – an einen Mann namens Forrest Landry, der Hunderte Millionen besaß, deren Treuhänderin seine Ehefrau Karen war. Karen Landry gehörte zu den Leidgeprüften – Forrest war ihr ebenso untreu gewesen wie dem Gesetz –, doch das Gefängnis hatte Forrest bußfertig gemacht, und er befand, dass ein Haus auf dem Platinabschnitt der Hulbert Avenue genau die richtige Wiedergutmachung wäre.

Er zahlte den Listenpreis: elf Komma fünf Millionen Dollar. Eddies Provision betrug dreihundertfünfundvierzigtausend Dollar. Seine Schwester Barbie war seine Bevollmächtigte, und der unverhoffte Geldsegen wanderte auf das Konto von Eddies Frau Grace, die damit die Collegegebühren für ihre Zwillingstöchter Hope und Allegra bezahlte. Hope war von jedem College angenommen worden, an dem sie sich beworben hatte, und hatte sich die Bucknell University mitten in der Pampa von Pennsylvania ausgesucht. Sie ist lachhaft teuer, obwohl – wie Hope hervorhob – *nicht* so teuer wie die Duke, die USC oder die Brown, ihre anderen drei Favoriten. Hope erzielt Bestnoten und spielt Flöte in einer Jazzband. Jetzt, in ihrem zweiten Studienjahr, wird sie sogar einer Verbindung beitreten, der Alpha Delta Pi, was Eddie und Grace beide gut finden, da Hope in der Highschool eher eine Einzelgängerin war.

Allegra wurde wegen schlechter Testergebnisse und noch schlechterer Zensuren nur an der UMass Dartmouth und der Plymouth State angenommen. Mit Blick auf einen Wechsel auf den Hauptcampus in Amherst im zweiten Jahr entschied sie sich für die UMass Dartmouth – fiel dort aber durch. Sie kehrte nach Nantucket zurück und begann, bei Bayberry Properties zu arbeiten, einer Firma, die Glenn Daley gehörte, dem Mann ihrer Tante Barbie.

Eddie ist es insgeheim ganz recht, dass Allegra nicht aufs College geht, und das nicht nur aus den offensichtlichen finanziellen Gründen. Er selbst hatte auch Schwierigkeiten mit der traditionellen Büchergelehrsamkeit. Allegra besitzt gesunden Menschenverstand, Ehrgeiz und beneidenswerte soziale Fähigkeiten. Sie hat als Rezeptionistin bei Bayberry Properties angefangen, aber Glenn überlegt bereits, sie im nächsten Jahr zur Büroleiterin zu befördern. Danach wird es nur eine Frage der Zeit sein, dass sie ihre Maklerlizenz erwirbt. Die Kleine wird Erfolg haben; da ist Eddie sich sicher. Er hat sie im Büro in Aktion gesehen – sie ist höflich, professionell und für ihr Alter ungewöhnlich selbstbewusst. Sie ist sogar nett, wenn die abscheuliche Rachel McMann anruft. Rachel hat früher auch bei Bayberry Properties gearbeitet, sich jedoch während Eddies Haft selbstständig gemacht und hat jetzt jede Menge Erfolg, obwohl sie die schlimmste Klatschtante der Insel ist.

Glenn Daley, einst Eddies größter Rivale, hat Eddie auf Barbies Drängen eine Stelle bei Bayberry Properties angeboten. Jetzt sitzt Eddie mit zwei weiteren Mitarbeitern im ersten Jahr in der hintersten Reihe an der Wand und teilt sich mit ihnen den Telefondienst, obwohl es irgendwie immer darauf hinausläuft, dass die Wochenendschichten an Eddie hängen bleiben. Es ist wie ein kompletter Neueinstieg in die Branche, aber Eddie bemüht sich, Dankbarkeit zu empfinden. Er sollte froh sein, dass Glenn Daley sich bereit erklärt hat, seinem Schwager, einem verurteilten Schwerverbrecher, einen neuen Anfang zu ermöglichen.

Eddie zeigt Grace die Einladung. »Guck mal«, sagt er. »Bart Quinns Geburtstagsparty bei den VFW zu Halloween!« Er versucht, seine Begeisterung zu dämpfen, auch wenn es ihm schwerfällt. Er freut sich sehr, dass die Quinns ihn nicht fallen gelassen haben. Es gibt andere auf der Insel, die ihn entweder schneiden oder ihm böse Blicke zuwerfen. Philip Meier von der Nantucket Bank zum Beispiel. Eddie traf ihn zufällig vor dem Postamt, und Philip ging vorbei, ohne auch nur zu grüßen. Und von seiner früheren

Büroleiterin Eloise Coffin will Eddie gar nicht erst anfangen. Er würde ihr Auto nur zu gern mit dem Schlüssel zerkratzen, doch sie fährt einen zwölf Jahre alten Hyundai, also wäre es den Aufwand kaum wert. Als Eddie ins Gefängnis kam, war es Eloise, die mit der Presse redete.

»Halloween?«, sagt Grace. Sie nimmt die Einladung von Eddie entgegen und setzt ihre Lesebrille auf. Die Lesebrille hat sie seit Eddies Haftantritt, ebenso wie die vielen grauen Haare. Eins der unzähligen Dinge, für die Eddie sich die Schuld gibt, ist, dass Grace seinetwegen älter aussieht. »Ich kann nicht mitkommen.«

»Nein?«, sagt Eddie, und Panik steigt in ihm auf. Sie sind von den Quinns zu einer Party eingeladen worden, was zu einer Einladung zu ihrer alljährlichen Heiligabendparty führen könnte. Und *die* würde Eddies gesellschaftlichen Status so *richtig* verbessern. Sie *müssen* hingehen. »Warum nicht?«

»Ich arbeite auf dem Hügel«, sagt Grace. »Ich bin zuständig für die Verteilung der Bonbons an die Süßigkeitensammler. Das mache ich schon seit Jahren.«

Seit *Jahren*? Die Wendung »auf dem Hügel« ärgert Eddie. Sie bedeutet Academy Hill, die ehemalige Schule, in der sich jetzt Sozialwohnungen für Senioren befinden. Sie liegt hundert Meter entfernt von dem winzig kleinen Cottage, das Grace in der Lily Street oberhalb der Snake Alley gekauft hat. Grace betätigt sich seit Eddies Haftantritt ehrenamtlich in Academy Hill. Vielleicht hat sie letztes Halloween dort gearbeitet und womöglich das Halloween davor, aber das kann man wohl kaum als »seit Jahren«

bezeichnen. Trotzdem hält Eddie den Mund. Im Gefängnis hat er sich gelobt, dass er, was Grace betrifft, ein neuer Mensch sein würde – ein freundlicher, geduldiger und aufmerksamer Ehemann. Er wird Grace' Wohltätigkeitsarbeit nicht geringschätzig beurteilen. Er wird sie nicht bitten, sie zu schwänzen. Aber wie soll er sich bezüglich der Party verhalten?

»Was soll ich wegen der Einladung tun?«, fragt er Grace.

Grace seufzt und tritt in die Miniaturküche, wo sie eine Flasche Wein aus dem kleinen Kühlschrank holt. Es ist ein Sauvignon Blanc von Oyster Bay, der bei Hutch's zwölf Dollar kostet. Zu sehen, wie seine Frau sich in dieser jämmerlichen Küche einen billigen Wein einschenkt, deprimiert Eddie, obwohl er weiß, dass es das nicht sollte. Er müsste dankbar dafür sein, dass er ein freier Mann ist, dass sie ein Dach über dem Kopf und genug Geld haben, um Hope die Bucknell besuchen zu lassen. Die Zeiten, in denen Eddie und Grace Screaming-Eagle-Cabernet tranken oder an einem Mittwochnachmittag gelegentlich eine Flasche Veuve Cliquot öffneten, sind vorbei. Das Schlimmste ist, dass Grace sich nicht darüber beklagt; sie macht das Beste aus ihrer prekären Lage. Das Cottage ist kaum fünfundsechzig Quadratmeter groß, und ein Viertel davon nimmt ein Dachbodenschlafzimmer ein, das über eine Wendeltreppe zugänglich ist. Grace hat es den Zwillingen zugedacht und den hinteren Wintergarten mit einem Futon, einem Fernseher sowie Waschmaschine und Trockner ausgestattet. Doch nachdem Allegra von ihrem misslungenen Gastspiel an der UMass Dartmouth zurückgekehrt war, meinte sie, ihr wäre der einzige weitere Schlafraum lieber, ein schmales holzgetäfeltes Gelass mit Einzelbett. Es hat eine Tür, die sich schließen lässt, und einen größeren Kleiderschrank. Es riecht nach Fichtenharz und bleibt im Sommer kühl. Es sei ein bisschen wie eine Kajüte, sagt Allegra.

Das Haus liegt in der Stadt und hat hinten einen winzigen Garten, den Grace in eine grüne Oase verwandelt hat – mit einem postkartengroßen üppigen Rasen, umgeben von Blumenbeeten voller Hortensien, Lilien, Löwenmäulchen und Rosensträuchern. Leute, die die Snake Alley als Abkürzung benutzen, bleiben immer stehen, um den Garten und den altmodischen Charme des Cottages zu bewundern. Es sehe aus wie aus einem Märchenbuch, sagen sie, wie das Haus, in dem die drei Bären leben!

Eddie ist wild entschlossen, so viel Geld zu verdienen, dass er ein größeres Haus kaufen kann. Er wird sich nichts so Grandioses leisten können wie das Anwesen, das sie in der Wauwinet Road bewohnten – so ein Domizil mit Blick aufs Wasser werden sie nie wieder haben –, aber etwas mit einer geräumigeren Küche und mehr als einem Bad.

Grace trinkt einen Schluck von ihrem Wein. Sie habe die neuseeländischen Sauvignon Blancs zu schätzen gelernt, meint sie. Sie seien frisch und fruchtig.

»Nimm Allegra mit zu der Party«, sagt Grace. »Sie hat gestern mit Hunter Schluss gemacht und hockt seitdem in ihrem Zimmer.«

»Sie hat sich von Hunter getrennt?«, fragt Eddie nach. Hunter Bloch ist Makler bei Melville Real Estate, einer

Firma, die Hunters Vater Hunter sen. gehört. Als Allegra und Hunter anfingen, miteinander auszugehen, bekamen Eddie, Barbie und Glenn alle denselben Glanz in den Augen, als sie sich ausmalten, wie die beiden Agenturen zum größten Immobilienkonzern von Nantucket verschmolzen. »Wieso das?«

»Er hat sich hinter Allegras Rücken mit Ina getroffen, der bulgarischen Empfangsdame im Two Doors Down«, sagt Grace. Sie zieht eine Augenbraue hoch und senkt die Stimme. »Ehrlich gesagt, finde ich es gut, dass sie mal so behandelt wurde, wie sie früher andere behandelt hat. Nach dem, was sie Brick angetan hat …«

Eddie hebt eine Hand. »Stopp«, sagt er. »Die Sache mit Brick ist doch uralter Tobak.«

»Zweieinhalb Jahre sind uralter Tobak?«, sagt Grace. »Na ja, schon klar, dass das deine Meinung ist.«

Eddie senkt den Kopf; er spürt, dass ein Streit im Anmarsch ist. Grace war lieb und stand fest an seiner Seite, solange Eddie inhaftiert war. Sie schickte ihm sorgfältig zusammengestellte Päckchen und schrieb ausführliche Briefe. Seit seiner Heimkehr treten jedoch ihre Verärgerung, Enttäuschung und Skepsis öfter zutage, als ihm recht ist.

»Brick hat's überlebt, oder?«, sagt er. Er weiß, dass Brick Llewellyn, Allegras ehemaliger Beau und zudem der Sohn von Grace' und Eddies ehemals besten Freunden Madeline und Trevor, in Dartmouth angenommen wurde und dann auch noch das Stipendium des Nantucket Golf Club gewann, das vier Jahre lang seine Studiengebühren sowie

Kost und Logis finanzieren wird. Das hat Eddie von Grace gehört, die nach wie vor mit Madeline redet, obwohl ihre Freundschaft ganz und gar nicht mehr die alte ist. Früher standen sie sich näher als Schwestern. Eddie hat beide Llewellyns seit seiner Entlassung weder gesehen noch gesprochen. Falls er geglaubt hat, sie würden ihre allwöchentlichen Familienessen wieder aufnehmen, hat er sich offensichtlich geirrt. Die Llewellyns wollen anscheinend nichts mehr mit Eddie Pancik zu tun haben, was die Einladung der Quinns umso bedeutsamer macht.

»Mal sehen, ob Allegra mitkommen will zur Party«, sagt Eddie.

Grace lächelt ihn verkniffen an und schluckt zusammen mit dem frischen, fruchtigen Sauvignon Blanc alles herunter, was sie noch sagen wollte. »Du kannst sie jetzt fragen. Sie ist in ihrem Zimmer.«

Eddie klopft an die Tür des kleinen Schlafraums, der nicht größer ist als Allegras begehbarer Kleiderschrank in ihrem alten Haus. »Allegra?«, sagt er. »Ich bin's, Dad.« Fast hätte er gesagt: *Ich bin's, Eddie,* denn so nennt Allegra ihn im Büro, und das fühlte sich zuerst zwar an, als schütte sie ihm einen Eimer kaltes Salzwasser ins Gesicht, aber mittlerweile hat er sich daran gewöhnt.

Von der anderen Seite der Tür ertönt ein Murmeln, das einladend klingt, aber vielleicht ist das auch eine zu optimistische Annahme. Zu Hause blitzt zwischendurch immer noch ihr früheres – schmollendes, verbittertes, egozentrisches – Selbst auf. Eddie öffnet vorsichtig die Tür. Allegra liegt in Shorts und einem Nantucket-Whalers-

T-Shirt auf dem Bett, ihren Laptop auf dem Bauch. Sie schaut kaum auf, als Eddie eintritt, und er fragt sich, worin sie so vertieft ist. Vermutlich in Facebook, oder sie stopft sich mit einer dieser extrem freizügigen Internetserien voll. Troy Steele, ein Mitinsasse im Gefängnis, hat Eddie eine Episode von etwas namens *The Girlfriend Experience* sehen lassen, und die war nicht besser als Pornografie. Eddie wünscht sich, Allegra wäre auf Zillow und würde die Quadratmeterzahlen und Grundrisse aller zum Verkauf angebotenen Immobilien auf Nantucket auswendig lernen. So kommt man voran!

»Hallo«, sagt Eddie. Allegras Haare sind zerzaust, und sie ist ungeschminkt. Ihre Augen sind verquollen, als hätte sie womöglich geweint. Aber sie ist trotzdem wunderschön. »Wenn du mich fragst, ich finde, Hunter Bloch ist ein Idiot.«

Allegra gewährt ihm ein nachsichtiges Lächeln. »Das ist er«, erwidert sie.

»Ich möchte dich um einen Gefallen bitten«, sagt Eddie und wirft die Einladung auf Allegras Bett. »Gehst du mit mir dahin?«

Allegra liest die Einladung. »Bart Quinn?«, sagt sie. »Der ist scharf. Ich fand ihn schon immer scharf, aber jetzt, als Kriegsheld, ist er *echt* scharf.«

»Scharf?« Eddies Stimmung verdüstert sich. Warum muss Allegra bloß so wild auf Jungen sein? Warum kann sie nicht mehr wie Hope sein, besessen von Emily Dickinson? Warum kann sie nicht mehr wie Hope sein und sich *verhalten* wie Emily Dickinson – eingeschlossen in ihrem

Dachstübchen im Licht einer flackernden Kerze Gedichte schreiben?

»Das ist an Halloween«, sagt Allegra und gibt Eddie die Einladung zurück. »Okay, ich komme mit.«

»Wirklich?« Aus irgendeinem Grund trifft Eddie diese Antwort unvorbereitet. Er hat mit Widerstand gerechnet.

Allegra zuckt die Achseln. »Klar. Ich wollte mit Hunter in die Chicken Box. Er wollte mich durch die Hintertür reinschmuggeln.«

»Oh«, sagt Eddie und ist plötzlich erleichtert über Allegras Trennung von Hunter. Er will auf keinen Fall, dass jemand seine minderjährige Tochter in der Chicken Box in der ersten Reihe bierschwenkend tanzen und mit Hunter Bloch rummachen oder sonstiges unelegantes Benehmen zur Schau stellen sieht. »Das hier wird bestimmt viel amüsanter.«

»Das bezweifle ich«, sagt Allegra. »Aber so hab ich wenigstens was vor. Ist es ein Kostümfest?«

»Vermutlich«, sagt Eddie. Er sucht auf der Einladung nach einem Dresscode. Doch da steht nur, dass es eine Geburtstagsparty für Bart Quinn bei den VFW um 19:00 Uhr an Halloween ist. Halloween fällt auf einen Dienstag, kein üblicher Tag für eine Party, also muss es eine Halloween-Party sein, was Kostüme bedeutet. Eddie überlegt.

»Ich weiß ja nicht, was du vorhast«, sagt er, »aber ich verkleide mich.«

»Ich hab ein japanisches Geisha-Kostüm«, sagt Allegra. »Das ziehe ich an.«

Japanische Geisha?, denkt Eddie. Es hätte schlimmer kommen können; zumindest wird sie voll bekleidet sein. »Braves Mädchen«, sagt er.

AVA

Alles ist immer noch neu für sie. Zum Beispiel, sich in der U-Bahn durch die Drehkreuze zu schieben und die Treppe hochzustapfen als nur einer von zehn Millionen Menschen. Sie geht in die Reinigung Ecke Lexington und 82nd Street und holt bei Nina Hwang ihre Wäsche ab. Sie ist für den Preis von fünfzehn Dollar sauber und ordentlich zusammengelegt und eingetütet, ein urbanes Wunder, findet Ava. Sie betritt den Laden nebenan und holt sich einen Strauß roter Gerbera, denn es ist Freitag, und Ava hat es sich zur Gewohnheit gemacht, jeden Freitag frische Blumen zu kaufen. Schließlich ist das der Tag, an dem Potter den ganzen Weg von der West Side zum Abendessen zu Ava kommt.

Während Ava sich dem Gebäude nähert, in dem sie wohnt, tastet sie nach ihren Schlüsseln. Schlüssel – sie hat sich immer noch nicht an sie gewöhnt. In ihrem Leben auf Nantucket hatte sie nur einen Schlüssel: den für ihren Jeep, der immer auf dem Beifahrersitz lag. Einen Schlüssel zur Pension hatte sie nie, denn die war eben eine Pension und stand deshalb stets offen. Auch wenn sie geschlossen war – im Januar, Februar –, war sie nicht abgesperrt. Existiert überhaupt ein Schlüssel? Falls ja, hat Ava ihn nie gesehen.

Jetzt klimpern an ihrem Ring ein Schlüssel zur Eingangstür des Wohnhauses in der 82nd Street, zwei Schlüssel für ihr Apartment – für den Türknauf und das Bolzenschloss –, ein Schlüssel für ihren Briefkasten und drei Schlüssel für Potters Wohnung; er *bestand* darauf, sie ihr zu geben, als sie Ende August dauerhaft nach Manhattan kam. Potter hatte gewollt, dass Ava gleich zu ihm auf die Upper West Side zog; Avas Mutter Margaret hingegen war dafür, dass Ava entweder zu ihr und Drake am Central Park West zog oder Drakes Apartment im West Village übernahm. All diese Angebote waren verlockend, doch Ava hatte mit zweiunddreißig Jahren noch nie allein gelebt. Sie hatte ihr ganzes Leben als Erwachsene mit ihrem Vater, mit Mitzi, ihren Brüdern und sechzehn Zimmern voller Pensionsgäste verbracht. Wie hatte sie überhaupt *erwägen* können, Nathaniel oder Scott zu heiraten? Sie hätte eine grundlegende Erfahrung verpasst: einen Ort nur für sich allein zu haben.

Avas Zweizimmerwohnung liegt im vierten Stock eines Hauses ohne Aufzug, was vier Treppen bedeutet, aber nichts an der Kletterei – auch nicht ihre schwere Schultasche und ein Wäschepaket – mindert die Freude, die Ava jedes Mal verspürt, wenn sie ihr Apartment betritt. Es ist absolut nichts Besonderes. Ihre Küche ist ein winziges Dreieck, das auf der einen Seite einen Kühlschrank mit Mikrowelle darüber, auf der anderen einen kleinen Herd und in der Mitte eine Spüle zu bieten hat sowie eine Arbeitsfläche, auf der man entweder Geschirr trocknen oder ein Schneidebrett unterbringen kann, aber nicht beides gleichzeitig. Der Badezimmerfußboden besteht aus sechseckigen Mosaikfliesen in Schwarz und Weiß, die entlang den Wänden allerdings reihenweise fehlen. Im Wohnzimmer gibt es eine Wand aus freiliegenden Ziegeln, Avas ganzer Stolz, denn sie weiß, dass freiliegende Ziegel in Manhattan den Wert einer Immobilie steigern, obwohl ihr nicht ganz klar ist, warum, denn sie kann dort nichts aufhängen. Im Schlafzimmer sind zwei Fenster, beide vergittert, und ein Einbauschrank in annehmbarer Größe. Zugegeben, Potters Apartment hat Kathedraldecken und eine Speisekammer und anderthalb Bäder und Original-Kranzprofile. Margarets und Drakes Wohnungen fallen in die Luxuskategorie. Die von Margaret hat vier Zimmer mit Blick auf den Central Park – wenn man eine Wasserbombe aus dem Fenster würfe, würde sie dort landen –, und Drakes Apartment ist zwar kleiner, aber elegant und modern und angefüllt mit richtiger Kunst, die er bei einem Händler in Chelsea kauft. Odell Beckham Jr. und Jimmy Fallon wohnen beide im selben Gebäude, und auf dem Dach gibt es einen Pool und im Erdgeschoss ein Fondue-Restaurant, das zurzeit die heißeste Adresse in der City ist.

Was Ava an ihrem Apartment aber so schätzt, ist, dass alles darin ihr gehört. Ihre Bücher sind in den Regalen aufgereiht; ihre Musik ertönt aus den kabellosen Lautsprechern; im Kühlschrank sind ihre Lieblingslebensmittel; ihre zwölf Kissen dominieren das Kopfende ihres Bettes. Sie hat sich auf dem Flohmarkt in der Columbus Avenue einen Perserteppich fürs Wohnzimmer gekauft und auf jedem freien Fleck an den Wänden Fotos von Nantucket aufgehängt. In der Ecke steht eine Trittleiter, die sie mit weißen Lichterketten und Topfpflanzen dekoriert hat. Alles nichts Raffiniertes, doch das schert Ava nicht. Sie liebt es, weil es ihres ist.

Ava stellt die Gerbera in ihre weiße muschelförmige Vase und platziert sie in die Mitte ihres runden weißen Esstisches von IKEA (der eine Zumutung fürs Auge ist; Ava wird sich einen neuen kaufen, wenn sie das Geld dafür zusammen hat) und schenkt sich ein Glas Weißwein ein. Potter kommt um sieben. Ava will Tomatensuppe machen, gegrillte Schinken-Käse-Sandwiches und einen grünen Salat mit cremigem Limonendressing. Ihre letzten Freitagabend-Wagnisse waren Brathähnchen, in Milch geschmorte Schweinekoteletts und eine klebrige Champignonpasta, die sie nach dem ersten Bissen zugunsten einer Pizza von Ray's wegzuwerfen beschlossen. Ava nimmt sowohl ihre Erfolge als auch ihre Fehlschläge gleichmütig hin. Sie kocht nicht so sehr, um Potter, sondern um sich selbst zu gefallen.

Ihr ist klar, dass sie damit egozentrisch erscheinen könnte, doch das ist ihr egal. Sie schwelgt darin, ein eigenständiger Mensch zu sein.

Sie muss zu Gristedes und dann mit der Suppe und dem Dressing anfangen, aber ein Umschlag in dem Stapel Post – lila? – zieht ihren Blick auf sich. Sie erkennt Mitzis Handschrift, und plötzlich ergibt das Lila einen Sinn. Warum sich mit einem weißen Umschlag begnügen, wenn man Lila verschicken kann? Das wäre Mitzis Logik.

Ava öffnet den Brief. Es ist eine Einladung zu Barts zweiundzwanzigstem Geburtstag an Halloween bei den VFW auf Nantucket. *Na ja,* denkt Ava, *wenn jemand eine Party verdient, dann Bart.* Seinen einundzwanzigsten Geburtstag konnte er nicht feiern. Im Gefangenenlager auf den kahlen Ebenen des südlichen Zentralafghanistan gab es kein Bier, keine Papierschlangen, keine Torte.

Halloween fällt dieses Jahr auf einen Dienstag. Ava kann auf keinen Fall zu der Party gehen, das ist die heilige Wahrheit, und sie wird sich nicht schuldig dafür fühlen, dass die Gegebenheiten mit ihren persönlichen Vorlieben übereinstimmen. Sie *möchte* nicht hingehen. Nicht nur, dass sie Halloween verabscheut – jeder Lehrer in Amerika hasst diesen Tag, an dem alle Kinder total aufgekratzt sind, und auch den nächsten, an dem sie im Zuckerkoma sind –, sie hat auch keine Lust, nach Hause zu fahren. Sie befürchtet zu sehen, dass ihr Vater kränker ist, als irgendjemand zugeben will, und dass Bart klinisch depressiv ist, und dass Kevin und Isabelle überfordert sind von der Geburt ihres zweiten Babys in zwei Jahren, und dass Mitzi es nicht schafft, alle zusammenzuhalten – statt sich mit den wahren Problemen zu befassen, gibt sie eine Party bei den VFW –, und dass sie, Ava, dann das Gefühl haben wird, nach Nantucket zurückziehen zu müssen.

Zurückziehen – unmöglich! Sie hat ihr Apartment; sie hat einen Job, den sie liebt. Es gibt im ganzen Land keinen besseren Ort als Copper Hill, um Musik zu unterrichten. Zunächst einmal ist Musik dort Wahlfach, was bedeutet, dass jeder einzelne von Avas fünfundsiebzig Schülern – fünf Klassen mit je fünfzehn – am Unterricht teilnehmen *will.* Und nicht nur teilnehmen, sondern auch etwas erreichen will. Ava lehrt sie Gesang, Klavierspiel, Komposition und Musikgeschichte. Außerdem leitet sie einen Madrigalchor und ein Projekt für die Aufnahme von Musikvideos.

Und Ava hat einen Freund, in den sie auf *gesunde Weise* verliebt ist. Mit Potter gibt es kein Drama, keine Theatralik, keine Eifersucht (nicht *viel* Eifersucht), keine Tränen, keine sinnlose Sehnsucht, keine Unsicherheit (keine *große* Unsicherheit jedenfalls).

Ava fährt *nicht* nach Hause, nicht einmal der Party, nicht einmal Bart zuliebe. Sie hat keine Lust auf ein schlechtes Gewissen.

Auf Halloween folgt bald Thanksgiving und darauf bald Weihnachten. Sie wird zu Thanksgiving und Weihnachten heimfahren ... na ja, eigentlich hat Potter davon gesprochen, über Weihnachten eine Reise nach Österreich zu machen – Salzburg und Wien. Ava hätte vor Freude fast aufgeschrien. Den Geburtsort und die Wirkungsstätte so vieler großer Komponisten zu besuchen – Mozart, Schubert, Haydn, Mahler, Strauss! Sie ist zweiunddreißig Jahre alt und war noch nie in Europa.

Aber ... sie muss abwarten und sehen, wie es ihrem Vater geht.

Ihr Handy klingelt. Es ist Potter.

»Hey, Baby«, sagt Ava.

»Ava«, sagt Potter. Sein Tonfall lässt Ava befürchten, dass etwas Schreckliches passiert ist. Vielleicht ist Gibby, Potters Großvater, gestorben. Oh, Gibby!

»Was ist los?«, fragt Ava.

»Ich muss das Essen heute Abend absagen«, erklärt Potter.

»Trish hat gerade angerufen. Sie und Harrison haben in letzter Minute beschlossen, nach New York zu kommen, um am Shakespeare-Symposium am Bard College teilzunehmen, also hat sie mich gefragt, ob ich übers Wochenende auf PJ aufpassen könnte. Natürlich hab ich Ja gesagt.«

»Natürlich hast du Ja gesagt!«, sagt Ava. »Das ist doch eine gute Nachricht, oder? Ich meine, ein bisschen unerwartet und auf den letzten Drücker, aber trotzdem gut. Dann lerne ich ihn endlich kennen! Bitte bring PJ zum Essen mit. Ich wollte sowieso gegrillten Käse machen. Oder wir gehen aus. Wir könnten ins Serendipity gehen und uns superlange Hotdogs und gefrorene heiße Schokolade genehmigen. Und morgen können wir ins Naturkundemuseum gehen! Er ist genau im richtigen Alter für das Planetarium, und ich glaube, sie haben eine Ausstellung über Spinnentiere.«

Potter lacht. »Du bist ja viel begeisterter, als ich dachte. Du bist viel begeisterter darüber als ich.«

»Du sagst doch immer, dass du dir wünschst, er würde näher bei dir wohnen.«

»Du hast Recht, du hast Recht«, sagt Potter.

»Also, willst du ihn mit zu mir bringen, oder sollen wir auswärts essen gehen?«, fragt Ava.

»Ich bringe ihn mit zu dir, denke ich«, sagt Potter.

»Oder willst du den Abend mit ihm allein verbringen?«, fragt Ava. »Entschuldige bitte ... ich wollte nicht übergriffig sein ...«

»Nein, nein«, sagt Potter. »Wenn ich mit ihm allein sein wollte, dann, damit wir dir nicht zur Last fallen. Ich hab dir ja erzählt, dass PJ manchmal schwierig sein kann. Er leidet am Syndrom des von an zwei unterschiedlichen Küsten lebenden Akademikern aufgezogenen Einzelkindes.«

»Ich unterrichte seit neun Jahren«, sagt Ava, »und kenne genügend schwierige Kinder. Vielleicht nicht mit genau demselben Syndrom, aber glaub mir, ich kann damit umgehen. Wie oft habe ich dir von Micah erzählt?«

»Wir sind um sieben bei dir«, sagt Potter. »Ich finde, wir sollten zu Hause bleiben. Im Serendipity ist es laut, und man muss lange warten, und er ist bestimmt müde von der Reise.«

»Okay«, sagt Ava. »Ich decke den Tisch für drei.«

Ava zieht Jeans an und eine frische weiße Bluse und greift sich ihren Beutel, um in den Supermarkt zu gehen. Ihr Telefon zirpt: eine SMS von Margaret. *Drake hat für morgen Abend um neun eine Reservierung fürs Le Coucou ergattert. Könnt ihr mitkommen, du und Potter?*

Ava wird ein wenig schwer ums Herz. Einer der größten Vorteile an ihrem Umzug nach New York ist es, mehr Zeit mit ihrer Mutter verbringen zu können. In den über zwanzig Jahren, die Ava mit Kelley und Mitzi und ihren Brüdern auf Nantucket lebte, erschien Margaret ihr oft weit entfernt, fast unerreichbar und manchmal kaum real. Meistens sah Ava sie im Fernsehen, wo sie aus Bagdad oder Paris berichtete oder aus dem CBS-Studio in New York. Jetzt, da sie in derselben Stadt wohnen, lieben sie es, gemeinsam etwas zu unternehmen – einkaufen und ins Kino oder Museum zu gehen, sich zu viert zu verabreden.

Margaret ist Avas beste Freundin in Manhattan; Drake und Margaret sind als Paar Avas und Potters beste Freunde. Letzte Woche haben sie zusammen im Le Bilboquet gebruncht und dann einen langen Spaziergang durch den Central Park gemacht. Alle vier sind ganz wild darauf, im Le Coucou zu essen, doch mit einer Reservierung hat es bisher nie geklappt.

Wir können nicht, schreibt Ava zurück. *Potters Sohn PJ ist übers Wochenende hier.*

Kein Problem!, erwidert Margaret. *Dann ein andermal.*

Das Telefon klingelt, und es ist Margaret.

»Hi?«, sagt Ava.

»Hi, Schätzchen«, sagt Margaret. »Ich wollte nur kurz anrufen und fragen, wie es dir damit geht, dass du jetzt PJ kennenlernst.«

»Ich freue mich darauf«, sagt Ava.

»Wirklich?«, hakt Margaret nach.

»Ja, wirklich«, bestätigt Ava, und ein Hauch von Ungeduld schwingt in ihrer Stimme mit. Sie weiß, dass Margarets einzige »Sorge« bezüglich Potter die ist, dass er ein Kind mit einer anderen hat, ein emotionales Terrain, das Ava nicht vertraut ist. Ava weist sie immer darauf hin, dass viele ihrer Freunde Kinder haben – Shelby und Zack zum Beispiel haben Xavier –, und Ava hat inzwischen eine Nichte und vier Neffen. Dann behauptet Margaret, das sei etwas anderes, nicht so Schwieriges. Ava solle sich darauf einstellen, geduldig sein und Zugeständnisse machen zu müssen, was PJ betrifft. Und wenn sie PJ dann kennenlernte, solle sie »behutsam vorgehen«. Das waren genau

Margarets Worte. »Ich freue mich auf ihn. Potter und ich sind seit einem Jahr zusammen.«

»Ich weiß«, sagt Margaret. »Vielleicht glaubst du, Potter in- und auswendig zu kennen, aber denk dran, dass du ihn noch nie als Vater erlebt hast. Womöglich erlebst du eine Überraschung.«

Eine Überraschung?, denkt Ava. Sie ärgert sich selten über ihre Mutter, doch jetzt ist sie gefährlich nahe dran. Aber bevor Ava Margaret taktvoll mitteilen kann, dass sie sehr gut imstande ist, mit Potter und PJ als Vater und Sohn umzugehen, sagt Margaret: »Oh, Süße, ich muss in die Umkleide. Roger schneidet schon Grimassen. Hab dich lieb, Schatz. Wir werden euch morgen Abend vermissen. Tschüss.«

»Äh … tschüss«, sagt Ava. Sie legt auf und steigt die Treppe hinunter. Der Anruf sollte eine Unterstützung sein, das weiß sie, doch es geht ihr jetzt schlechter als vorher. Hauptsächlich deshalb, weil Margaret fast immer recht hat.

Als Potter auf den Summer drückt, hat Ava alles vorbereitet: Die Suppe köchelt auf dem Herd, die Käsesandwiches sind arrangiert, die Salatblätter gewaschen und von Avocadoscheiben gekrönt, die den perfekten Reifegrad haben. (Ava weiß aus Erfahrung, dass die Chancen, eine Avocado mit perfektem Reifegrad zu erwischen, bei eins zu hundert liegen.) Sie und Potter essen normalerweise kein Dessert, aber da PJ kommt, hat Ava im Supermarkt Whoopie Pies sowie furchtbar teures Bio-Wassereis besorgt. Sie hat Wilco aufgelegt – Potters Lieblingsband –, und der Tisch ist für drei gedeckt mit zwei Gläsern Eiswasser und einem Glas Milch.

Sie hört Schritte auf der Treppe, dann Potters Stimme und die Stimme eines Kindes. Die Stimme eines *Kindes*. *Jetzt ist es Realität*, denkt Ava. Gleich wird sie Potters Sohn kennenlernen.

Sie öffnet die Tür und stellt sich mit einem, wie sie hofft, unbeschwerten, einladenden Lächeln auf den Treppenabsatz. Sie bemerkt winzige rote Punkte auf ihrer weißen Bluse – Spritzer von der Tomatensuppe.

Na gut, denkt Ava. Die Bluse ist ein kleines Opfer, das sie für dieses plötzlich so bedeutsame Essen bringt.

»Hi, Jungs!«, sagt sie, sobald Potters Kopf sichtbar wird.

Potter dreht sich mit einem warnenden Blick zu ihr um. Ava fällt auf, dass Potter den siebenjährigen PJ die Treppe hochzieht, dann hört sie das Schluchzen. Potter schafft es mit PJ im Schlepptau bis zum Absatz unter Avas Apartment. Als PJ aufschaut und Ava sieht, stößt er einen ohrenbetäubenden Schrei aus.

Ava legt einen Finger auf ihre Lippen. »Die Nachbarn«, sagt sie. »Mrs Simonetta.« Mrs Simonetta ist lärmempfindlich und hat sich mehr als einmal darüber beschwert, dass Ava zu laut Musik höre. PJs Schrei wird sie vermutlich dazu anspornen, eine SWAT-Einheit zu rufen.

Potter nimmt PJ auf den Arm, obwohl er viel zu groß dafür ist. »Du musst leise sein, PJ. Ava ist nett. Ava ist meine Freundin, und sie möchte auch deine Freundin sein.«

PJ schreit erneut.

Die Szene auf dem Treppenabsatz dauert weitere sechzig Sekunden oder so, in denen PJ jedes Mal schreit, wenn Potter ihm sagt, Ava sei nett und PJ möge doch bitte die letzten Stufen hochsteigen, damit sie zu Abend essen können. Mrs Simonetta ist eindeutig nicht zu Hause, denn einen solchen Tumult vor ihrer Tür würde sie keinesfalls dulden.

Ava sucht ihr Heil in Bestechung. »Wenn du mit raufkommst, PJ, kriegst du ein Wassereis. Ich habe drei Geschmacksrichtungen: Kirsche, Weintraube und Orange.« In Wahrheit sind die Bio-Sorten Granatapfel, Feige und Mango, aber mit Avas Lüge können sie sich befassen, sobald sie das Kind nach oben geschafft haben.

»Ich *will* kein Wassereis!«, kreischt PJ.

»Ich habe auch Whoopie Pies«, sagt Ava. Sie gratuliert sich zu ihrem »behutsamen Vorgehen«. Oder könnte Margaret Quinn die Situation etwa besser bewältigen?

»Wie wär's mit einem Whoopie Pie, Kumpel? Das ist Schokoladengebäck mit Marshmallow-Füllung.«

»Nein!«, schreit PJ. »Nein! Nein! Nein!« Er blickt zu Ava auf und sagt: »Ich hasse dich! Ich will meine Mom!«

Ava holt tief Luft. Sie schaut Potter an und sieht den Ausdruck hilfloser Qual auf seinem Gesicht. »Ich glaube, er ist m-ü-d-e von der Reise«, sagt er.

»Okay«, sagt Ava. »Warum probieren wir es nicht morgen noch mal?«

»Aber …«, sagt Potter.

»Ich bin *nicht* müde!«, schreit PJ. »Ich schreie, weil ich dich hasse! Ich hasse dich, Lady!«

Ava beschwört ihre innere Heilige herauf. Sie wusste gar nicht, dass sie eine innere Heilige *hat*, doch offensichtlich hat sie eine, denn sie lächelt Potter an und sagt: »Ist schon in Ordnung. Ruf mich nachher an.«

»Du hast gewonnen, Kumpel«, sagt Potter zu PJ. »Wir fahren nach Hause. Aber im Taxi müssen wir uns mal ernsthaft unterhalten.«

PJ stürmt die Treppe hinunter. Potter formt mit dem Mund ein *Ich liebe dich* für Ava und jagt dann seinem Sohn nach.

Ava macht ihre Wohnungstür zu, schließt sie ab und starrt auf den für drei gedeckten Tisch mit den flackernden Kerzen und den roten Gerbera, die so keck und optimistisch dreinschauen. Sie atmet den Duft von Zwiebeln, Tomaten und Basilikum ein, dann fängt sie an zu weinen.

KELLEY

Er hat Mitzi gebeten, den Hospizdienst erst einzuschalten, wenn es richtig schlimm um ihn steht.

Es steht richtig schlimm um ihn.

Kelley hatte einen Schlaganfall, während er sich mit Bart ein Footballspiel ansah, und verlor das Sehvermögen auf dem linken Auge, und zwar unwiderruflich, wie Dr. Cherith sagte. Vielleicht wird er bald auch auf dem rechten Auge blind. Dann wird er sein Gehör verlieren, seinen Geruchssinn, seine Fähigkeit zu kauen und zu schlucken.

Kelley liegt im Sterben, und er kann nichts dagegen tun. Als er nach dem Schlaganfall aus dem Mass. General entlassen wurde, willigte er ein, dass Mitzi den Hospizdienst benachrichtigte und den Pensionsbetrieb fürs Erste einstellte.

Das Komische war, dass Kelley sich, sobald die Hospizmitarbeiterinnen eintrafen, besser, kräftiger, gesünder fühlte. Vermutlich ist er der gesündeste Mensch, der den Dienst jemals in Anspruch genommen hat. Heute, am 24. Oktober, hat er genug Energie, um mit seiner Gehhilfe den Flur entlang durchs Wohnzimmer bis in die Küche zu laufen. Er möchte eine Tasse Tee, und statt zu klingeln, hat er beschlossen, ihn sich selbst zu holen.

»Mitzi möchte, dass ich Kräutertee trinke«, sagt er zu Lara – Lara und nicht Laura, hat sie ihn schon dreimal korrigiert; keine Zugeständnisse an seine Aussprache, obwohl er einen Gehirntumor hat –, »aber könnte ich auch einen normalen Lipton haben?«

»Ich denke nicht, dass ein normaler Lipton Ihnen schaden wird«, sagt Lara.

Kelley beschließt, sein Glück herauszufordern. »Was ich *wirklich* gern hätte, ist ein Teelöffel weißer Zucker in meinem normalen Lipton. Keinen Honig, keinen Agavendicksaft, kein Stevia. Nur den guten alten weißen Industriezucker.«

»Hat Mrs Quinn denn etwas so Giftiges im Haus?«, fragt Lara.

»Hat sie«, sagt Kelley. »Für die Gäste. Es sind Tütchen im Esszimmerschrank. Würden Sie mir eins geben … oder zwei?«

Lara verschwindet im Speiseraum, und als sie kurz darauf zurückkehrt, schüttelt sie zwei Zuckertütchen wie Kastagnetten. Sie ist pedantisch, was ihren Namen angeht, in anderen Dingen aber wunderbar nachsichtig, stellt Kelley beglückt fest.

Am nächsten Tag ist Kelley im Bett. Er kann nicht mehr lesen oder fernsehen – das ist zu anstrengend für sein gesundes Auge – und ist daher auf Hörbücher angewiesen. Eigentlich hatte er vor, sich ein paar Klassiker auszusuchen, die er immer schon mal lesen wollte, doch es hat sich herausgestellt, dass es keine Klassiker gibt, auf die das zutrifft. Er wird als Rebell, der sich nie durch *Moby Dick* gequält hat, ins Grab sinken. Stattdessen entdeckt Kelley die Romane von Danielle Steel für sich. Also, *das* ist mal eine Frau, die das Leben kennt: sterbende Milliardäre, die ihre missratenen Kinder enterben; nicht genügend gewürdigte Ehefrauen, die dem Segellehrer ihrer Sprösslinge in die Arme fallen. Und Miss Steel schreibt die unglaublichsten Sexszenen. Heute hört Kelley *The Mistress*. Es ist sein viertes Danielle-Steel-Buch hintereinander, und er befürchtet, dass er dabei ist, sich ein bisschen in die Autorin zu verlieben. Aber vermutlich ist es keine gute Idee, in diesem Stadium des Spiels eine neue Person ins Herz zu schließen.

Lara betritt den Raum, um ihre pflegerischen Aufgaben zu verrichten, und Kelley bedeutet ihr mit erhobenem Finger zu warten, bis der Erzähler bei einem neuen Absatz angelangt ist. Erst dann soll sie seine Essensbestellung entgegennehmen, sein Kopfkissen aufschütteln, seine Medikamente nachfüllen und seine Füße mit Salbe einreiben.

Kelley drückt auf Pause und sagt: »Hallo, *Lara*.«

Sie lächelt. »Hallo, Kelley. Sind Sie bereit fürs Mittagessen?«

Kelley zieht eine Grimasse. Er hat Angst, sein Lunch könnte aus Spinatsuppe ohne Butter, Sahne und Salz bestehen. Im Grunde kocht Mitzi Spinat, püriert ihn mit Gemüsebrühe, erhitzt ihn und nennt ihn Suppe. Sie serviert sie mit harten kleinen Körnercrackers, die schmecken, als hätte sie sie aus dem Vogelhäuschen entwendet.

»Ich möchte ein Sandwich mit Schinken und Pickles aus der Nantucket Pharmacy«, sagt Kelley. »Aus Roggenbrot. Mit einer Tüte Kartoffelchips von Lay's und einem Schokoladenfrappé.«

»Das klingt ambitioniert«, sagt Lara.

Es ist ambitioniert. Im Geiste verspürt Kelley Hunger, aber wenn das Essen vor ihm steht, schafft er normalerweise nur ein paar Bissen. Aber das könnte ja auch, hat er sich überlegt, daran liegen, dass das Angebot ihn nicht reizt. Wenn es etwas gäbe, auf das er wirklich *Appetit* hätte, würde er es vielleicht sogar hinunterschlingen. Oder jedenfalls mehr essen als sonst. Mit Beendigung der Chemo im Juni hat er dreizehn Kilo abgenommen.

»Bitte?«, fügt er hinzu.

»Ich kann loslaufen und es Ihnen besorgen«, erwidert Lara.

Kelleys funktionierendes Auge weitet sich, und er versucht, sich aufrechter hinzusetzen, obwohl das wehtut. Er hat inzwischen Metastasen in drei Rückenwirbeln. »Ehrlich?«

»Ich würde Sie gern essen sehen«, erklärt Lara. »Und erleben, dass Sie zufrieden sind. Es ist erstaunlich, wie ein bisschen Genuss den Kampfgeist stärken kann.«

»Wissen Sie«, sagt Kelley, »bisher dachte ich, Jocelyn sei die nette Schwester und Sie die strenge. Aber Sie holen sie rasant ein, Lara. Darf ich Sie noch fragen, wo Mrs Quinn ist?«

»Sie ist vor ein paar Minuten gegangen, um sich mit den Caterern für Barts Geburtstagsparty zu treffen.«

Ja!, denkt Kelley. Sie haben ein Zeitfenster! Der Spaß kann beginnen!

»Gehen Sie«, sagt er. »Schnell, gehen Sie!«

Die Lernkurve ist steil, sobald man entdeckt, dass man unheilbar krank ist. Kelley weiß jetzt sehr viel mehr übers Leben als früher, als er gesund war. Das ist einerseits frustrierend – was soll ihm sein neu erworbenes Wissen nützen, wenn er unter der Erde liegt? Andererseits ist er dankbar dafür. Und das ist eigentlich die wichtigste Lektion: dankbar zu sein für jede Erfahrung. Dankbar für zwei Tütchen Zucker in seinem frisch aufgebrühten schwarzen Pekoe-Tee. Wie oft in seinem Leben hat er etwas so Simples als selbstverständlich hingenommen? Er empfindet tiefe, zu Tränen rührende Dankbarkeit beim ersten Bissen seines unrechtmäßig erbeuteten Sandwichs. Wie oft hat er ein ähnliches Sandwich gedankenlos heruntergeschlungen, als er in der Wall Street an seinem Schreibtisch saß? Er hat es kaum geschmeckt und schon gar nicht in seinen Nuancen geschwelgt. Wenn nur jemand da gewesen wäre und ihn daran erinnert hätte, dass sein Leben irgendwann vorbei sein würde und er aufmerksam sein und es genießen sollte, solange er konnte!

Sein nächstes Abenteuer sind zwei Kartoffelchips, einer flach, der andere zusammengeklappt. Zusammengeklappte Chips sind leckerer als flache – woran liegt das? Es ist eins der zehn Millionen Rätsel des Lebens. Das ist eine weitere Lektion. So viele Dinge lassen sich nicht erklären; sie existieren einfach. Liebe zum Beispiel. Und Krankheit. Warum hat Kelley im zarten Alter von vierundsechzig einen Gehirntumor bekommen? Er hatte damit gerechnet, neunzig zu werden. Okay, neunzig vielleicht nicht, aber alt genug, um sich zu vergewissern, dass aus allen seinen Kindern etwas wird.

Und das hat er ja auch geschafft, oder? Patrick ist aus dem Gefängnis entlassen worden und hat eine Art neuer Investmentfirma gegründet. Jennifer stattet für jede *Mayflower*-Nachfahrin in Beacon Hill Häuser aus, und ihre drei Söhne sind mit Lacrosse und Fantasy Football beschäftigt. (Kelley versteht die Regeln von Fantasy Football immer noch nicht und wird sie bedauerlicherweise jetzt auch nicht mehr verstehen.)

Kevin und Isabelle haben gerade eine unheimlich erfolgreiche Saison im Quinns' on the Beach hinter sich – die Schanklizenz hat ihr Einkommen mehr als verdoppelt, hat Kevin Kelley anvertraut –, und Isabelle arbeitete bis drei Tage vor der Geburt von Kelleys viertem Enkelsohn Kelley Jacques Quinn, KJ gerufen, an Kevins Seite. Kelley fühlt sich geehrt, dass ein Mitglied der neuen Generation nach ihm benannt wurde, ist jedoch froh, dass sie den Spitznamen KJ benutzen, denn er kann gar nicht zählen, wie oft jemand seinen Namen gesehen oder gehört und ihn für den eines Mädchens gehalten hat. Einer Frau. Was auch immer die richtige Terminologie sein mag. (Terminologie ist für Kelley nicht mehr wichtig, wenn sie es denn je war, Laras Namen richtig auszusprechen dagegen wesentlich.)

Ava hat von all seinen Kindern vielleicht die größten Schritte gemacht. Sie lebt jetzt in Manhattan. Kelley befürchtete zunächst, sie würde eine Wohnung in Brooklyn mieten und anfangen, Vintagekleider zu tragen und sich über die Unterscheidung von *Mädchen* und *Frau* zu echauffieren. Aber er hätte sich keine Sorgen zu machen brauchen. Ava hat sich im Viertel ihrer Jugend niedergelassen. Sie zahlt ihre Miete selbst und unterrichtet an einer angesehenen, wenn auch elitären Privatschule Musik, richtige Musik, nicht nur Kinder, die auf Holzklötze schlagen. Und sie ist mit einem sehr netten Mann liiert. Einem echten Mann, nicht einem der Jungs / Clowns, die in den letzten drei, vier Jahren ihr Leben dominierten. Kelley hatte nie eine sehr hohe Meinung von Nathaniel Oscar; er war viel zu attraktiv, und Mitzi genoss seine Gesellschaft viel zu sehr. Scott war besser, doch irgendwann, vermutet Kelley, hätte Ava ihn satt gehabt. Der neue Verehrer – Kelley fällt sein Name gerade nicht ein – ist Professor an der Columbia und hat einen Sohn, der bei seiner Mutter in Kalifornien lebt. Er scheint genau der Richtige für Ava zu sein, jedenfalls fürs Erste. Das Wichtige ist, dass Ava endlich flügge wird, und sie sieht ihre Mutter öfter, was ihr, wie Kelley weiß, in den letzten Jahren gefehlt hat.

Bart ist sicher aus Afghanistan zurückgekehrt, nachdem er dort fast zwei Jahre lang in Gefangenschaft gewesen war. Kelley hat versucht, mit Bart darüber zu reden, was ihm widerfahren ist, aber Bart bleibt verschlossen, ebenso wie Kelleys eigener Vater über das schwieg, was in den Jahren geschehen ist, in denen er im Zweiten Weltkrieg auf den Philippinen stationiert war. Kelley und Mitzi finden, Bart solle einen Therapeuten aufsuchen, doch das lehnt Bart strikt ab. Er möchte seine Erlebnisse allein verarbeiten, sagt er – was anscheinend bedeutet, dass er in seinem Zimmer sitzen und Dope rauchen will. Er verhält sich genauso wie vor seinem Eintritt bei den Marines. Hat sich denn nichts geändert? Na ja, er hat für Kevin und Isabelle im Quinns' on the Beach gearbeitet. Aber die Menschenmassen und das schnelle Tempo lösten Panikattacken bei ihm aus, deshalb hörte er nach zwei Wochen wieder auf. Dann war die Rede davon, dass er den Babysitter von Kevins und Isabelles Kindern spielen solle, doch auch diese Idee wurde verworfen. Um für Patrick zu arbeiten, ist Bart nicht qualifiziert genug, nicht einmal auf unterster Ebene. Und in der Pension gibt es ebenfalls nichts für ihn zu tun.

Kelley macht sich Sorgen um Bart.

Mitzi macht sich auch Sorgen, obwohl sie diese Sorgen notgedrungen zwischen Bart und Kelley aufteilt. Nach außen zeigt sie sich ziemlich stark, stärker, als Kelley es für möglich gehalten hat. Vermutlich verschließt sie die Augen vor der Wahrheit. Sie erklärt, sie wolle aus der Zeit, die Kelley noch bleibt, das Beste machen, betet aber gleichzeitig um ein Wunder. Das hat sie bei Bart auch getan – und was ist passiert? Er ist heil und gesund nach Hause zurückgekehrt.

Kelley würde gern darauf hinweisen, dass wahrscheinlich eine Ein-Wunder-pro-Familie-Grenze existiert; alles andere wäre ungerecht. Er weiß, dass es, was ihn betrifft, kein Wunder geben wird. Er spürt, wie sein Körper allmählich die Arbeit verweigert. Er hat ein langes, erhellendes Gespräch mit seinem alten Freund Pater Paul geführt, und sie waren sich einig darin, dass Kelley Frieden schließen solle mit den Menschen, die er hinterlässt, und dann darauf vertrauen müsse, dass von da aus Gott übernehmen wird.

Diese Ansicht kann Kelley jedoch nicht mit Mitzi teilen. Sie würde ihn beschuldigen aufzugeben.

Kelley macht sich Sorgen um Mitzi. Er glaubt nicht, dass sie die Pension allein führen kann oder sollte. Sie sollte sie verkaufen und sich etwas Kleineres zulegen oder ganz wegziehen. Ihre Eltern sind tot; ihr Bruder ist gestorben. Nach Kelleys Tod werden ihre einzigen Angehörigen Bart und Kelleys andere Kinder sein.

Kelley hat ernste Gespräche mit Patrick, Kevin und Ava geführt: Sie dürfen den Kontakt zu Bart und Mitzi nicht abreißen lassen.

Das tun wir nicht, Dad, haben sie ihm versichert.

Kelley hat vor, sich noch diese Woche ausführlich mit Mitzi über den Verkauf der Pension zu unterhalten.

In diesem Moment platzt Mitzi ins Zimmer. Die Reste von Kelleys Sandwich liegen neben einem unangetasteten Dillstängel und der halb leeren Tüte Chips auf dem Teller vor ihm.

»Du bist ein sehr unartiger Patient«, sagt Mitzi und beugt sich vor, um ihn auf seine fettigen, salzigen Lippen zu küssen. Sie gibt ihm jetzt immer lange, sehnsüchtige Küsse, und er genießt jeden einzelnen. Sie riecht nach Holzrauch und frischer Luft. Ihre Wangen sind rosig und ihre Locken zerzaust. Sie wird jeden Tag schöner, zumindest in Kelleys Augen. Er findet, dass er gut mit seiner Prognose zurechtkommt, aber er will nicht lügen: Er verspürt höllische Eifersucht, wenn er an den Mann denkt, in den Mitzi sich nach seinem Tod verlieben wird. Wenn er diesen Gedanken äußern würde, würde Mitzi sich ihm ungestüm in die Arme werfen und schwören, dass sie sich nie mit jemand anderem einlassen wird. Und obwohl Kelley sich egoistischerweise genau das wünscht, weiß er, dass es unfair und unrealistisch ist. Mitzi ist wie eine der Heldinnen in Danielle Steels Romanen. Kelley wird sterben, und Mitzi wird glauben, ihr eigenes Leben sei auch vorbei. Sie werde keine Liebe mehr finden. Sie wird erwägen, in einen Ashram einzutreten oder eine Katze zu adoptieren. Doch dann wird sie eines Tages bei Annye's Whole Foods im selben Moment wie ein attraktiver Fremder nach der letzten Packung Leinsamen – nein, Grünkohlchips! – greifen. Nachdem er ihre sanften Proteste abgewehrt hat, wird der Fremde darauf bestehen, dass Mitzi die Grünkohlchips nimmt, und als sie an der Kasse warten, wird er ihr verraten, dass seine geliebte Frau nach dreißig Jahren Ehe gerade an MS gestorben und er nach Nantucket gekommen sei, um auf langen Spaziergängen am Strand über seinen Verlust nachzusinnen.

Oder … Mitzi wird eine Reise nach Sedona machen, wo sie, wie Kelley weiß, schon immer hinwollte. Sie wird ein Kristallgeschäft betreten und plötzlich eine Hand auf ihrem Rücken spüren. Hinter ihr wird der geheimnisvolle bärtige Inhaber des Ladens stehen und Mitzi fragen, ob sie eine Tasse Matcha mit ihm trinken wolle. Mitzi wird es nicht fassen können, was das Universum am Tiefpunkt ihres Lebens für sie bereithält.

Jetzt bricht sie den Bann von Kelleys furchtbarem Tagtraum. »Ich hatte gerade ein sehr erfreuliches Gespräch mit dem Caterer! Die Party wird ein Knüller!«

Party?, denkt Kelley. *Welche Party?* Einen Moment lang fragt er sich, ob Mitzi schon die Trauerfeier für ihn plant. Wofür sollte sie sonst einen Caterer brauchen? Dann fällt ihm Barts Geburtstagsparty wieder ein. Kelley hat versucht, Mitzi diese Party auszureden. Warum soll sie so große Mühen auf sich nehmen, wenn ihr Mann im Sterben liegt und ihr Sohn Depressionen hat?

Sie hat ihn angesehen, als wäre er ein Idiot, und ihm wurde klar, dass genau das der Punkt war. Kelley lag im Sterben, und Bart hatte Depressionen. Mitzi brauchte eine positive Ablenkung. Trotzdem fürchtet Kelly, dass die Party zu viel Druck auf Bart ausüben wird. Er steht nicht gern im Zentrum des Interesses. Bei seiner Heimkehr aus Afghanistan wollte er nicht gefeiert werden, obwohl er ein Kriegsheld war. Kelley selbst hätte das Angebot der Handelskammer angenommen, eine Parade zu organisieren, aber Bart meinte, er ertrüge es nicht, geehrt zu werden, wenn der Beleh die Hälfte seiner Kameraden getötet habe.

Mitzi hat *alle, die sie kennen,* zu den VFW eingeladen. Es wird also eine Halloween-Version ihrer Heiligabendfeier werden. Sobald Kelley das klar wurde, fragte er Mitzi: »Warum geben wir nicht wie üblich unsere Heiligabendparty?«

»Aber das ist noch *so lange* hin«, sagte Mitzi, und bevor er sie schelten konnte, sie sei ungeduldig wie ein Kind, küsste sie ihn auf die Stirn und fügte hinzu: »Und *jetzt* geht es dir gut.«

Da begriff Kelley, dass Mitzi nicht glaubte, er würde bis Weihnachten durchhalten. Sie glaubte nicht, dass er es *zwei weitere Monate* schaffen würde. Wow. Na gut, er würde es ihr zeigen! Es gibt keine größere Motivation, etwas zu erreichen – einschließlich des Ziels, am Leben zu bleiben –, als seinem Partner sagen zu können: *Ich hab's dir ja gesagt*.

Allerdings folgten darauf etliche Tage, an denen Kelley fürchtete, Mitzi könne recht haben. Er hatte das Gefühl, keine Stunde mehr atmen zu können, geschweige denn zwei Monate.

Inzwischen hat er beschlossen, Barts Beispiel zu folgen und nur noch zu nicken, wenn Mitzi über die Party redet. *Natürlich* wird die Party Spaß machen. Mehr oder weniger. Kelley wird im Rollstuhl kommen müssen, aber wenn er Schmerzmittel nimmt, müsste er wach bleiben. Er wird nicht tanzen können – ja, Mitzi hat eine Band angeheuert, eine Combo namens Maxxtone, die Kevin empfohlen hatte –, doch es wird Spaß machen, Leute zu treffen.

»Der Caterer hat eine Kartoffelpüree-Bar vorgeschlagen«, sagt Mitzi. »Das ist der letzte Schrei. Sie machen einen großen Topf Kartoffelbrei, und dazu gibt es verschiedene Beilagen – Frühlingszwiebeln, Cheddar, saure Sahne, Speck …«

»Speck?«, sagt Kelley, munter werdend. »Du lässt Speck servieren?«

»Ich weiß doch, wie gern du den isst«, sagt Mitzi.

»*Aß*«, sagt Kelley. Muss er Mitzi daran erinnern, dass sie ihm verboten hat, Speck zu essen – ebenso wie Würstchen, Schinken, Pulled Pork. Hamburger, Fleischklößchen jeder Art, Kalbskoteletts, durchwachsenes Steak, dunkles Hühnerfleisch und »fetten« Fisch, wie etwa Lachs?

»Ich habe mit Laura geredet …«, sagt Mitzi.

»Lara«, sagt Kelley. »Ihr Name ist Lara. Nicht Laura. Du musst ihn richtig aussprechen, sonst regt sie sich auf.«

Mitzi nickt, obwohl Kelley sich sicher ist, dass sie seine Korrektur nicht aufgenommen hat. »Laura findet anscheinend, dass es in Ordnung ist, wenn du Sachen isst, die du liebst. Sie war sehr überzeugend.«

»Du meinst, du findest das auch?«, fragt Kelley.

»Ja«, sagt Mitzi und gibt Kelley noch so einen wunderbaren Kuss. »Ich möchte, dass du glücklich bist.«

Sie hat mich aufgegeben, denkt Kelley. Wenn es ihr egal ist, dass ich Speck esse, muss ich wirklich ein hoffnungsloser Fall sein.

Vielleicht hat Mitzi sich in den Caterer verliebt. Vielleicht ist der Caterer einer von diesen Hipstertypen mit einem Männerdutt.

»Es wird Apothekengläser voller Süßigkeiten geben«, sagt Mitzi. »Wunderkugeln, Karamellbonbons, Necco-Oblaten, Brausepulver. Die passen gut zu einer Halloween-Party.«

»Aber es *ist* keine Halloween-Party«, sagt Kelley. »Es ist eine Geburtstagsfeier. Wir verkleiden uns nicht.« Er hält inne. Sie verkleiden sich doch nicht, oder? Als was sollte er denn gehen? Als Mann an der Schwelle des Todes?

»Vielleicht werde ich als Gastgeberin ein Kostüm tragen«, sagt Mitzi und steht auf. »Ich würde gern meinen Goldlamé-Overall anziehen, den mit dem passenden Haarband und den Armbändern. Erinnerst du dich daran?«

»Äh«, sagt Kelley. Er weiß genau, welches Outfit Mitzi meint, denn eben das hat Kelley vor knapp drei Jahren in der Badewanne in Brand gesteckt, nachdem Mitzi ihn wegen George Umbrau verlassen hatte, den Santa Claus der Pension.

»Du weißt, welchen, oder? Ich meine, ich hatte nur *einen* goldenen Overall.« Sie öffnet die Tür ihres Kleiderschranks. »Aber ich hab überall nachgesehen und finde ihn nicht. Wo könnte er bloß sein?«

Kelley ist nicht zu krank, um zu wissen, was er jetzt tun muss. Er lässt sich in seine Kissen sinken, schließt die Augen und stellt sich schlafend.

EDDIE

Endlich zahlt sich Eddies Telefondienst aus!

Der Job steht in der Hierarchie des Maklergewerbes an unterster Stelle. An einem normalen Tag nimmt Eddie Anrufe entgegen, von denen jeder alberner und frustrierender ist als der zuvor. Da sind Leute, die für die ersten zwei Augustwochen ein Haus mieten wollen. Es soll acht Personen beherbergen und am Strand oder in fußläufiger Entfernung dazu liegen, und ihr Budget beträgt fünftausend Dollar. Insgesamt. An einem guten Tag beantwortet Eddie eine solche Anfrage mit: »Haben Sie Spielraum, was den Preis angeht? Wenn nicht, wie ist es mit der Anzahl der Betten oder der Lage? Ich habe ein wunderschönes Haus in Tom Nevers für sechs Personen, das viertausendfünfhundert pro Woche kostet. Mit dem Auto ist man schnell am Strand. Es ist gerade für die zwei Wochen auf den Markt gekommen, die Sie interessieren.« An seinen schlechten Tagen sagt Eddie: »Die Art Haus, die Sie beschreiben, kostet fast das Zehnfache Ihres Etats. Große Häuser am Strand fangen bei zwanzigtausend Dollar pro Woche an. Das sind die *billigsten*.« Dann wartet Eddie, bis der Anrufer auflegt.

Bei den meisten Kaltakquisen geht es um Mietgesuche.

Wer verkaufen will, hat schon einen Makler, und wenn er sich mit dem überworfen hat, heuert er dessen schlimmsten Feind an. (In seinem vorigen Leben hat Eddie auf diese Weise viele Kunden gewonnen, Leute, die von Addison Wheeler und, ja, Glenn Daley zu ihm übergelaufen sind.) Potenziellen Käufern wird ein Makler meistens von ihrem Finanzberater oder ihrem Squashpartner empfohlen, oder sie greifen auf den Makler zurück, der ihnen geholfen hat, als sie noch Mieter waren.

Es ist überaus selten, dass sich jemand einfach so meldet, der etwas kaufen will, und dann auch noch ein großes Haus, aber genau das passiert, als Eddie den Hörer abnimmt.

Die Frau stellt sich als Masha vor.

»Masha?«, sagt Eddie. Der Name klingt vage russisch, was Eddie unseligerweise an seine Prostituierten/Putzfrauen erinnert, die alle wieder nach Kirgisistan zurückgeschickt wurden. »M-a-s-h-a?«

»Nein, *Masha*«, sagt die Frau. »Wie in ›*Masha, Masha, Masha*‹.« Pause. »In ›*Drei Jungen und drei Mädchen*‹.«

»Oh, *Marcia*«, sagt Eddie. Der Akzent der Frau stammt direkt aus der Jeremiah Burke High School in Dorchester, und Eddie weiß, dass er sich keine großen Hoffnungen machen darf. Menschen aus Dorchester, Jamaica Plain, Brockton und Fall River kaufen keine Häuser auf Nantucket. Menschen aus diesen Ortschaften kommen im Allgemeinen überhaupt nicht nach Nantucket, weil sie nicht gern sechzehn Dollar für ein Truthahnsandwich, neun Dollar für ein alkoholfreies Bier oder fünf Dollar für weniger als vier Liter Benzin bezahlen. »Ich heiße Eddie, Marcia, Eddie Pancik. Wie kann ich Ihnen behilflich sein?«

»Mein Ehemann Raja und ich …«

Raja klingt vage indisch, und Eddie fragt sich, ob Raja Internetmillionär oder womöglich Professor für Astrophysik am MIT ist. Aber dann kalkuliert er Marcias derben Akzent mit ein und kommt zu dem Schluss, dass der Name des Ehemanns Roger sein muss.

»Ja?«, sagt Eddie geduldig, obwohl ihm bereits klar ist, dass die Frau ihren Sommerurlaub im Shady Rest Motel in Revere verbringen wird. Für Marcia und Roger ist jedoch nicht alles verloren, denn nahe dem Shady Rest gibt es einen hervorragenden Muschelimbiss.

»Wir haben Powerball gewonnen«, sagt Marcia. »Die Lotterie? Also wollen wir uns jetzt ein Haus auf Nantucket kaufen. Wir möchten uns alles zwischen zehn und fünfzehn Millionen ansehen, was Sie haben.«

Eddie braucht eine Sekunde, um sich zu räuspern. »Ja, gerne«, sagt er. Seine Hoffnungen fühlen sich an wie Seifenblasen, schimmernd und zart. Er wartet darauf, dass sie platzen, eine nach der anderen. Marcia und Roger haben Powerball gewonnen und von den über zwanzig Immobilienfirmen auf Nantucket Bayberry Properties angerufen und sind bei Eddie Pancik gelandet, der ihnen ein Zehn-bis-fünfzehn-Millionen-Dollar-Anwesen suchen soll. Was für ein glücklicher Zufall! Eddie ruft sich ins Gedächtnis, dass es jede Menge Betrüger und Schwindler gibt – unbedarfte Witzbolde und raffiniertere Typen vom Schlag *Der talentierte Mr Ripley*. Aber diese Marcia klingt aufrichtig, ihr Akzent echt. Eddie ist in der Purchase Street in New Bedford aufgewachsen; er sollte es wissen. »Legen wir einen Tag für Besichtigungen fest, dann koordiniere ich die Termine.«

Sobald Eddie aufgelegt hat, googelt er die Namen. Aus der Seitenleiste des *Boston Herald* springen ihn sofort Roger und Marcia Christy aus East Boston an, die mit einem Los, das sie in der Lanzilli Groceria in Orient Height nahe dem Constitution Beach gekauft haben, hundertzweiunddreißig Millionen Dollar gewonnen haben.

Sie existieren wirklich!, denkt Eddie. Hundertzweiunddreißig Millionen. Wenn sie die Einmalzahlung gewählt haben, sind sie wahrscheinlich bei achtzig Millionen gelandet, dann bleiben ihnen nach Abzug von vierzig Prozent Steuern achtundvierzig Millionen. Eine Investition von zehn bis fünfzehn Millionen Dollar in eine Immobilie wäre also angemessen. Die Christys kommen nächsten Freitag übers Wochenende auf die Insel, und Eddie wird ihnen ein Angebot von mindestens sechs Häusern zusammenstellen. Zum Essen wird er sie in ein charmantes, aber bescheidenes Lokal ausführen – an die Lunchtheke der Nantucket Pharmacy oder ins Something Natural. Er wird sie in Barbies neuem Escalade chauffieren, denn Eddie und Grace teilen sich einen sechzehn Jahre alten Jeep Cherokee, der merkwürdig durchdringend nach ranzigem Popcorn riecht.

Eddie reibt sich die Hände. Wenn er den Powerball-Christys ein Haus verkaufen kann, ist er offiziell *zurück im Spiel.*

Er sagt zu Allegra, er gehe in die Mittagspause – normalerweise arbeitet er durch –, aber er ist zu aufgeregt zum Essen, daher beschließt er, einen Spaziergang zu machen. Es ist ein frischer, wunderschöner Herbsttag auf Nantucket. Die Bäume in der Main Street sind bunt belaubt, doch der erste Frost lässt auf sich warten, sodass die Chrysanthemen und Dahlien in den Blumenkästen noch blühen. Wenn die Christys Nantucket jetzt sehen könnten, heute, würden sie sofort kaufen. Eddies Meinung nach ist es die bezauberndste Insel der Welt – ein ganz anderer Planet als East Boston. Die Häuser in der Stadt sind nicht nur ansehnlich; sie sind alt, besitzen architektonische Integrität, beherbergen Geschichten – Geschichten aus den großen Tagen des Walfangs, von Kapitänen und Mannschaften, auf See verschollenen Männern, von Männern, die sicher zu ihren Lieben zurückgekehrt sind, Geschichten von Quäkern und Unitariern, amerikanischen Ureinwohnern und Kapverdiern, Geschichten von Liebe, Verrat, Tod, Erfüllung, vom Scheitern, von Hoffnung, Glauben, Familie. Eddie kommen ein paar Tränen, als er daran denkt, welches Glück er hat, an einem so authentischen und einzigartigen Ort zu leben. Die meisten Leute glauben, in der Immobilienbranche gehe es um Grund und Boden, also Geld, doch Eddie würde behaupten, dass es um Menschen geht.

Und um Geld.

Seine Tränen sind teilweise Tränen der Erleichterung. Wenn er den Christys ein Haus für zwölf Komma fünf Millionen verkaufen könnte, bekäme er eine Provision von dreihundertfünfundsiebzigtausend Dollar, von denen ein Drittel der Agentur zustünde, aber eine Viertelmillion bliebe ihm.

Raum zum Atmen. Vielleicht wäre er sogar in der Lage, sich selbst wieder auf Häusersuche zu machen.

Er erwägt, nach Hause zu gehen und Grace die gute Nachricht zu überbringen, aber er ist hin- und hergerissen. Einerseits hat er gelobt, Grace gegenüber offener und emotional zugänglicher zu sein, mit ihr zu teilen, was ihn »innerlich bewegt«, und momentan verspürt er vorsichtigen Optimismus. Andererseits jedoch ist Eddie abergläubisch. Er fürchtet, dass die Aussicht auf eine positive Wendung sich in Luft auflöst, sobald er sie verkündet. Die Christys werden den Termin am Freitag absagen, weil sie beschlossen haben, doch lieber ein Haus auf Martha's Vineyard zu kaufen. Oder sie haben weiter im Internet recherchiert und sich für einen anderen Makler entschieden, höchstwahrscheinlich für Addison Wheeler oder im schlimmsten Fall für Rachel McMann. Millionen Dinge könnten schiefgehen, das weiß Eddie. Er beschließt, abzuwarten und Grace erst zu informieren, nachdem er den Tag mit den Christys verbracht hat.

Rechts von Eddie liegt die Winter Street, und er bleibt stehen. Da ist das Winter Street Inn, am Ende des Blocks, und Eddie fragt sich, ob er bei den Quinns vorbeischauen und sich erkundigen sollte, was er nächste Woche zu der Party mitbringen könne. Wäre es unhöflich, unangekündigt aufzukreuzen? Grace hat Eddie erzählt, es überrasche sie, dass die Quinns eine Party gäben, denn sie habe gehört, dass Kelley Quinn ziemlich krank sei. Prostatakrebs oder ein Gehirntumor, sie erinnerte sich nicht so genau. Eddie schalt sie dafür, dass sie Gerüchte verbreitete. Der Tratsch auf dieser Insel war das reinste Gift. Hatten sie das nicht selbst erlebt?

Eddie schlendert die Winter Street entlang und beschließt, vorbeizuschauen und Hallo zu sagen, nicht zuletzt deshalb, weil er ein bisschen hungrig und die Pension dafür berühmt ist, dass dort jederzeit selbst gemachte Snacks wie warme Cheddartörtchen und süß-scharf gewürzte Pekannüsse serviert werden.

Eddie tritt auf die oberste Stufe und betätigt den Türklopfer.

Lange passiert gar nichts – lange genug für Eddie, um anzunehmen, dass keiner zu Hause sei. Aber ist das wahrscheinlich? In einer Pension? Doch dann geht die Tür auf, und Mitzi steht vor ihm, mit rosigen Wangen und zerzausten Haaren. Sie lächelt, aber er merkt, dass sie ihn nicht erkennt. Kann er ihr das verübeln? Sie hat ihn seit mehreren Jahren nicht gesehen. Auf der letzten Heiligabendfeier, an der Eddie hier in der Pension teilnahm, fehlte Mitzi rätselhafterweise, und darüber gab es *natürlich* Gerüchte, solche, die besagten, Mitzi habe eine Affäre mit dem Santa Claus, zu abwegig und absurd, um sie zu glauben.

»Hi, Mitzi«, sagt Eddie. »Ich bin's, Eddie Pancik.«

Sie wirkt immer noch unsicher, deshalb sucht Eddie Zuflucht bei seinem verhassten Spitznamen. »Der Flinke Eddie.«

Er beobachtet, wie es ihr dämmert. In ihrem Gesicht

zeigt sich Wiedererkennen, wenn nicht gar echte Freude. »Eddie!«, sagt sie. »Sie müssen mich für furchtbar unhöflich halten. Es ist nur … na ja, ich habe niemanden erwartet, schon gar nicht Sie. Sie sind also wieder zu Hause? Zurück auf Nantucket? Endgültig?« Sie scheint nach den richtigen Worten zu suchen, um Eddie zu fragen, ob er aus dem Gefängnis entlassen wurde. Er hat festgestellt, dass es das Beste ist, den Leuten offen und ehrlich zu begegnen.

»Ich bin wieder zu Hause«, sagt er. »Hab meine Zeit abgesessen. Ich bin ein neuer Mensch.«

»Das freut mich«, sagt Mitzi. »Nicht dass vorher etwas an Ihnen auszusetzen gewesen wäre. Wenn jemand weiß, wie es ist, vom Weg abzukommen, dann bin ich es – wie Sie sicher gehört haben.«

Eddie weiß nicht recht, was er sagen soll. Vielleicht stimmen die Gerüchte über Mitzi und den Santa Claus ja doch. Aber jetzt steht sie hier an der Tür und sieht hübsch und frisch aus wie eh und je. Immer noch im langen Rock und mit Baumelohrringen, als wäre sie gerade bei einem Konzert von Peter, Paul and Mary gewesen.

»Grace und ich haben Ihre Einladung erhalten«, sagt Eddie. »Leider hat Grace ehrenamtliche Verpflichtungen, denen sie sich nicht entziehen kann, aber ich würde gern mit meiner Tochter Allegra kommen.«

»Wunderbar!«, sagt Mitzi und öffnet die Tür ein bisschen weiter. »Kommen Sie doch für einen Moment rein, bitte.«

»Wüsste nicht, was dagegen spricht«, sagt Eddie, motiviert von der Aussicht auf warme Cheddartörtchen. »Obwohl ich eigentlich nur vorbeigeschaut habe, um mich persönlich für die Einladung zu bedanken und zu fragen, ob ich etwas mitbringen soll.«

»Erzählen Sie mir, was es Neues gibt, Eddie«, sagt Mitzi, während sie ihn durch den Salon und den Speiseraum der Pension in die große luftige Landhausküche geleitet. Eddie hält Ausschau nach Törtchen oder Nüssen oder Muffins, sieht auf der Theke aber nur eine offene Tüte Grünkohlchips. Vielleicht war es falsch vorbeizukommen. Wenn er sich recht entsinnt, redet Mitzi gern. Womöglich sitzt er hier für den Rest des Nachmittags fest. »Ich verliere so schnell den Überblick über die Kinder anderer Leute. Sind die Zwillinge noch in der Highschool?«

»Sie haben 2016 ihren Abschluss gemacht«, sagt Eddie. »Hope ist jetzt im zweiten Jahr an der Bucknell. Und Allegra wohnt zu Hause bei Grace und mir. Wie sich herausstellte, war das College nichts für sie. Sie arbeitet momentan mit mir zusammen bei Bayberry Properties und versucht, sich über ihre nächsten Schritte klar zu werden.«

»Das College liegt nicht jedem, Eddie«, sagt Mitzi. »Und es gibt keinen Grund, sich dafür zu schämen. Bis vor Kurzem lebten drei von unseren vier erwachsenen Kindern noch zu Hause bei Kelley und mir. Jetzt hat Kevin Gott sei Dank eine eigene Wohnung, und Ava ist nach New York gezogen. Nur Bart lebt noch hier. Er versucht auch, sich über seine nächsten Schritte klar zu werden. Das tut er seit zehn Monaten.«

»Er ist ein Kriegsheld«, sagt Eddie.

»Das stimmt«, sagt Mitzi. »Aber er hat noch sein ganzes Leben vor sich. Und … sitzt nur in seinem Zimmer rum.«

Sie schaut zu Eddie auf, und ihre Augen füllen sich mit Tränen. »Ich weiß nicht, was ich tun soll. Er will nicht zum Therapeuten. Ich gebe diese Party hauptsächlich seinetwegen, damit er mal wieder unter Leute kommt.«

Eddie nickt und setzt eine Miene auf, die mitfühlend wirken soll, obgleich ihm nicht ganz wohl zumute ist. Eddie ist, was seine Frau gern bestätigen würde, nicht zum Therapeuten geeignet. »Wie geht es Kelley?«, fragt er, um das Thema zu wechseln.

Jetzt fließen die Tränen. »Er liegt im Sterben«, antwortet Mitzi. »Sein Arzt sagt, er hat höchstens noch zwei, vielleicht drei Monate. Er hat einen inoperablen Gehirntumor, der seine wichtigen Funktionen immer schneller einschränkt. Auf dem linken Auge kann er schon nicht mehr sehen. In drei Rückenwirbeln hat er Metastasen. Und wissen Sie was? Er ist besser gelaunt, als ich ihn je erlebt habe. Es scheint ihm nichts auszumachen, dass er jeden Tag ein bisschen mehr verschwindet oder dass er uns allein lassen wird. Ich meine, was soll ich tun?« Mitzi hebt den Kopf zur Decke, sodass die Tränen ihr übers Gesicht strömen, und Eddie fühlt sich echt schrecklich. Arme Mitzi! Ihr Sohn hat höchstwahrscheinlich eine PTBS, und ihr Ehemann wird bald sterben. Im Vergleich dazu sind Eddies Probleme wirklich geringfügig. Er muss Telefondienst schieben – na und? Sein Haus ist nur fünfundsechzig Quadratmeter groß – schnief, schnief! Zumindest sind Grace und die Mädchen gesund. Alle Schwierigkeiten, die Eddie momentan hat, hat er sich selbst zuzuschreiben. Daran muss er sich immer erinnern.

Er würde Mitzi gern eine helfende Hand reichen. Soll er sie umarmen? Nein, glaubt er. So fangen Affären an. Nicht dass Mitzi sich jemals für *ihn* interessieren würde, obwohl er findet, dass er ein wenig besser aussieht als Santa Claus.

»Was kann ich tun?«, fragt er. »Wie kann ich helfen?«

Mitzi wischt sich mit einem Geschirrtuch die Tränen ab. »Sie können die Pension für mich verkaufen.«

»Wirklich?«

»Ich kann sie nicht mehr führen«, sagt Mitzi. »Ohne Kelley schaffe ich das nicht, auch nicht, wenn Bart mir hilft.«

»Sind Sie sicher?«, fragt Eddie. Natürlich würde er die Pension gern in sein Angebot aufnehmen, aber er will nicht, dass Mitzi eine vorschnelle Entscheidung fällt, wenn sie so aufgewühlt ist.

»Vermutlich könnte ich es eine Zeit lang durchziehen«, sagt Mitzi. »Aber ich will nicht. Vor ein paar Jahren haben Kelley und ich uns damit übernommen, was zum Teil der Grund dafür ist, dass …« Sie verstummt und wedelt mit einer Hand vor ihrem Gesicht herum, als wollte sie einen Mückenschwarm oder einen schlechten Geruch vertreiben. »… dass wir so viele Probleme hatten. Ich glaube, Kelley hat Sie damals wegen eines Verkaufs angesprochen, oder?«

»Kann sein, dass er so was erwähnt hat«, sagt Eddie. Er entsinnt sich, dass Kelley auf der letzten Heiligabendparty, die Eddie besucht hat, ziemlich erpicht darauf war, die Pension zu verkaufen. Doch dann kam das Thema nie wieder zur Sprache, sodass er annahm, es hätte sich erledigt, wie so vieles anderes.

»Sie sind der einzige Makler, den Kelley mag«, sagt Mitzi. »Er hält Sie für einen Macher.« Sie blinzelt. »Im guten Sinne. Sie legen sich ins Zeug. Sie arbeiten hart, rackern sich ab. Sie erzielen Resultate.«

»Verstehe«, sagt Eddie und schaut sich in der Küche nach etwaigen Snacks um, die er womöglich übersehen hat. Er ist am Verhungern. »Ich habe die Pension immer geliebt.«

»Wir haben einige größere Umbauten vornehmen lassen«, sagt Mitzi. »Kelleys Exfrau Margaret Quinn, die Nachrichtensprecherin, hat Kelley Geld geliehen – eigentlich hat sie es ihm geschenkt –, das er in eine Renovierung gesteckt hat.«

»Ich würde das Haus sehr gerne für Sie verkaufen«, sagt Eddie. »Und ich könnte bestimmt einen guten Preis erzielen.« Ohne das Obergeschoss gesehen zu haben, schweben ihm ein Angebot von siebeneinhalb Millionen und ein Abschluss über sechs Komma fünf oder sieben vor. Wenn er dafür einen Käufer findet, kann er am Zahltag mit über vierhundert Riesen rechnen. »Aber warum warten wir nicht, bis Sie sich absolut sicher sind?«

»Ich bin mir absolut sicher«, sagt Mitzi, und ihre Stimme hat einen beleidigten Unterton, den Eddie von Grace kennt. Er besagt: *Nimmst du mich nicht ernst, weil ich eine Frau bin?*

»Okay«, sagt Eddie. »Dann treffen wir uns irgendwann nach der Party und erstellen zusammen ein Immobilienexposé.«

Mitzi atmet lange und erleichtert aus. »Vielen Dank«, sagt sie.

»Das ist mein Job«, sagt Eddie. Er reibt sich die Hände; sein Magen knurrt mittlerweile lautstark. »Jetzt muss ich aber los.«

Mitzi begleitet Eddie zur Tür und winkt, während er die Winter Street entlangschreitet. »Bis Dienstag«, sagt sie. »Mit Allegra.«

Eddie erwidert das Winken. Er ist so verblüfft über sein Glück, dass er schon wieder auf der Main Street steht, bevor ihm klar wird, dass er vergessen hat nachzufragen, ob Kostüme erwünscht sind.

JENNIFER

Theoretisch ist Jennifer zu beschäftigt, um unglücklich zu sein. Sie arbeitet noch an einem Projekt, in das sie ganz vernarrt ist – ein Einfamilienhaus von 1827 in der Garden Street in Beacon Hill –, und wird dann die komplette Ausgestaltung einer Penthousesuite in dem nagelneuen Luxusgebäude Millennium Tower auf dem Grundstück des ehemaligen Filene's in Downtown Crossing in Angriff nehmen.

Die beiden Projekte könnten nicht unterschiedlicher sein. Das Haus in der Garden Street gehört einem der wundervollsten Paare, die Jennifer je kennengelernt hat – Leanne und Derek Clinton –, das aus einem Vorort in die Stadt zurückgekehrt ist, nachdem die vier Kinder ausgezogen sind. Derek ist Leiter der versicherungsmathematischen Abteilung bei John Hancock, und Leanne arbeitet halbtags als Pro-bono-Bürgerrechtsanwältin. Sie sind kultiviert und gebildet und möchten ihrem Haus den Glanz seiner Blütezeit zurückgeben, allerdings mit modernen Annehmlichkeiten und architektonischen Vignetten in jedem Raum, die Leanne »Momente der Freude« nennt. Jennifer mischt klassische Anstrichfarben und sorgfältig ausgewählte Antiquitäten mit ihren charakteristischen besonderen Elementen – einem Vorleger mit Zebramuster, einem gefiederten Kerzenleuchter, einem Spiegel in der Gästetoilette, den eine Découpage aus Seiten aus Dereks und Leannes alten Reisepässen ziert.

Das Penthouse dagegen gehört einem gewissen Grayson Coker mit dem Spitznamen Coke. Er ist vierundfünfzig, dreimal geschieden und Vorstandsvorsitzender der Boston Bank. (Wenn Jennifer ihn Mr Coker nennt, wird sie jedes Mal gerügt. »Coke, bitte, Jen«, sagt er. Er besteht so sehr auf diese Formlosigkeit, dass Jennifer es nicht übers Herz bringt, ihm zu erklären, dass sie es hasst, Jen genannt zu werden.) Coke ist nicht wählerisch, was die Einrichtung seines Apartments betrifft, solange es »elegant«, »modern« und »einschüchternd« wirkt.

»Einschüchternd?«, fragt Jennifer nach, weil sie glaubt, sie habe sich verhört. »Sie wollen, dass Ihr Apartment Leute ängstigt?« Sie übt ihren Beruf seit zwölf Jahren aus und hat diese Anweisung noch nie bekommen.

»Nicht direkt ängstigt«, sagt Coke. »Aber ich möchte meinen Gästen Respekt einflößen. Ich möchte, dass die Wohnung ein Statement abgibt. Dass sie Macht vermittelt.«

»Macht«, sagt Jennifer. Sie sehnt sich jetzt schon nach Leanne und ihren selbst gemachten Ahornsirup-Ingwer-Scones.

»Ich stelle mir scharfe Winkel vor, kühne Kunstwerke. Nichts Verspieltes. Nichts Feminines.«

Jennifer nickt. Sie ist so weit außerhalb ihrer Komfortzone, dass sie erwägt, das Projekt abzulehnen. Wie ist Coke überhaupt auf sie gekommen? Sie fragt ihn rundheraus.

»Die Freundin einer Freundin hat Sie empfohlen«, sagt Coke. »Sie meinte, Sie seien in Boston die Beste.«

Jennifer widersteht der Schmeichelei (die »Freundin einer Freundin« ist vermutlich eine von Cokes Geliebten, von denen es, da ist sich Jennifer sicher, viele gibt), beschließt aber, an dem Job festzuhalten, denn die Bezahlung ist zu phänomenal, um sie zu ignorieren. Patrick hat einen neuen Hedgefonds gegründet, doch es dauert länger als erwartet, das nötige Kapital zusammenzubringen. Er arbeitet rund um die Uhr, und es kommt trotzdem finanziell wenig oder gar nichts dabei heraus.

Jennifer hofft außerdem, mit der Übernahme einer Aufgabe, die ihr so wesensfremd ist, das *Verlangen* zurückdrängen zu können, das sie neuerdings heimsucht.

Es ist in letzter Zeit häufiger und stärker aufgetreten, zum Beispiel, wenn sie Stoffproben durchschaut oder zum Lunch für die Jungs Geflügelsalat macht und plötzlich denkt: *Irgendwas fehlt.* Dieser nagende Gedanke irritiert sie. Sie hat alles, was sie sich wünschen könnte: Ihr Ehemann ist wieder da, ihre Kinder sind gesund, ihre Karriere boomt. Aber dann sieht Jennifer, mit welcher Leichtigkeit, Zufriedenheit und Zielstrebigkeit Leanne Clinton sich durch die Welt bewegt; es ist, als kenne sie ein wunderbares Geheimnis, das Geheimnis des Glücks. Außer sich ihrer Teilzeitarbeit für die Verlierer der Gesellschaft zu widmen, geht Leanne sechsmal pro Woche zum Barre-Training und jeden Sonntag zur Messe.

Braucht Jennifer mehr Sport? Braucht sie Religion?

Sie vermisst die Tabletten. So, sie hat es gesagt.

Als das Haus in der Garden Street endlich fertig ist, als es für sie nichts mehr zu kaufen, zurechtzuzupfen oder aufzuschütteln gibt, macht sich ein trauriges Abschiedsgefühl in Jennifer breit, als wäre dies der letzte Tag ihres Ferienlagers gewesen. Jetzt ist es Zeit, sich ernsthaft dem Penthouseprojekt zuzuwenden. Bevor sie ihren ersten größeren Kauf tätigt, vereinbart sie ein Treffen, denn sie will auf keinen Fall für achtzigtausend Dollar Möbel bestellen und dann von Coke hören, dass sie ihm alle nicht gefallen.

Coke hat absurde Arbeitszeiten und verkündet, für eine Zusammenkunft mit Jennifer im Penthouse habe er nur am Dienstagabend um halb neun Zeit. Dieser Termin fällt genau in die Stunde, die Jennifer am meisten schätzt. Das Abendessen ist vorbei, die Jungs machen ihre Hausaufgaben (oder sind, was wahrscheinlicher ist, mit Minecraft und Snapchat beschäftigt), Jennifer trinkt ihr drittes und letztes Glas Wein des Abends, während sie aufräumt und die Lunchpakete für den nächsten Tag vorbereitet. Meistens trägt sie dabei ihre Yoga-Hose und ihr Patriots-T-Shirt. Die Aussicht, sich noch einmal aufbrezeln und das Haus verlassen zu müssen, ist unerfreulich – aber was bleibt ihr anderes übrig?

Sie beschließt, das Beste daraus zu machen. Sie ermutigt Paddy, mit seinen Söhnen ein paar schöne Stunden im Sweet Cheeks zu verbringen. Sie selbst zieht einen Rock und Stiefel an und geht ins Carrie Nation nahe dem State House. Sie erntet einige anerkennende Blicke von den Geschäftsleuten am Tresen, die sie aufmuntern. Warum macht sie das nicht öfter? Sie könnte sich hier mit einer ihrer geschiedenen Freundinnen oder auch mit Leanne verabreden. Aber dann kommt Jennifer zur Vernunft. Sie frequentiert die Bars in Beacon Hill deshalb nicht, weil sie eine Firma leitet, drei Kinder großzieht und glücklich verheiratet ist.

Coke ist im Apartment, als Jennifer eintrifft. Sie bemerkt eine Flasche Scotch und zwei Whiskeygläser auf der schwarzen Porphyrtheke. Aus dem Soundsystem ertönt eine akustische Version von Bruce Springsteens »Fire«. Alle Lichter sind aus.

Coke steht vor den deckenhohen Fenstern mit Blick nach Nordosten über Finanzdistrikt und Seehafen. Im Westen liegen der Boston Common, der Boston Public Garden und die Back Bay. Dieses Penthouse verleiht seinem Eigentümer das Gefühl, der König von Boston zu sein.

»Die Aussicht ist abends viel schöner, wenn das Licht aus ist«, sagt Coke. »Kann ich Ihnen einen Drink anbieten?«

Jennifer will schon fragen, ob er Wein hat, doch sie möchte nicht wählerisch erscheinen. Sie hat noch nie Scotch probiert, obwohl Patrick gelegentlich welchen trinkt, wie schlecht also kann er sein?

»Gern«, sagt sie.

Er schenkt ihnen beiden ein Glas ein, und sie stoßen an. »Nicht nur die beste Innenausstatterin von Boston, sondern mit Sicherheit auch die schönste«, sagt Coke. »Haben Sie schon mal gehört, dass Sie aussehen wie Selma Blair?«

»Das höre ich ständig«, sagt Jennifer, weil es zutrifft, und Coke lacht. Jennifer stimmt in sein Lachen ein und trinkt einen Schluck von ihrem Whiskey. Er ist bitteres Feuerwasser, aber Jennifer genießt das Brennen.

Sie holt ihren Laptop hervor, doch Coke schiebt ihn beiseite. »Ich brauche die Bilder nicht zu sehen«, sagt er. »Ich vertraue Ihnen.«

»Sind Sie sicher?«, fragt Jennifer. Eine solche Vertrauensbekundung hört jede Ausstatterin gern, aber sie ist vorsichtig. Die meisten Sachen, die sie ausgesucht hat, sind schlicht und streng geformt, ein paar jedoch auch weicher, etwa zwei sehr aparte Sessel von Kelly Wearstler, die ans Feminine grenzen. Jennifer beabsichtigt, einen Raum damit einladender für Frauen zu gestalten. Daneben hat sie einige antike Bänke ausgewählt, die das Zierregal im Wohnbereich säumen sollen, denn sie weiß über Coke eigentlich nur, dass er Banker ist. Außerdem unterstützt er diverse kulturelle Einrichtungen der Stadt mit Spenden – den Jimmy Fund, das Museum of Fine Arts, das Boston Ballet. Und er ist ein notorischer Junggeselle, der in fast jeder Ausgabe des *Boston Common* mit einer anderen Frau zu sehen ist.

»Ja, bin ich«, sagt Coke.

»Sie haben sich meine Entwürfe online angeschaut?«, fragt Jennifer.

»Ein paar davon«, sagt Coke. »Ich habe in beruflicher und persönlicher Hinsicht alles über Sie in Erfahrung gebracht, was ich konnte. Sie sind in San Francisco aufgewachsen und auf die Stanford gegangen und haben sechs Jahre lang bei Christie's gearbeitet. Sie sind mit Patrick Quinn verheiratet, früher angestellt bei Everlast Investments, und haben ihm zur Seite gestanden, als er wegen Insiderhandels eine

Gefängnisstrafe absaß. Sie wohnen in der Beacon Street in dem Haus mit dem Weihnachtsbaum im Erkerfenster, den alle Touristen fotografieren.«

»Wow«, sagt Jennifer. »Ich bin geschmeichelt. Und auch ein wenig verängstigt.«

»Na ja, ich dachte, wenn ich einer Frau über eine halbe Million Dollar zahle und ihr ein Budget anvertraue, das vier- oder fünfmal so hoch ist, sollte ich wissen, mit wem ich es zu tun habe.«

Jennifer nickt langsam und sieht sich Coke genauer an. Er ist etwa einen Meter achtzig groß, hat grau melierte Haare und ist recht gut gebaut, wenn auch nicht übertrieben attraktiv. Und doch hat er etwas. Er ist ein Eroberer. Seine Selbstsicherheit überstrahlt alles. Es ist unmöglich, sie nicht zu bemerken, schwierig, sie nicht zu bewundern. Er leitet eine der größten Banken in Boston, aber was das bedeutet, weiß Jennifer nicht so genau. Wahrscheinlich, dass er entschlossen ist, stark und … einschüchternd.

»Haben Sie sonst noch etwas über mich erfahren?«, fragt Jennifer.

Er kippt seinen Scotch herunter und starrt sie an. Seine Augen sind grün, was ihm irgendwie einen Anflug von Menschlichkeit verleiht. »Gibt es denn noch etwas, das Sie mir erzählen möchten?«

Jennifer stellt sich vor, dass sie ihm ihr dunkles Geheimnis – ihre Sucht – enthüllt und dann die noch schrecklichere Tatsache, dass sie nach wie vor ständig an Tabletten denkt. Aber das würde sie nie tun. Eher würde sie kopfüber von dem Panoramabalkon springen.

»Nein«, sagt sie. »Nichts Erwähnenswertes.« Sie befürchtet, das könnte kokett klingen. Cokes Blick liegt auf ihrer Kehle und wandert dann ihren Körper hinunter.

»Ich würde Sie gern etwas fragen, was das Bad betrifft«, sagt Coke. »Mein Konkurrent bei der Bank of America hat mir erzählt, dass eine Wand in seinem Bad aus Mondgestein ist.«

»Mondgestein?«, fragt Jennifer. »Steine vom Mond?«

»Kommen Sie, sehen wir es uns an«, sagt Coke. Seine Hand landet auf der entblößten Stelle Haut auf Jennifers Rücken. Die Neckholder-Bluse, die sie trägt, hat sie extra gekauft, um Patrick bei seiner Heimkehr aus dem Gefängnis eine Freude zu machen. Coke führt Jennifer in den Nebenraum, das Schlafzimmer, das bis auf ein Kingsize-Podestbett und eine schwarz lackierte Kommode leer ist. Das Bad liegt auf der anderen Seite des Raums, doch Coke stoppt Jennifer vor dem nach Süden gerichteten Fenster, durch das man die Washington Street, das Theaterviertel und Chinatown sehen kann.

Jennifer bedauert es inzwischen sehr, dass sie in dieses Treffen eingewilligt und dazu auch noch ein so verführerisches Outfit angezogen hat. Die Musik geht über zu John Mayer, der den sinnlichsten Song der Welt singt. Jetzt merkt Jennifer, dass Coke ihr eine Falle gestellt hat und sie direkt hineingetappt ist.

Sie räuspert sich und sagt: »Na ja, gegen die Aussicht ist wirklich …« Doch bevor sie den Satz ganz ausgesprochen hat, zieht Coke sie an sich, um sie zu küssen. Seine Hand streicht ihr Rückgrat hinunter.

Sie kann nicht glauben, was hier geschieht. Als seine Lippen auf ihre treffen, gerät sie in Panik. Was soll sie tun? Sie schiebt Coke in seinem wunderschön geschneiderten Hemd von sich.

»Nein«, sagt sie. »Tut mir leid. Ich kann nicht. Ich bin glücklich verheiratet.«

Es folgt ein Moment, in dem Jennifer denkt, alles könnte noch gut ausgehen. Coke könnte sich lachend entschuldigen, dem Alkohol die Schuld an seiner Dreistigkeit geben. Er könnte versprechen, sich ab jetzt zu benehmen; dann würden sie eine undramatische berufliche Beziehung pflegen, und Jennifer könnte ihr Honorar von einer halben Million Dollar als Ausstatterin des prestigeträchtigsten Objekts auf dem Bostoner Markt einstreichen.

Doch stattdessen zieht Coke sie noch enger an sich und legt seinen Mund auf die empfindsame Stelle unter ihrem Ohr. Er verpasst ihr einen leichten Biss und sagt: »Komm schon, Jen. Wir wissen beide, dass du *so* glücklich nun auch nicht bist.«

»Was?«, sagt Jennifer. Cokes Stimme ist die ihrer eigenen Dämonen. *So* glücklich ist sie wirklich nicht. Aber mit Grayson Coke zu schlafen würde nicht helfen, sondern alles noch viel, viel schlimmer machen. Jennifer versucht sich von ihm zu lösen, ohne nach ihm zu schlagen, doch er lockert seinen Griff nicht. Sie spürt immer noch seinen Atem auf ihrem Hals. »Bitte«, sagt sie, »lassen Sie mich los. Lassen Sie mich sofort los.«

Er schiebt sie weg, und sie stolpert in ihren Stiefeln, fällt aber Gott sei Dank nicht hin. Sie fängt sich und eilt ins

Nebenzimmer, wo sie ihren Mantel anzieht. Sie hätte ihn nie ablegen sollen! Sie hätte nie diese Bluse anziehen dürfen! Was hat sie sich dabei gedacht? Sie schnappt sich ihre Tasche.

»Ich gehe jetzt, Mr Coker«, sagt sie. »Tut mir leid, aber ich glaube, dieser Job ist nichts für mich.«

Coke steht in der Tür und schüttelt den Kopf, als sei sie ein Kind, das ihn enttäuscht hat. »Pech für dich, Jen.«

»Jennifer«, sagt sie. »Mein Name ist Jennifer Quinn.« Damit stürzt sie aus dem Apartment auf den Fahrstuhl zu und betet darum, dass Coke ihr nicht folgt.

Auf dem Heimweg zittert Jennifer, ist verwirrt und benommen. Wie konnte das Treffen so schnell aus dem Ruder laufen? War es ihre Schuld, weil sie in die späte Stunde, in das leere Penthouse, in den Drink eingewilligt hat? Sie hat das falsche Outfit getragen, und sie hätte vorher nicht ins Carrie Nation gehen dürfen. Sie hätte auf Make-up und Parfüm, auf einen Rock und hochhackige Stiefel verzichten sollen.

Dann bremst Jennifer sich. Es war nicht ihre Schuld. Coke hat ihre Körpersprache, ihre nonverbalen Signale, vielleicht sogar ihren Tonfall falsch gedeutet. Sie hat ihn freundlich gebeten aufzuhören, und er hat sie trotzdem weiter bedrängt. Er ist derjenige, der sich danebenbenommen hat. Jennifer blieb nichts anderes übrig, als Grayson Coker mit seiner fantastischen Wohnung und all seinem Geld abzuschreiben.

Pech für dich, Jen.

Sie kommt nicht umhin, ihm recht zu geben. Sie und Paddy haben das Geld gebraucht. Dringend.

Jennifer trifft ein paar Minuten vor Paddy und den Jungen zu Hause ein, was ihr genügend Zeit lässt, sich ihres verdammten Outfits zu entledigen und in ihre Yoga-Hose und das Patriots-T-Shirt zu schlüpfen. Paddy sieht glücklich aus wie seit Wochen, vielleicht Monaten nicht mehr; die Zeit allein mit den Kindern hat ihn aufgemuntert. Er hat Barbecuesoße auf der Wange. Jennifer wischt sie ab, und er küsst sie.

»Wie war das Treffen?«, fragt er.

Sie hört die Jungen draußen im Flur fröhlich herumtoben.

»Gut«, sagt sie.

Er beugt sich weiter vor und küsst sie auf fast dieselbe Stelle neben ihrem Ohr, in die Coke gebissen hat. Jennifer hat Mühe, nicht zusammenzuzucken. Sie würde Patrick gern alles erzählen – oder beinahe alles –, weiß aber, dass sie ihnen beiden mit der Geschichte den Abend verderben und eine Szene heraufbeschwören würde. Mehr als eine Szene, da es um zwei Punkte geht: zum einen um Jennifers Ehre und zum anderen um das entgangene Geld. Jennifer kann sich gut vorstellen, dass Patrick beschließen würde, mit einem Baseballschläger zum Millennium Tower hinüberzugehen und Grayson Coker zu bedrohen. Und wenn sie nun eine Teilverantwortung übernimmt? Wenn sie Patrick zeigt, was sie getragen hat?

»Ich hab den Typen gegoogelt«, sagt Patrick. »Er ist der sechstreichste Mann in Boston.«

»Ich bin mir nicht sicher, ob das Projekt das Richtige für mich ist«, sagt Jennifer.

»Ich dachte, das hätten wir schon besprochen«, sagt Patrick. »Man wächst mit seinen Aufgaben. Es wird dir guttun, mal was anderes auszuprobieren.«

Jennifer weiß nicht, was sie darauf entgegnen soll, deshalb umarmt sie Patrick und nickt. Sie wird ihm beichten müssen, dass aus dem Job nichts wird, aber nicht heute Abend.

»Ich gehe nach unten«, sagt. »Ich muss die Lunchpakete fertig machen.«

Am nächsten Morgen beschließt Jennifer, sich trotz eines leichten Katers vom Scotch mit Leanne zum Barre-Training zu treffen. Sie muss ihre Nervosität ausschwitzen. Vielleicht wird sie Leanne sogar gestehen, was mit Grayson Coker vorgefallen ist, und sie um Rat bitten, wie sie sich Patrick gegenüber verhalten soll. Was Jennifer braucht, ist eine Freundin, eine Vertraute.

Was ich brauche, denkt sie, *ist eine Lorazepam.*

Sie durchquert den Public Garden, als ihr Telefon klimpert. Ein komisches Gefühl überkommt sie, und sie denkt: *Das ist Grayson Coker, der sich entschuldigen will.* Doch als sie die Nachricht sieht, bleibt sie wie angewurzelt stehen.

Es ist eine SMS von Norah Vale.

Es ist, als hätte Norah Vale ihre Gedanken gelesen oder gespürt, dass Jennifer ausgerechnet heute Morgen besonders verletzlich ist.

Jennifer lässt sich auf die nächste Parkbank sinken. Sie

sollte den Text löschen, ohne ihn zu lesen. Denn was könnte er schon beinhalten?

Na gut, überlegt Jennifer, es muss ja nicht automatisch um Drogen gehen. Sie hat seit letztem Weihnachten, als Norah netterweise ihre Fährtickets mit Jennifers tauschte, damit Jennifer, Paddy und die Jungs rechtzeitig zu Kevins Hochzeit auf Nantucket eintrafen, nichts von Norah gehört oder gesehen. Zu Kevins *zweiter* Hochzeit – denn in erster Ehe war er mit Norah persönlich verheiratet gewesen. Norah Vale hätte der letzte Mensch sein müssen, der seine Hilfe anbot, aber sie tat es trotzdem.

Jennifers Neugier gewinnt die Oberhand. Sie öffnet die SMS, und da steht: *Muss was mit dir besprechen. Bist du demnächst auf Nantucket?*

Jennifer erstarrt und sieht sich um, als befürchte sie, dass Norah sie aus der Nähe belauert.

Muss was mit dir besprechen.

Moment mal, denkt Jennifer. Im letzten Jahr hat Norah sie um ein Empfehlungsschreiben gebeten, weil sie sich für ein BWL-Studium bewerben wollte. Vielleicht möchte sie jetzt ja Jennifers Firma für eine ihrer Fallstudien benutzen. Jennifer hat keinen Grund, automatisch das Schlimmste anzunehmen. Norah hat in ihrem Leben einiges zum Positiven verändert.

Bist du demnächst auf Nantucket?

Das ist seltsam, oder? Wenn Norah bloß mit ihr reden wollte, ließe sich das doch telefonisch erledigen. Sehr wenige Themen erfordern ein persönliches Gespräch … es sei denn, es ist zu heikel fürs Telefon.

Wie etwa die Tabletten.

Jennifers Beine zittern, als sie aufsteht. Sie muss sich zusammenreißen; sie muss zum Barre-Training. Sie muss in Leannes ruhiges Gesicht schauen und sich anhören, wie himmlisch Leannes und Dereks letztes Dinner im Giulia war.

Während Jennifer den Fußweg in der Mitte der Comm. Ave. entlanggeht, wird ihr klar, dass sie *wirklich* bald auf Nantucket sein wird – nächste Woche, zu Barts Geburtstagsparty. Sie findet am Dienstagabend statt, also zu einem sehr ungünstigen Zeitpunkt, aber Patricks ehemalige Sekretärin Alyssa hat angeboten, über Nacht bei den Jungs zu bleiben und mit Pierce und Jaime sogar auf Süßigkeitenjagd zu gehen. Sowohl Jennifer als auch Patrick wissen, wie wichtig es Mitzi ist, dass sie kommen.

Hat Norah das mit der Party irgendwie herausgefunden? Läuft ihre SMS darauf hinaus, dass sie eingeladen werden will? Jennifer weiß, dass Norah es nach wie vor bedauert, nicht mehr Teil der Quinns zu sein. Vermutlich nicht, weil sie sich so nach Kevin sehnt, sondern eher, weil sie sich wünscht, wieder in die Familie einbezogen zu werden – oder vielleicht auch Vergebung von ihr zu erfahren.

Als Jennifer nach links in die Clarendon einbiegt, sieht sie Leanne, die vor dem Barre-Studio auf sie wartet, und ihre Beklommenheit weicht ein bisschen. Sie winkt.

Sei präsent, sagt sie sich. Über Grayson Coker und Norah Vale wird sie später nachdenken.

AVA

Um fünf Minuten vor elf steht sie am Eingang des Museum of Natural History und wartet darauf, dass Potter und PJ aus der U-Bahn auftauchen. Potter hat am Abend zuvor angerufen und ihr erzählt, dass PJ im Taxi eingeschlafen sei. »Ich glaube, der Grund für seine Überreaktion war Erschöpfung«, meinte er. »Es ist anstrengender, nach Osten zu fliegen als nach Westen.«

»Ach ja?«, sagte Ava.

»Jetlag ist eine Tatsache!«, entgegnete Potter trotzig.

Für heute hat Potter geplant, PJ ausschlafen zu lassen, ihn dann zu einem ausgiebigen Frühstück in Tom's Restaurant einzuladen und ihm danach seinen sehnlichen Wunsch zu erfüllen, U-Bahn zu fahren. Dieser Wunsch war teilweise durch Potters Exfrau Trish angefacht worden, die gesagt hatte, PJ dürfe das unter keinen Umständen.

Ava atmet die frische Oktoberluft tief ein. Sie werden den Nachmittag im Museum verbringen und ihn mit einem Besuch des Hayden Planetarium krönen, und dann werden sie sich einen späten Lunch genehmigen. Ein Stück weiter die Straße entlang ist ein großartiger Bánh-mì-Laden, oder sie können sich, wenn es PJ recht ist, draußen ins Cafe Luxembourg setzen, wo Ava und Potter sich eine

Flasche Sancerre teilen würden und PJ *frites* aus einer Papiertüte essen könnte.

Und heute Abend … was unternehmen sie heute Abend? Sehen sie sich einen IMAX-Film an? Fahren sie auf die Spitze des Empire State Building? Machen sie eine »Ghost Tour« durch Greenwich Village mit? Die Möglichkeiten sind endlos.

Ava liebt New York!

Ihre Träumerei wird durch den Anblick von Potters Kopf beendet. Sie sind so stark miteinander verbunden, dass Ava seine Anwesenheit manchmal schon spürt, bevor sie ihn tatsächlich sieht. Ein paar Sekunden später taucht auch PJ auf. Potter hält ihn an der Hand, doch in PJs anderer Hand liegt ein Gerät, das seine Aufmerksamkeit fesselt. Zumindest wehrt er sich nicht oder schreit oder hat einen Wutanfall.

Ava winkt Potter zu, und er winkt zurück und kommt, PJ hinter sich herziehend, quer über die Straße auf sie zu.

»Hey«, sagt er. Er wirkt völlig gelassen. Ava beschließt, so zu tun, als hätte es den gestrigen Abend nie gegeben.

»Selber hey«, sagt sie. Sie sieht davon ab, Potter in Gegenwart von PJ zu küssen, obwohl es ihr schwerfällt. *Geh behutsam vor,* denkt sie. Sie können sich verhalten wie Freunde, die sich zufällig getroffen haben. »Hey, PJ. Ich bin Ava.«

PJ antwortet nicht. Er schaut nicht einmal auf. Er ist in sein Spiel vertieft, das er auf einem iPhone 7 spielt, einem moderneren Telefon, als es Ava oder Potter haben. Woher hat er das? Gehört es Trish? Mit Sicherheit ist es nicht seins – er ist erst sieben.

»Leg das Handy hin, Kumpel, und sag Ava guten Tag«, sagt Potter.

PJ reagiert nicht. Seine Finger schlittern über das Display.

»Was für ein Spiel spielst du?«, fragt Ava.

Keine Antwort von PJ.

»Minecraft«, sagt Potter.

Ah, Minecraft. Ava hört von Bekannten mit Kindern schon lange Klagen über Minecraft. Anscheinend ist es die Pest im Leben aller Eltern. Sogar Avas Schwägerin Jennifer beschwert sich darüber. Doch jetzt wünscht sich Ava, sie hätte genauer hingehört, worum es bei Minecraft eigentlich geht. Wenn sie das wüsste, könnte sie über die *mines* oder die *crafts* vielleicht eine Beziehung zu PJ aufbauen.

»Sollen wir reingehen?«, fragt Ava. Sie geht durch den Eingang voraus und wartet, während Potter für alle drei Tickets holt, dann betreten sie das Museum.

Ava hat seit ihren Kindertagen keinen Fuß mehr in dieses Museum gesetzt, aber jetzt stürmen Bilder von früher auf sie ein. Sie erinnert sich an Schulausflüge – an Lunchpakete, das Zweiergruppensystem, Arbeitsblätter, die in jedem Flügel auszufüllen waren – sowie an regnerische Wochenenden nach der Trennung von Avas Eltern. Ava und Patrick und Kevin verbrachten die Woche bei Margaret in dem Brownstone in der East 88th Street und die Wochenenden bei Kelley in seinem eleganten neuen Hochhaus-Apartment im Finanzdistrikt. Kelley war damals eine verlorene Seele und Ava zu der Zeit nicht alt genug, um das zu begreifen, aber heute ist es ihr klar. Kelleys Bruder lag unten in Greenwich Village mit AIDS auf dem Sterbebett, und Kelley war es deshalb umso wichtiger, seine Wochenenden mit den Kindern im Norden von Manhattan zu verbringen. Patrick und Kevin waren Teenager und konnten Freunde und Sport als Ausflüchte benutzen, um den traurigen, schrecklichen Wochenenden mit Kelley zu entkommen. Ava hing fest. Bei mildem Wetter gingen sie und Kelley in den Central Park, wo sie den Rollschuhläufern zuschauten oder Steine in den See warfen. Wenn es kalt war oder regnete, kamen sie hierher.

Es gab Dinge in diesem Museum, die Ava liebte: den großen Elefanten, den Kalmar und den Wal, die Edelsteine. Schlechte Erinnerungen hat sie an die Dinosaurier und noch schlechtere an die Halle der indigenen Völker. Eines Sonntags war ihr so übel, dass sie sich vor dem Diorama der Maoris in die Hände ihres Vaters erbrach.

»Wo sollen wir anfangen?«, fragt Ava. Sie hat den Lageplan in der Hand und ist voller Optimismus. Was heutzutage geboten wird, ist nahezu überwältigend. Da gibt es das Schmetterlings-Treibhaus, eine Ausstellung über die Arktis, eine über Fledermäuse, eine über die Stadt Petra und eine über Indianerschmuck. Und dann ist da das Planetarium, das sie sich bis zuletzt aufsparen werden. Es gibt Säle mit Fossilien, Dinosauriern, Säugetieren, Edelsteinen und Mineralien – die werden sie um der alten Zeiten willen durchstreifen müssen –, die Halle der menschlichen Entstehungsgeschichte und … den Entdeckerraum! Ava hatte ihn ganz vergessen, aber jetzt entsinnt sie sich lebhaft, wie sie sich dort stundenlang die Zeit vertrieb, während Kelley auf einer Bank die *Times*-Beilage »Rückblick auf die Woche« las. Ihm war nicht klar, dass *Qualitätszeit* bedeutete, auf Händen und Knien mit Ava die Schublade mit den Kaurimuscheln und Turmschnecken zu bestaunen.

Aber das hat Kelley später wettgemacht. Er war ein wunderbarer Vater. *Er* ist *ein wunderbarer Vater*, denkt Ava. Sie ringt um Fassung, doch Potter und PJ achten sowieso nicht auf sie. PJ starrt aufs Telefon, und Potter sieht sich eindeutig ratlos im Museum um.

»Dinosaurier«, sagt Ava. »Fangen wir mit den Dinosauriern an.«

»Dinosaurier«, wiederholt Potter. Er ist sichtlich erleichtert, dass Ava das Kommando übernommen hat. »Du magst doch Dinosaurier, oder, Kumpel?«

PJ ist zu sehr mit seinem Spiel beschäftigt, um zu antworten, und Ava schaut zu Potter auf. *Nimm es ihm weg!*, denkt sie. *Wir sind in einem Museum*. Es gibt hier sicher jede Menge interaktiver Bildschirme, viel mehr als vor fünfundzwanzig Jahren. Sie kann kaum fassen, dass Potter seinem Sohn erlaubt, seine Umgebung hartnäckig zu ignorieren.

»PJ …«, sagt Potter, dann verstummt er. Er wirkt hilflos. Ava muss an Margarets Worte denken: *Vielleicht glaubst du, Potter in- und auswendig zu kennen, aber denk dran, dass du ihn nie als Vater erlebt hast. Womöglich erlebst du eine Überraschung.*

Potter ist der intelligenteste, gebildetste, netteste, attraktivste, charmanteste und amüsanteste Mann, den Ava je kennengelernt hat. Er ist alles, was sie sich hätte erträumen können. Und doch, als Vater … das schmeichelhafteste Adjektiv, das Ava im Moment einfällt, ist *ineffektiv*. Sie für ihren Teil wird jedoch nicht zulassen, dass PJ die Wunder dieses Museums verpasst.

Sie hockt sich hin, und ihr wird klar, dass sie die Farbe von PJs Augen nicht kennt. Sind sie blau wie Potters?

»Hey«, sagt sie. »PJ, wir sind in einem Museum, und in diesem Museum sind viele coole Sachen zu sehen, zum Beispiel Dinosaurier und Fledermäuse. Fledermäuse orientieren sich durch Echoortung. Weißt du, was das bedeutet?«

PJ verzieht keine Miene. Er ist vertieft in sein Spiel, schiebt einen Finger mit einem beklagenswert abgekauten Nagel über den Bildschirm. Es ist, als sei er hypnotisiert. Ava legt ihm eine Hand auf den Arm und greift mit der anderen nach dem Telefon.

»Nicht anfassen!«, schreit PJ. »Nicht anfassen! Nicht anfassen!«

Ava schreckt zurück. Mit flammenden Wangen steht sie auf. »Tut mir leid«, sagt sie.

»Leg das Handy hin, Kumpel«, sagt Potter. »Hier, ich nehme es.« Er streckt eine Hand aus, die PJ ignoriert.

Nimm es ihm einfach weg!, denkt Ava. Aber PJ ist nicht ihr Kind. Sie muss behutsam sein.

Potter zieht seine Hand zurück und zuckt die Achseln. Er schenkt Ava ein lahmes Lächeln. »Sollen wir uns die Dinosaurier ansehen?«, fragt er.

Sie wandern durch das Museum, zwei Erwachsene, die Begeisterung für Spinnentiere und die Ringe des Jupiter vortäuschen, während PJ hinter ihnen herzottelt und Minecraft spielt. Ava ist nicht klar, was das Ganze soll. An der Schwelle zu jedem neuen Saal würde sie Potter am liebsten sagen, dass sie nach Hause fährt. Sie wird sie das restliche Wochenende über sich selbst überlassen und sich heute Abend im Le Coucou zu Drake und Margaret gesellen. Doch dann wird er sagen, sie verlasse das sinkende Schiff … und sie wird *ihm* erklären, er sei ein miserabler Skipper … und dann wird aus ihnen eins von *jenen* Paaren werden – ein Paar, das sich in der Öffentlichkeit anzickt.

Also spielt Ava weiter mit, und irgendwann greift Potter in der Üppigkeit und Schwüle des Schmetterlings-Treibhauses nach ihrer Hand und drückt sie fest. Und für einen kurzen Augenblick ist alles okay.

Als sie das Museum verlassen, hat Ava einen Mordshunger. Sie und Potter waren so beschäftigt damit, ein Exponat zu finden, das PJ den Klauen seines Telefons entreißen würde, dass sie ganz vergessen haben zu essen.

»Sollen wir es im Café Luxembourg probieren?«, fragt Ava Potter, sobald sie draußen im milden Sonnenschein stehen.

Er schüttelt den Kopf. »Mit der U-Bahn nach Hause«, sagt er.

»In Ordnung«, sagt Ava. »Dann verabschiede ich mich jetzt.«

»Nein!«, sagt Potter so laut, dass PJ einen Schritt verstolpert und aufschaut. »Bitte komm mit zu uns. Ich bestelle dir die Shrimp Tebsi aus dem Massawa.«

Ava liebt die Shrimp Tebsi aus dem Massawa, hat aber auch das Gefühl, dass Potter und PJ Zeit für sich allein brauchen, Zeit, eine Beziehung aufzubauen, ohne dass Ava eingreift. Behutsam vorgehen heißt, dass sie sich jetzt einen würdevollen Abgang verschafft.

Aber als sie Potter in die Augen schaut, sieht sie Furcht. Er hat Angst, mit seinem Sohn allein gelassen zu werden.

»Okay«, sagt sie. »Mit der U-Bahn nach Hause, Shrimp Tebsi.«

Entweder ist der Reiz des Neuen an einer U-Bahnfahrt bereits auf dem Hinweg verflogen oder PJ war von vornherein gar nicht so erpicht darauf. Das Warten auf den Zug, der Einstieg und der Ausstieg werden vom Klingeln und Piepsen von PJs Telefon begleitet. Ava macht sich allmählich Sorgen um die Sehkraft des Kindes und die unnatürliche Krümmung seines jungen Nackens. Sie sehnt sich danach, das Handy zu packen und es auf die Stromschiene zu werfen, um es in einem blauen elektronischen Feuerschwall explodieren zu lassen.

Keith, der Portier des Hauses, in dem Potter wohnt, studiert an der Columbia Journalism School. Ava hat sich mit ihm angefreundet und spricht gern mit ihm über Politik, doch heute wirkt er angestrengt, sogar gestresst, und Ava fragt sich, ob die Zwischenprüfungen schon anstehen.

»Professor Lyons?«, sagt er. »Sie haben Besuch. Die beiden warten vor Ihrem Apartment auf Sie.«

»Besuch?«, fragt Potter.

Keith zeigt Potter die Ausweise. »Ich habe ihnen gesagt, dass Sie nicht da sind, aber sie meinten, sie wollten warten. Sie sagte …«

»Ja, ich weiß, was sie sagte.« Potter ist kurz angebunden.

»Was ist los?«, fragt Ava. Sie glaubt, es sei ein verärgerter Student, denn dieses Problem hat Potter gelegentlich. Er unterrichtet eine Menge junger Leute, die sich daran gewöhnt haben, in der Highschool automatisch mit Einsern durchzukommen, um dann auf der Universität festzustellen, dass das Leben doch nicht so einfach ist.

Potter schüttelt den Kopf und presst die Lippen aufeinander, als sie den Fahrstuhl betreten.

Als sie im sechsten Stock aussteigen, sieht Ava schattenhafte Gestalten vor Potters Wohnungstür. Ava erkennt, dass es ein Paar ist – ein Mann mit dunklen, welligen Haaren und einem grauen Flanellschal, der kunstvoll um seinen Hals geschlungen ist, und eine Frau mit Hornbrille. Ein langer Zopf schlängelt sich über ihre Schulter, und sie trägt einen entzückenden kurzen weißen gegürteten Mantel aus Boiled Wool über einem Rock mit Hahnentrittmuster und Stiefeln. Sie sehen zu alt und zu elegant aus für Studenten. Sind sie vielleicht Kollegen von Potter?

Dann kapiert Ava.

PJ lässt sein Handy auf den mit Teppich ausgelegten Boden fallen und rennt auf das Paar zu.

Es sind Potters Exfrau Trish und deren Freund Harrison. Ava erinnert sich an seinen Namen, weil er Brite ist und Ava an George Harrison, den Beatle, denken muss.

Ava richtet sich ein bisschen gerader auf und fährt sich mit der Zunge über die Zähne. Sie bedauert ihr eigenes Outfit: Jeans und ein Rollkragenpullover in Waldgrün, darüber ihre uralte braune Cordjacke. Diese Jacke ist ihre Kuscheldecke, und sie hat sie absichtlich angezogen, weil sie hoffte, sie würde ihr als Schutzschild oder Rüstung gegen etwaige Beleidigungen oder Verletzungen von PJ dienen. Aber jetzt, da sie mit Trish in ihrem superstylishen Mantel und den fantastischen hochhackigen Wildlederstiefeln konfrontiert ist, wünscht sie sich, sie hätte etwas Schickeres ausgesucht.

Als Ava behauptete, sie empfinde keine (große) Unsicherheit, hätte sie hinzufügen müssen **außer wenn es um Trish York geht.* Was weiß Ava über Trish? Dass sie eine hervorragende Shakespeare-Expertin und ordentliche Professorin in Stanford ist, dass sie aus einer aristokratischen Familie stammt (sie ist in einem der Häuser in der Rainbow Row in Charleston aufgewachsen, einer Stadt, die Potter für die bezauberndste der Welt hält). Trish hat früher gesegelt und so auch Potter kennengelernt; sie gehörten bei der Antigua Sailing Week beide zur selben Mannschaft.

Ava mustert Trish. Sie ist auf raffinierte Weise hübsch. Die Brille soll ihre klaren Augen und ihren makellosen Teint verdecken. Doch Ava weiß inzwischen – oder? –, dass schön ist, wer Schönes tut. Sie hat zu viel Lebenszeit damit verschwendet, sich über vermeintlich schöne Frauen wie Kirsten Cabot und Roxanne Oliveria Sorgen zu machen, die sich dann beide als nicht bedrohlich erwiesen.

»Was machst du hier, Trish?«, fragt Potter.

Harrison tritt vor und streckt eine Hand aus. »Schön, dich zu sehen, Potter«, sagt er. »Wir haben gehört, dass es ein bisschen Ärger gab, deshalb haben wir diesen neuen Typen, Simpson, und seinen Vortrag über Trump als König Lear sausen lassen und sind gleich hergekommen.«

»Ärger?«, sagt Potter.

Trump als König Lear?, denkt Ava. Sie vermutet, dass den meisten Shakespeare-Gelehrten heute, vierhundert Jahre später, der Gesprächsstoff ausgegangen ist.

»PJ hat mir in einer SMS etwas von ›nicht anfassen‹ geschrieben«, sagt Trish. Auch ihre Stimme hat den Anflug eines britischen Akzents, der für Ava affektiert klingt. Sie hat eine Südstaatlerin erwartet. »Ihr wart im Museum mit ihm? Hat ihn jemand betatscht?«

PJ vergräbt das Gesicht im Mantel seiner Mutter. Er klammert sich an sie wie an einen Rettungsring.

»Ich hab ihn ›angefasst‹«, platzt es aus Ava heraus. Unglaublich, was hier passiert. Unglaublich, dass PJ, ein Siebenjähriger ohne erkennbare soziale Kompetenz, vier Erwachsene derartig manipuliert. Sie versucht zu lächeln. »Ich bin übrigens Ava. Ava Quinn.«

»Ach, stimmt ja«, sagt Harrison und erwidert ihr Lächeln mit Zins und Zinseszins. »Sie sind die Tochter von Margaret Quinn. Ich finde sie übrigens brillant. Aber ich hab gehört, sie geht in den Ruhestand?«

»Nächsten Monat«, sagt Ava. Sie ist Harrison dankbar für seine Freundlichkeit, will jedoch nicht vom Thema abschweifen. »Jedenfalls habe ich PJ am Arm berührt. Ich wollte ihn dazu bringen, dass er von seinem Spiel aufschaut. Er hat sich für nichts anderes interessiert.«

»Dieses verflixte Spiel«, sagt Harrison.

»Er spielt es nur, wenn er sich unwohl fühlt«, sagt Trish.

»Das ist Quatsch, und das weißt du, Liebling«, sagt Harrison. »Er spielt es unaufhörlich, wenn man ihn lässt.«

»Willst du sagen, er fühlt sich in meiner Gegenwart unwohl?«, fragt Potter.

»Das wäre kein Wunder«, sagt Trish. »Er kennt dich ja kaum.«

»Weil du verhinderst, dass wir uns sehen«, sagt Potter.

»Du kannst nach Kalifornien kommen, wann immer du willst«, sagt Trish.

»Genau«, sagt Potter. »Weil ich es mir ja leisten kann, jedes Wochenende nach Kalifornien zu fliegen.«

»Nicht jedes Wochenende«, sagt Trish. »Wir haben uns auf ein Wochenende im Monat geeinigt. Das hat … wie lange gedauert? Einen Monat? Zwei? Aber natürlich hast du genügend Zeit, um nach Anguilla zu düsen.« Sie wirft Ava einen Blick zu. »Und nach Nantucket.«

»Also wieder die alte Leier«, sagt Harrison. Er breitet die Arme für PJ aus, der daraufhin hineinspringt wie ein Klammeraffe. »Ich gehe mit dem Kleinen mal runter in die Lobby, damit er den elterlichen Streit nicht erdulden muss.« Er zwinkert Ava zu. »Haben Sie Lust mitzukommen, Miss Quinn?«

Ava bleibt nicht viel anderes übrig. Potter und Trish müssen die Dinge eindeutig unter sich regeln. Ava folgt Harrison und PJ in den Fahrstuhl.

»Warum kommt *sie* mit?«, fragt PJ Harrison.

»›Sie‹ heißt Ava«, sagt Harrison. »Ich weiß, dass du Gentleman genug bist, um eine Dame ordentlich anzusprechen, und wenn wir die Lobby erreicht haben, wirst du Ava als Erste aussteigen lassen. So machen Gentlemen das.«

»Ich mag sie nicht«, sagt PJ.

»Was?«, sagt Harrison. »Du magst Ava nicht? Also, ich selbst mag Ava ziemlich gern. Sie ist eine sehr hübsche Frau.«

»Nein, ist sie nicht«, sagt PJ.

»Ich stehe direkt neben dir«, sagt Ava mit einem Lächeln. »Ich kann dich hören.«

»Vielleicht bist du nicht alt genug, um Avas Schönheit zu würdigen«, sagt Harrison. »Und das ist ja auch nicht verwunderlich. Immerhin bist du erst sieben Jahre alt. Kaum raus aus der kurzen Hose.«

Das entlockt sowohl Ava als auch PJ ein Kichern. Die Fahrstuhltür geht auf, und die Gentlemen groß und klein warten darauf, dass Ava als Erste aussteigt.

»Warum magst du Ava nicht, PJ?«, fragt Harrrison. »Hat sie dich in einen Schrank gesperrt und mit Schlangen gefüttert und ist dann losgezogen, um sich die Nägel machen zu lassen?«

»Nein«, sagt PJ.

»Dann verrate mir doch, warum du sie nicht magst.«

»Darum«, sagt PJ.

»Darum ist kein Grund«, sagt Harrison. »Das haben wir schon tausendmal durchgekaut, oder?«

PJ nickt widerwillig. Ava ist beeindruckt davon, wie geschickt Harrison mit PJ umgeht. Sie ist eigentlich überzeugt davon, selbst recht kompetent im Umgang mit Kindern zu sein, aber so gut war sie nie.

»Keine Sorge«, flüstert Harrison Ava zu. »Er wird sich schon einkriegen.«

»Meinen Sie?« Ava würde Harrison gern mit Fragen bombardieren. Wie hat er eine Beziehung zu PJ aufgebaut? Was mag PJ besonders gern, außer Minecraft? Wie kommt Ava am leichtesten an ihn heran?

»Ich hab da eine Idee«, sagt Harrison. »Warum geben Sie mir nicht Ihre Handynummer?«

»Okay«, sagt Ava, obwohl sie ein bisschen verblüfft ist. Wozu um alles in der Welt braucht Harrison ihre Handynummer? Trotzdem rattert sie sie herunter, und er speichert sie auf seinem Telefon.

Ein paar Sekunden später kommt Trish mit einem Koffer und einem kleinen Rucksack durch die Lobby gestöckelt. Sie packt PJ an der Hand und sagt zu Harrison: »Wir gehen.«

»Okay«, sagt Harrison und schenkt Ava ein klägliches Lächeln. »Dann also Cheerio, Ava. Es war reizend, Sie kennenzulernen.«

»Gleichfalls«, sagt Ava und versucht, Trishs Blick aufzufangen. Sie sind alle erwachsen; es gibt keinen Grund, unhöflich zu sein. Aber Trish stürmt ohne ein Wort oder einen Blick in Avas Richtung durch die Drehtür auf die Straße.

»Tschüss, PJ!«, ruft Ava, doch es ist zu spät. Er hört sie nicht mehr.

Traurigkeit und – sie will nicht lügen – Erleichterung steigen in Ava auf. Das Treffen mit PJ war die totale Katastrophe, aber zumindest ist es jetzt vorbei.

Fürs Erste. Wenn sie sich eine Zukunft mit Potter wünscht, wird sie eine Möglichkeit finden müssen, Kontakt zu seinem Kind aufzunehmen.

Ava winkt Keith zu, dem Portier, der seine Nase in einem Buch hat und eifrig bemüht ist, kein Interesse an dem Drama zu zeigen.

Morgen wird Ava ihre Mutter anrufen und ihr erzählen müssen, was passiert ist. Und sie um Rat bitten.

Aber Moment mal – nein. Margaret weiß nicht, wie es ist, Stiefmutter zu sein oder auch nur Freundin eines Vaters. Drake hat keine Kinder, und soweit Ava weiß, war Margaret nie mit jemandem mit Kindern zusammen, zumindest nicht mit kleinen.

Doch Ava wird klar, dass sie tatsächlich eine Frau kennt, die das hinter sich hat. Eine Frau, der nichts anderes übrig blieb, als Mutter eines Kindes zu sein, das nicht ihr eigenes war. Dreier Kinder sogar.

Mitzi. Ava muss mit Mitzi reden.

Sie könnte vermutlich auch anrufen, aber die Art von Gespräch, die sie sich wünscht, sollte sie lieber persönlich führen. Als Ava den Knopf zum sechsten Stock drückt, fasst sie einen Entschluss. Sie wird am Dienstag nach Hause fahren, nach Nantucket. Sie wird zu Barts Geburtstagsfeier gehen.

BART

Die Party hat drei große Vorzüge. Erstens wird jede Menge Alkohol verfügbar sein; schließlich ist es eine Quinn-Party. Zweitens wird es Fleisch geben: Rinderfiletsandwiches, Speck auf dem Kartoffelpüree, Würstchen im Schlafrock und mehr Speck, in den die Jakobsmuscheln eingewickelt sind. Bart ist nicht immun gegen die Verlockungen guten Essens. In den letzten Wochen hat er sich wie Kelley mit wässriger Spinatsuppe und Grünkohl-Eiweiß-Soufflé abfinden müssen.

Der dritte Vorzug ist der, dass seine Geschwister kommen werden. Patrick und Jennifer lassen die Kinder in Boston, um einen Abend mit Erwachsenen zu genießen, und Ava nimmt sich den halben Dienstag und den ganzen Mittwoch frei, Bart weiß, dass seine Geschwister ihn lieben, aber diese Party ist ganz und gar Mitzis Idee, und … na ja, manchmal widersetzen sich die älteren Quinn-Sprösslinge Mitzis Ideen.

Es ist ein gutes Gefühl, am einunddreißigsten aufzuwachen und etwas vorzuhaben, es fühlt sich gut an, lange zu duschen, sich zu rasieren und nett anzuziehen. Bart wählt Jeans, ein weißes Button-down-Hemd, eine marineblaue Fleeceweste und seine guten Chucks, die schwarzen, die Mitzi ihm zu Weihnachten geschenkt hat. Sie hat sie gekauft, ohne zu wissen, ob Bart noch am Leben war oder nicht.

Er fragt seine Mutter, ob er bei etwas helfen kann. Immerhin ist er ein leistungsfähiger zweiundzwanzigjähriger Marine und trotz allem in ziemlich eindrucksvoller Form. Seine Eltern aber behandeln ihn beide wie ein angeknackstes Gefäß, das behutsam angefasst werden muss, weil es sonst zerbricht.

Und haben sie nicht in gewisser Weise Recht?

Die einzige Verletzung, die Bart in Afghanistan davontrug, war eine Stichwunde in der rechten Wange; er wurde angegriffen, als er Centaur das Leben retten wollte. »Nehmt mich, nicht ihn!«, rief er und versuchte, Centaur dem Griff zweier Beleh zu entreißen, denen die Marines die Spitznamen Gevatter und Tod gegeben hatten; einer von ihnen wehrte sich mit einem angespitzten Stück Betonstahl, das unter Barts Auge hängen blieb. Er wurde ohnmächtig, und als er wieder zu sich kam, war Centaur verschwunden.

Der einzige weitere Schaden, den Bart erlitt, betrifft seine Psyche. Nach seiner Rückkehr nach Amerika erlebte er etwa sechs Wochen lang ein regelrechtes High. Alles war Anlass zum Feiern. Er war frei! Er war auf Nantucket bei seiner Familie! In Gefangenschaft hatte er die Hoffnung verloren, den Leuchtturm von Sankaty Head oder seine Mutter oder das Bürgerkriegsdenkmal in der Main Street oder sein altes Kinderzimmer oder den Atlantik je wiederzusehen.

Doch sobald es mit dem Feiern vorbei war und das

Zivilistenleben auf Nantucket seine neue Normalität wurde, fing Bart an, Albträume von der Grube zu haben. Auf sie folgten Panikattacken am Tage. Manchmal war er überzeugt davon, dass Centaur am Leben bleiben würde, solange Bart … was? Das war das Beängstigende: Bart wusste nicht, was er tun musste, um Centaur am Leben zu erhalten. Er verlor die Kontrolle über seine Atmung bis hin zur Hyperventilation, schwitzte, sah nur noch verschwommen und hatte das Gefühl, gleich ohnmächtig zu werden. Dann setzte die Realität wieder ein. Centaur war tot. Gevatter und Tod hatten ihn zur Grube abgeführt.

Bart schüttelt den Kopf, um die Erinnerungen zu verscheuchen. Wie leicht es doch ist, in den schwarzen Tiefen von Gedanken zu versinken!

»Ich möchte nicht, dass du die Partylocation vor heute Abend siehst«, sagt Mitzi. »Ich möchte dich überraschen. Deshalb gehe ich jetzt und kümmere mich um die letzten Details. Du kannst deinem Vater Gesellschaft leisten.«

Okay, gute Idee. Bart wollte sowieso mit Kelley sprechen, aber seine Mutter ist immer, immer zu Hause, und inzwischen sind auch noch die Hospizmitarbeiterinnen da, zwei ruhige Frauen, die mit geradezu hehrer Autorität durch die Wohnung schweben wie Nonnen. Bart hat Angst vor ihnen. Sie scheinen etwas über den Tod zu wissen, das er nicht weiß, und er weiß eine Menge darüber.

Er klopft an die Zimmertür seines Vaters und späht hinein. Sein Vater liegt – natürlich – im Bett und hört sich über Kopfhörer etwas an. Als Kelley Bart sieht, zieht er einen Ohrstöpsel heraus.

»Herzlichen Glückwunsch zum Geburtstag, Junge«, sagt er. »Ich wollte dir ja eigentlich zweiundzwanzig Kopfnüsse verpassen, aber ich glaube, meine Kopfnusstage sind fürs Erste vorbei.«

Bart atmet tief ein und blinzelt. Er liebt seinen Vater für den Glauben, dass die Kopfnusstage zurückkehren werden. »Was hörst du da? Solltest du nicht schlafen? Dich für heute Abend ausruhen?«

»Das ist ein Danielle-Steel-Roman«, sagt Kelley. »Er heißt *The Mistress*. Willst du mal reinhören?«

»Eigentlich nicht«, sagt Bart, doch Kelley ignoriert ihn. Er nimmt seinen Kopfhörer ab, und eine melodische Männerstimme mit britischem Akzent fängt an, das mitreißende Verlangen von Soundso zu beschreiben.

Kelley klopft aufs Bett, ein Zeichen, dass Bart sich hinsetzen soll, und Bart folgt ihm widerwillig. Er glaubt nicht, dass er Danielle Steel ertragen kann, auch nicht, wenn John Cleese oder Daniel Craig vorlesen würde.

»Es gibt was, über das ich mit dir reden möchte«, sagt Bart. »Was Ernstes.«

Kelley lächelt huldvoll, die Augen auf Halbmast. Bart weiß, dass sein Vater unter starken Medikamenten steht, aber ihm ist auch klar, dass dies seine einzige Chance ist. Besser als jetzt wird es Kelley nicht mehr gehen. Seine Auffassungsgabe wird nicht schärfer werden. Bart drückt auf den Pause-Knopf.

Das weckt Kelleys Aufmerksamkeit. »Was ist los?« Sein Kopf bewegt sich ruckartig zur Seite, und Bart fällt ein, dass Kelley ihn nur noch mit einem Auge sehen kann.

»Ich möchte mit dir reden, Dad«, sagt er.

Kelley lässt sich in seine Kissen sinken und schließt die Augen. »Natürlich, Junge. Tut mir leid.«

»Ich wollte dir nur sagen, dass ich eine Entscheidung über meine Zukunft getroffen habe.« Bart hält inne. Er hasst das Dramatische an der Situation. Er hasst die äußeren Umstände – es ist sein Geburtstag, Kelley liegt im Sterben –, aber er muss es aussprechen. *Sag es!*

»Ich kehre in den aktiven Dienst zurück. Ich gehe wieder zu den Marines.«

Jetzt, da es heraus ist, geht es Bart gleich sehr viel besser, doch er wappnet sich auch gegen Kelleys unweigerliche Ablehnung. Wenn Bart in den aktiven Dienst zurückkehrt, wer wird sich dann um Mitzi kümmern? Das ist das Problem. Bart will zurück in den aktiven Dienst, weil er das Einzige in seinem Leben ist, in dem er sich als gut erwiesen hat. Er liebt die Disziplin, er sehnt sich nach der Kameradschaft. Er braucht das Reglement, sonst verliert er den Halt. Anfang des Jahres hat er versucht, regelmäßig ins Fitnesscenter zu gehen, aber das war ein sinnloses Unterfangen. Wozu trainieren, wenn es keine Mission gibt, kein Ziel? Bart dachte, er würde es schaffen, in Kevins Strandbude zu arbeiten, zumindest den Sommer über, doch die endlose Menschenschlange machte ihn nervös, und er fand die Banalität der Kommunikation abstoßend – Gäste, die sich darüber beklagten, dass sie so lange auf ihre Fisch-Tacos und ihr Bier warten mussten. Wussten diese Leute nicht, wie privilegiert sie waren? Wussten sie nicht, dass Menschen gestorben waren – und immer noch starben –, um ihre Freiheit zu sichern? Auf der Welt gab es echte Probleme, ernsthafte Probleme. Die USA befanden sich im Krieg gegen den IS, und der wurde von Soldaten aus Fleisch und Blut ausgefochten. Während Bart und der Rest seines Zugs in Gefangenschaft gewesen waren, hatten Leute in Amerika am Strand gesessen. Als man Barts Kameraden willkürlich ausgewählt und zur Grube abgeführt hatte, waren Zivilisten zu Hause zum Brunch gegangen und hatten dann per Snapchat Fotos von ihrem Avocadotoast versendet. Bart weiß, dass es naiv von ihm ist zu glauben, die ganze Nation hätte in ihrem glücklichen, produktiven Leben auf die Pause-Taste gedrückt und mit angehaltenem Atem darauf gewartet zu erfahren, was den Soldaten passiert war, die außerhalb von Sangin in Afghanistan verschollen waren, oder sich einzubilden, das Verteidigungsministerium hätte jeden Cent seines Budgets dafür ausgegeben, den Zug zu lokalisieren. Es war 2014 – Menschen verschwanden, blieben aber nicht verschwunden. Bart und seine Kameraden jedoch waren verloren gegangen und blieben fast zwei Jahre lang verloren.

Kelley hat nichts gesagt, doch Bart merkt, dass er ihn verstanden hat.

»Ich muss zurück, Dad«, sagt er.

Kelley öffnet den Mund, um zu sprechen. Bart weiß, was er sagen wird. *Was ist mit deiner Mutter?* Bart muss auf Nantucket bleiben und sich um Mitzi kümmern. Es gibt sonst niemanden.

Kelley greift nach Barts Hand und drückt sie. »Das ist okay«, sagt er.

Was ist okay? Dass Bart in den aktiven Dienst zurückkehrt? Oder meint Kelley vielleicht, dass es für Mitzi okay sein wird? Das möchte Bart so gern glauben: dass seine Mutter stärker ist, als alle denken, dass Mitzi nicht zusammenklappen oder durchdrehen wird. Sie wird sich nicht unterkriegen lassen, wird sich als unverwüstlich erweisen. Wenn sie die Pension führen möchte, wird sie sich kompetente Hilfe suchen. Wenn ihr die Pension zu viel ist, wird sie sie verkaufen und in ein kleineres Haus ziehen, vielleicht sogar eins am Strand.

Kelley fallen die Augen zu, und Bart spürt eine Hand auf seiner Schulter. Es ist eine der Hospizmitarbeiterinnen, Laura heißt sie, glaubt er.

»Ihr Vater muss vor der Party schlafen«, sagt sie.

Bart nickt zustimmend und steht auf.

»Ihr Bruder und Ihre Schwägerin sind in der Küche«, sagt Lara. »Sie warten auf Sie.«

Auf dem Weg zur Küche rechnet Bart damit, dort Kevin und Isabelle vorzufinden, eine Aussicht, die ihn nicht besonders freut. Früher hatte Bart immer das Gefühl, dass Kevin ihm grollte – natürlich liebte er ihn, weil sie Brüder waren, *mochte* ihn aber vielleicht nicht. Bart hatte Kevin schließlich noch mehr zum mittleren Kind gemacht, als er es eh schon gewesen war. Seit Barts Heimkehr stellt nur Kevin ihm unbequeme Fragen. Was für Zukunftspläne hat Bart? Was will er mit seinem Leben *anfangen*? Hat er vor, aus dem Rumsitzen und Dope-Rauchen in seinem Zimmer eine Karriere zu machen? Von Kevin gestellt klingt diese Frage scheinheilig, denn als Bart Soldat wurde, hat Kevin genau das getan. Er lebte in der Pension, arbeitete in der Bar, leckte sich die Wunden, die seine katastrophale Ehe mit Norah Vale ihm zugefügt hatte, und vollbrachte wenig Produktives oder Lohnendes – und er war weitaus älter, als Bart es heute ist. Eine der größten Überraschungen für Bart bei seiner Heimkehr war die Entdeckung, dass Kevin geheiratet und ein Kind gezeugt hatte, in ein Cottage gezogen war und ein erfolgreiches Unternehmen aufgezogen hatte, das nichts mit der Pension zu tun hatte.

Wahrscheinlich kommen Kevin und Isabelle mit Geschenken, und Bart verspürt Vorfreude. Isabelle ist Französin; sie sucht immer schöne Sachen aus. Zu Weihnachten hat sie Bart ein Rasierset aus Sterlingsilber gekauft, dass er nie benutzt, aber sehr schön findet.

Als er die Tür zur Küche aufstößt, erblickt er seinen Bruder Patrick und seine Schwägerin Jennifer. Vor Patrick stehen zwei Bier, und Jennifer schenkt sich gerade ein Glas Wein ein. Als sie ihn sehen, fangen sie an, zweistimmig »Happy Birthday« zu singen, was Bart gegen seinen Willen ein Lächeln entlockt. Die beiden sind das perfekte Paar. Einzeln mögen sie ihre Fehler haben, doch gemeinsam sind sie unschlagbar.

Als sie fertig sind, überreicht Jennifer Bart eine Karte.

»Mensch, Leute«, sagt Bart. »Das Lied hat gereicht. Ich hab doch gesagt: keine Geschenke.« Bart öffnet den Umschlag. Er enthält einen Hundertfünfzig-Dollar-Gutschein fürs Fifty-Six Union, ein Restaurant hier auf Nantucket, das Patrick und Jennifer lieben. »Vielen Dank!«, sagt er und versucht, Begeisterung zu heucheln. Was soll er denn *damit* anfangen?

»Vielleicht kannst du ein Mädchen einladen«, sagt Patrick.

»Ein Mädchen?«, sagt Bart. »Wir haben Oktober, Mann. Da gibt es keine Mädchen auf Nantucket.«

»Was ist mit Savannah Steppen?«, fragt Jennifer. »Die war doch süß.«

Bart sieht Patrick an. »Ich hoffe, das andere Bier ist für mich.«

»Ist es, Mann«, sagt Patrick. »Herzlichen Glückwunsch. Und danke für die Gelegenheit, einen Abend ohne unsere Kinder zu verbringen.«

»Was gibt's an Savannah auszusetzen?«, fragt Jennifer. »Sie *war* süß.«

»Sie war meine Abschlussballpartnerin«, sagt Bart. »Beim Junior-Abschlussball. Jetzt ist sie auf dem College. Auf der Cornell.« Bart nimmt einen Schluck von seinem Bier. Savannah Steppen war süß, keine Frage, aber sie ist fester Bestandteil von Barts Vergangenheit. *Highschool.* Das könnte ebenso gut Jahrtausende her sein, so irrelevant ist es mittlerweile für Bart. All seine Freunde aus der Highschool sind inzwischen im College – oder sie haben das College *hinter sich*, und an denen, die zum Arbeiten hiergeblieben sind, hat Bart kein Interesse. Ein weiterer Grund dafür, dass er wieder zu den Marines muss.

Es bleibt Bart erspart, das zu erklären – was ihm nur schlecht gelungen wäre, vor allem, weil Patrick und Jennifer finden, Bart solle sich selbst fürs College bewerben –, da in diesem Moment die Tür zur Küche zuknallt. Alle drehen sich um und sehen Ava hereinkommen. Sie trägt Jeans, einen elfenbeinfarbenen Pullover mit Zopfmuster und ihre alte braune Cordjacke.

»Ava!«, sagt Bart und stürzt sich auf sie, um sie zu umarmen. Gott, wie er sie und diese vertraute hässliche Jacke vermisst hat!

Sie umarmt ihn fest, und als sie sich von ihm löst, glänzen Tränen in ihren Augen. »Nicht zu fassen, dass ich tatsächlich erwogen habe, das hier sausen zu lassen«, sagt sie. »Oder dass du zugelassen hast, dass Mitzi eine Party für dich gibt. Du *hasst* deinen Geburtstag.«

»Bitte«, sagt Bart. »Glaubst du, ich hatte eine Wahl?«

»Nein«, antworten Ava, Patrick und Jennifer gleichzeitig.

Ava zieht ihre Jacke aus und legt sie über einen der Hocker an der Theke. Sie lässt ihre Reisetasche zu Boden fallen und holt einen Umschlag aus ihrem Portemonnaie. »Für dich«, sagt sie. »Herzlichen Glückwunsch.«

Es sind zwei Rückfahrkarten für die Bahn von Boston nach New York.

»Ich hab die Daten offen gelassen«, sagt Ava. »Du kannst also zweimal allein kommen und bei mir übernachten oder eine Begleitung mitbringen und in Drakes Apartment wohnen, einer leer stehenden Drei-Millionen-Dollar-Immobilie.«

Eine Begleitung?, denkt Bart. Warum sind seine Geschwister plötzlich so wild darauf, ihn mit einem Mädchen zusammenzubringen? Nichts könnte ihm ferner liegen als der Gedanke an ein Date. Trotzdem, die Vorstellung, nach

New York zu reisen, bevor er in den aktiven Dienst zurückkehrt, reizt ihn.

Zuvor wird er allerdings eine Reihe von Tests absolvieren müssen. Die physischen wird er bestehen. Die psychologischen …?

»Danke, Schwesterchen«, sagt Bart. Er mustert die Tickets. Erster Klasse! »Prima Idee.«

Als Nächste kommen Kevin und Isabelle zur Seitentür hereinspaziert. »Guckt mal«, sagt Kevin. »Eine Party!«

»Willst du ein Bier?«, fragt Patrick.

»Ist der Papst katholisch?«, gibt Kevin zurück.

»Ava, Isabelle, Wein?«, fragt Jennifer.

»Isabelle stillt«, sagt Kevin.

»Une bière, s'il te plaît«, sagt Isabelle und reicht Bart einen Kleidersack. *»Pour toi. Bon anniversaire.«*

»Danke, Isabelle«, sagt Bart. Der Kleidersack ist von Saks Fifth Avenue, was bedeutet, dass er *keinen* marineblauen Blazer von Murray's enthält. Bart hat nicht weniger als acht solcher Blazer in aufeinanderfolgenden Größen in seinem Schrank hängen. Mitzi lässt nicht zu, dass Bart sie zum Trödler bringt. Sie dokumentieren sein Erwachsenwerden, meint sie.

Bart zieht den Reißverschluss auf und findet in dem Kleidersack ein schieferblaues Kaschmirsakko vor, dessen Schnitt und Eleganz ihn beinahe umwerfen. Es ist das schönste Kleidungsstück, das er je gesehen hat, mit Sicherheit schicker als alles, was er besitzt. Es ist ein Jackett für Erwachsene, für einen erwachsenen Zivilisten. Ein Schauer überläuft Bart, als er hineinschlüpft. Es passt perfekt.

Patrick stößt einen Pfiff aus. »Sieht klasse aus, Bruderherz.« Zu Kevin sagt er: »Wie viele Scheinchen hat das denn gekostet?«

»Isabelle hat es gekauft«, sagt Kevin, »und sie ist zu vornehm, um den Preis zu verraten.«

Jennifer gibt Patrick einen Klaps. »Der Preis spielt keine Rolle. Du siehst einfach fantastisch darin aus, Bart.«

Ava klatscht in die Hände. »Du kannst es in New York City tragen.«

»Tu peux le porter ce soir«, sagt Isabelle.

»Ce soir?«, sagt Bart.

»A la soirée«, sagt Isabelle.

Bart schiebt die Manschetten hoch. Vielleicht wird er das Sakko heute Abend zur Party tragen. Warum nicht? Er schaut von einem seiner Geschwister zum anderen und hebt sein Bier.

»Vielen Dank, Leute«, sagt er und ist dann zu überwältigt von Gefühlen, um noch mehr zu sagen. Er braucht nicht einmal zu der Party zu gehen, findet er. Die wahre Party ist genau hier.

EDDIE

Allegra ist ausgehbereit – schon seit fast zwanzig Minuten, trotz des zweistündigen Frisierens und Schminkens und des Anlegens von Kimono, Obi und Seidenslippers. Das Kostüm sieht authentisch aus … und sehr, sehr teuer.

Eddie unterdessen ist hin- und hergerissen.

Er hat zwei Ideen für Kostüme und kann sich nicht zwischen ihnen entscheiden. Die erste ist die, sich als Zuhälter zu verkleiden – Pelzmantel, breitkrempiger Hut, Sonnenbrille, Brillantringe. Das ist skandalös, denn genau genommen *war* Eddie einmal Zuhälter. Als sein eigenes Stereotyp aufzutreten würde bedeuten, dass er sich über sich selbst lustig macht. Jeder würde über ihn und sein Kostüm reden – aber würden die anderen Partygäste es für komisch, mutig und angemessen selbstironisch oder für schrecklich geschmacklos halten? Eddie würde gern Ersteres glauben, befürchtet aber Letzteres. Es ist wahrscheinlich zu früh, sich als Zuhälter zu verkleiden. Nächstes Jahr wird genug Zeit verstrichen sein, damit alle es witzig finden.

Und deshalb greift Eddie auf seine zweite Lösung zurück: Er wird als Flinker Eddie gehen. Was bedeutet, dass er sich wie sein früheres Ich kleiden wird – beiger Leinenanzug und Panamahut.

Als er aus dem Schlafzimmer auftaucht, wirft Allegra ihm einen spitzen Blick zu. Vielleicht ist das aber auch nur ihr Make-up.

»Im Ernst, Dad?«, sagt sie. »Der Hut?«

»Er ist mein Markenzeichen«, sagt Eddie.

»*War* dein Markenzeichen«, sagt Allegra. »Als du noch das Gesetz gebrochen hast.«

Eddie ist sehr froh, dass er sich nicht für den Pelzmantel entschieden hat. »Lass uns gehen«, sagt er.

Sie steuern den Cherokee an. Allegra, deren Bewegungsspielraum durch ihr Kostüm eingeschränkt ist, braucht Hilfe beim Einsteigen.

»Kannst du in dem Outfit denn tanzen?«, fragt Eddie.

»Wenn mir nach Tanzen zumute ist, ziehe ich den Kimono aus«, sagt Allegra.

»Aber du trägst doch was drunter, oder?«, will Eddie wissen.

»Ja, Dad«, sagt Allegra. »Für was für eine Frau hältst du mich?«

Eddie lässt ihr die Frage als rhetorisch durchgehen. Auf dem Weg aus der Stadt wird ihm klar, dass er die nächsten zwölf Minuten mit seiner Tochter allein sein wird, eine seltene Gelegenheit.

»Wie fühlst du dich hinsichtlich der Trennung?«, fragt er.

Allegra zuckt die Achseln.

Okay, denkt Eddie und versucht es mit einem anderen Ansatz. »Vermisst du deine Schwester?«

»Viel mehr, als ich dachte«, sagt Allegra. »Ich fühle mich … ich weiß nicht, irgendwie *allein gelassen*. Sie geht zur Uni, lernt neue Leute kennen, baut sich ein Netzwerk auf, das ihr ein Leben lang erhalten bleiben wird. Und ich stecke zu Hause in einer beruflichen Sackgasse fest.«

»Es ist keine berufliche Sackgasse«, widerspricht Eddie. »Du bist das Aushängeschild der Firma.«

»Glenn ist das Aushängeschild der Firma«, sagt Allegra.

»Du bist die erste Person, die die Leute sehen, wenn sie zur Tür reinkommen«, sagt Eddie. »Und du erledigst deinen Job prima. Du wirst im Nu Verkaufsberaterin sein, und wenn du dann die erforderlichen Kurse belegst, bist du ganz schnell Makler wie ich.«

»Du verstehst das nicht«, sagt Allegra.

»Ich verstehe was nicht?«, fragt Eddie.

»Du und Tante Barbie, ihr seid in New Bedford aufgewachsen«, sagt Allegra. »Für euch war es ein großer Schritt, nach Nantucket zu kommen. Aber ich bin hier aufgewachsen. Und jetzt hänge ich hier fest.«

»Na ja, ich möchte darauf hinweisen«, sagt Eddie, »dass du es schlimmer hättest treffen können. Es gibt nicht viele Orte, die schöner sind als der hier.«

»Ich hab mir immer was Glamouröseres vorgestellt«, sagt Allegra. »New York City, London …«

»Tokio!«, sagt Eddie, aber Allegra ringt sich nicht einmal ein Lächeln ab. Er versteht, was sie meint, ist jedoch trotzdem verletzt. Er hat sich abgerackert, um die Zwillinge hier großziehen zu können – und bis zu seinen letzten Missgeschicken haben sie ein recht angenehmes Leben geführt. Er hat ihnen alles gegeben, was sie sich wünschten: elegante italienische Lederjacken, Dreihundert-Dollar-Jeans, Reitstunden, einen Jeep und die teuren College-Vorbereitungskurse, die Allegra leider geschwänzt hat.

Es bleibt keine Zeit, die vergeudeten Privilegien seiner Töchter zu betrauern, denn in diesem Moment biegen er und Allegra auf den Parkplatz der VFW ein, der bereits voller Fahrzeuge ist. Eddie verspürt ein Aufwallen von Vorfreude. Endlich ist er wieder in seinem alten Fahrwasser, da, wo etwas los ist. Als er Glenn und Barbie erzählt hat, dass er zu Bart Quinns Geburtstag eingeladen ist, waren sie neidisch. Das hat er ihnen angesehen.

»Also, da sind wir«, sagt Eddie. »Los geht's.«

Eddie braucht etwa eine halbe Sekunde, um festzustellen, dass er und Allegra die einzigen Besucher sind, die Kostüme tragen. Er erkennt seinen Irrtum zuerst in den Gesichtern von Mitzi und Bart, die im Eingang stehen und die Gäste begrüßen. Als Mitzi Eddie und Allegra erblickt, reißt sie den Mund auf, dann formt sie ihn rasch zu einem Lächeln. Bart zieht eine Augenbraue hoch. Eddie fühlt sich gedemütigt, hauptsächlich um Allegras willen. Er hat sich nur als sich selbst verkleidet. Allegra dagegen sieht aus, als sei sie der Serie *Shogun* entsprungen. Eddie beschließt, Allegra anzubieten, sie heimzufahren, damit sie sich umziehen kann, aber als er sich umdreht, sieht er sie in winzigen Schritten auf Bart zuschlurfen und dann, die Hände zum Gebet vor die Brust gelegt, eine tiefe Verbeugung vollführen.

»Herzlichen Glückwunsch«, sagt sie, als sie sich wieder aufrichtet, und streckt eine Hand aus. »Ich weiß nicht, ob du dich an mich erinnerst. Ich bin Allegra Pancik. Ich war im ersten Jahr auf der Highschool, als du im letzten Jahr warst.«

»Ich glaube, ich erinnere mich«, sagt Bart. »Und das ist ein fantastisches Outfit. Aber du weißt schon, dass dies kein Kostümfest ist, oder?«

»Stimmt«, sagt Allegra. »Aber ich verkleide mich immer zu Halloween.«

Eddie ist schwer beeindruckt von dieser selbstbewussten Antwort. Hope mag sich ja an der Bucknell goldene Brücken in ihre Zukunft bauen, wäre aber nie in der Lage, eine peinliche Situation wie diese zu ihrem Vorteil zu wenden. Von den beiden Zwillingen ist Allegra mit den besseren Überlebensstrategien gesegnet.

»Komm mit, Allegra«, sagt Bart. »Ich zeige dir, wo die Bar ist.«

Sie verschwinden nach drinnen, bevor Eddie Allegra ins Gedächtnis rufen kann, dass sie erst neunzehn ist und heute Abend außerdem Ed Kapenash, der Poilzeichef, erwartet wird. Eddie seufzt, dann streckt er Mitzi seine Hand entgegen. »Tut mir leid, wir dachten, es sei ein Kostümfest.«

»Ich wollte ja ein Kostümfest«, sagt Mitzi, »aber Bart war strikt dagegen.«

»Na ja, ich bin als ich selbst gekommen oder als mein früheres Selbst, doch ich bezweifle, dass jemand das bemerkt«, sagt Eddie.

»Ich würde Sie gern noch diese Woche treffen«, sagt Mitzi, »wegen der Sache, die wir besprochen haben. Haben Sie am Freitag Zeit?«

»Da habe ich schon einen Termin mit Klienten vom Festland, die sich Häuser ansehen wollen«, sagt Eddie. »Wie wär's mit Donnerstag?«

»Donnerstag passt mir«, sagt Mitzi.

»Okay, sagen wir Donnerstag um zehn. Ich komme zu Ihnen, dann machen wir eine Begehung und stellen ein Immobilienexposé zusammen. Wir werden den von Ihnen geforderten Preis erzielen, versprochen.«

Mitzi setzt an, um etwas zu erwidern, hält aber inne, als Kelley in einem Rollstuhl hereinkommt, geschoben von einer Frau mit einem Stethoskop um den Hals und einem Blutdruckmessgerät, das ihr aus der Jackentasche hängt. *Ein Kostüm?*, fragt sich Eddie. Er wirft einen Blick auf Kelley und befindet, dass die Antwort Nein lautet. Das hier ist eine echte Krankenschwester. Kelleys Teint ist grau, sein Gesicht ausgezehrt und eingefallen; er hat eine Klappe über einem Auge.

Doch als Kelley Eddie sieht, ziehen sich seine Mundwinkel nach oben. »Eddie«, sagt er. »Willkommen.«

Eddie ist sprachlos. Er wusste natürlich, dass Kelley krank ist, aber Kelley sieht aus, als ob er es nicht bis morgen schaffen würde.

Allerdings kann Eddie nichts so gut wie unangenehme Wahrheiten ignorieren, besonders dann, wenn er sie direkt vor seiner Nase hat, und so schüttelt er Kelley die Hand, als ob alles in Ordnung sei, als ob Kelley sich bloß als Rollstuhlfahrer verkleidet hätte – als FDR oder als Tom Cruise in *Geboren am 4. Juli*.

»Kelley«, sagt Eddie. »Gut sehen Sie aus, Mann!«

Kelley gelingt kaum ein Nicken. Seine Hand fühlt sich in Eddies an wie ein Büschel dürrer Zweige. Eddie weiß nicht, was er noch sagen soll. Den Verkauf der Pension wird er nicht erwähnen, denn der ist eindeutig eine Maßnahme, die Mitzi nach Kelleys Tod geplant hat.

»Hört sich an wie eine großartige Party«, sagt Eddie.

»Gehen Sie rein und holen Sie sich was zu trinken!«, schlägt Mitzi vor.

»Ja«, sagt Eddie. »Ja, ich glaube, das tue ich.«

Eddie schlängelt sich durch die Menge auf die Bar zu. Einige Gesichter der Familie Quinn erkennt er wieder – er sieht einen der Söhne mit einer hübschen Blondine, dann sieht er die Quinn-Tochter. Sie war einmal die Musiklehrerin der Mädchen. Eddie sieht Kai, der das neue Kristallgeschäft in der Stadt gehört; sie war früher draußen in Wauwinet Eddies Nachbarin. Er sieht Chief Kapenash mit seiner Ehefrau Andrea. Der Polizeichef ist seit Eddies Entlassung freundlich zu ihm gewesen – er schaut gelegentlich »einfach nur so« vorbei –, aber jetzt hält er sich sein Glas vors Gesicht, als wollte er sagen: *Komm mir nicht zu nahe.* Und kann Eddie ihm das verübeln? Der Chief möchte ganz sicher nicht mit einem verurteilten Straftäter gesehen werden, dem bekanntesten Kriminellen, den Nantucket in seiner jüngsten Geschichte erlebt hat.

Vor Eddie an der Theke steht Hunter Bloch sen., was

Eddie zu der Frage bewegt, wohin Allegra verschwunden ist. Er schaut sich um, sieht jedoch keine Geisha oder sonst jemanden, der kostümiert ist. Eddie fühlt sich getäuscht. Wenn man zu Halloween eine Party gibt und es kein Kostümfest ist, sollte man das ausdrücklich erwähnen. *Keine Kostüme.* Eddie wird klar, dass er noch seinen Panamahut trägt, doch er zögert, ihn abzunehmen, denn wenn er ihn nun verliert? Die Dinger sind weiß Gott nicht billig.

Als Hunter Bloch sen. sich umdreht, hält er zwei Cocktails in den Händen – vermutlich ist er mit seiner Maklerin Rosemary Whelden auf die Party gekommen. In der Öffentlichkeit zeigt er sich immer mit Rosemary, nie mit seiner Ehefrau Kathleen. Ganz Nantucket scheint das ohne Kommentar zu akzeptieren. Wieso kommen manche Leute, fragt Eddie sich, einfach mit allem davon?

Hunter taxiert Eddie. »Leinenanzug, Eddie? Wissen Sie nicht, dass es fast November ist?«

Eddie beißt nicht an. Er ist also unzeitgemäß gekleidet – sollen sie ihn doch verklagen. »Hab gehört, Ihr Sohn hat meine Tochter sitzenlassen«, sagt Eddie. »Das hat Allegra ziemlich getroffen.«

»Ach ja?«, sagt Hunter Bloch sen. »So schlimm kann es aber nicht sein, denn ich hab gerade gesehen, wie sie dem Ehrengast zur Seitentür hinaus gefolgt ist, und die beiden hatten eine Flasche Tequila bei sich.« Hunter Bloch sen. zwinkert Eddie zu, eine Geste, die Eddie gönnerhaft findet. »Sie kriegt sich schon wieder ein. Wie der Vater, so die Tochter. Ich muss jetzt mal diesen Drink abliefern.«

»Ja«, sagt Eddie. »Grüßen Sie Rosemary von mir.«

Eddie schüttelt den Kopf. Warum war er nur so erpicht auf diese Party? Er mag niemanden von den Anwesenden. Und wenn es stimmt, was Hunter Bloch sen. gesagt hat, ist Eddie auch noch seine Begleiterin abhandengekommen. Ob er versuchen sollte, Allegra zu finden? Vielleicht sollte er sie einfach anrufen.

Er tut keins von beidem. Er ist endlich der Nächste an der Bar und wird etwas zu trinken bestellen.

»Einen Wodka-Martini, bitte«, sagt er.

Während der Barkeeper den Drink mixt, pikst jemand Eddie in die linke Schulter. Er dreht sich um und kann eben noch ein Stöhnen unterdrücken. Es ist Rachel McMann.

»Hey, Rachel«, sagt Eddie. Rachel McMann kennt Gott und die Welt; warum also gibt sie sich mit Eddie ab? »Fröhliches Halloween.« Es überrascht ihn, dass sie nicht verkleidet ist. Er kann sie sich gut als Carmen Miranda mit einem großen Korb voller Obst auf dem Kopf vorstellen.

»Eddie«, sagt Rachel.

Ein paar Meter weiter sieht Eddie Rachels Ehemann Dr. Andy McMann. Dr. Andy war früher Eddies Zahnarzt, also kann Eddie ihn schlecht ignorieren. Eddie winkt halbherzig, und Dr. Andy hebt sein Glas ähnlich, wie Chief Kapenash gerade seins gehoben hat. Seine Körpersprache besagt: *Ich grüße Sie, aber ein ausführliches Gespräch ist nicht nötig.*

»Eddie«, sagt Rachel erneut. Sie hat sich unter seinem Kinn aufgebaut; sie ist aufdringlich wie eine Stubenfliege.

»Ja, Rachel«, sagt Eddie. »Was kann ich für Sie tun?«

»Ich hab gehört, dass die Powerball-Leute diese Woche zu Ihnen kommen. Herzlichen Glückwunsch.«

»Von wem haben Sie das?«, fragt Eddie und versucht sich zu erinnern, wem er von den Powerball-Leuten erzählt hat. Glenn Daly weiß Bescheid und Barbie und Grace. Und Addison Wheeler, der den Christys gern zwei hochpreisige Immobilien an der Polpis Road zeigen würde (eine davon mit eigenem Weinberg, der die Christys wahrscheinlich abschrecken wird).

Es gibt also tatsächlich mehrere Möglichkeiten, wie Rachel von der Sache erfahren hat.

»Ich habe ein Angebot in Monomoy«, sagt Rachel. »Ich finde, das sollten Sie ihnen zeigen.«

»Wie viel kostet es?«, fragt Eddie.

»Neunundzwanzig Millionen«, sagt Rachel.

Eddie bemüht sich, keine Miene zu verziehen. Rachel McMann hat ein Neunundzwanzig-Millionen-Dollar-Haus im Angebot. Wie konnte das passieren? Jeder, der eine so wertvolle Immobilie besitzt, sollte genügend Verstand haben, mit einem Makler mit Erfahrung und mehr … Würde zusammenzuarbeiten. Rachel hat ungefähr so viel intellektuelle Substanz wie ein Ballon auf einem Festwagen.

»Zu teuer«, sagt Eddie. »Mehr als fünfzehn zahlen sie nicht.«

»Mein Käufer würde sich mit fünfundzwanzig begnügen«, sagt Rachel und zieht eine Grimasse. »Scheidung.«

»Immer noch zu viel«, sagt Eddie. »Tut mir leid. Danke, dass Sie an mich gedacht haben.« *Und halten Sie sich von meinen Kunden fern.*

Rachel seufzt. »Na ja, ich hab noch andere Immobilien. Billigere. Eine in der Medouie Creek Road. Ich rufe Sie morgen an.«

Sparen Sie sich die Mühe, denkt Eddie. Der Barkeeper leert das kalte Elixir in ein Martiniglas und reibt den Rand mit einer Zitronenspirale ein. *Hier kommt das Gegengift gegen Rachel McMann,* denkt Eddie, als er den ersten Schluck nimmt. »Bitte tun Sie das«, sagt er.

Dies soll das Stichwort für Rachel sein, sich zu entfernen und entweder jemand anderem ihre Geschäftsideen aufzudrängen – Hunter Bloch sen. würde sich anbieten; er hat immer einen Stall voller Millionäre und Billionäre auf seiner Klientenliste – oder mit ihrem Mann zu reden, obwohl Eddie es schon immer ein bisschen erbärmlich gefunden hat, wenn ein Ehepaar sich auf einer Party miteinander unterhält. Aber ist es wirklich erbärmlicher, als statt mit seiner Frau mit seiner Tochter auf einem Fest aufzukreuzen – die ihn auch noch bei der ersten Gelegenheit sitzenlässt?

Es spielt kaum eine Rolle, denn Rachel bleibt vor Eddie stehen, das Gesicht nach oben gewandt und erwartungsvoll, als rechnete sie damit, dass Eddie sie küsst. Auch Rachel hat einen Sohn, der aufs College geht. Calgary. (*Was ist das bloß für ein Name?,* hat Eddie sich schon immer gefragt. Er ist eigentlich nur akzeptabel bei jemandem, der aus Alberta stammt, oder als Familienname, doch Eddie befürchtet, dass Rachel, falls er sie fragen würde, ihm anvertrauen könnte, dass ihr »einfach der Klang gefällt«.) Calgary besucht die … UC Berkeley, wo er Japanisch studiert.

Womöglich will Rachel mit Calgary angeben oder sich nach Hope erkundigen oder etwas zu Allegras Geisha-Kostüm sagen. Eddie weiß es nicht, aber eins ist sicher – er wird hier nicht rumlaufen, während Rachel McMann wie eine Klette an ihm klebt.

Er nimmt noch einen kräftigen Schluck von seinem Drink. »War sonst noch was?«

»Ich bin mir nicht sicher, ob ich es erwähnen soll«, sagt Rachel. »Ich bin mir nicht sicher, ob es Sie interessiert.«

Eddie sieht an sich herunter: Steht sein Hosenstall offen?

»Worum geht es, Rachel?«, fragt er. Sie ist sich nicht sicher, ob sie es erwähnen soll, was bedeutet, dass sie es lieber erwähnen sollte. Und zwar sofort.

»Benton Coe ist hier«, sagt Rachel. »Mit ›hier‹ meine ich auf dieser Party – er ist Gast von Edith Allemand, der dieses fantastische Anwesen in der Main Street gehört –, aber ich meine auch ›hier‹ wie in hier auf Nantucket. Zurück auf Nantucket. Endgültig. Mit Detroit ist er durch. Er zieht wieder her und verbringt sogar den Winter hier.«

»Sie haben sich zu Recht gefragt, ob es mich interessiert«, sagt Eddie. »Tut es nämlich nicht.«

Rachel zuckt die Achseln. »Okay.«

Die Wahrheit aber ist: Es interessiert Eddie. Es interessiert ihn sogar sehr. Benton Coe, Eddies und Grace' ehemaliger Landschaftsarchitekt und Grace' ehemaliger Liebhaber, ist endgültig zurück auf Nantucket. Er wird den Winter hier verbringen statt dort, wo er ihn sonst verbracht hat.

Eddie kippt rasch den Rest seines Martinis herunter, dann kehrt er an die Bar zurück, um sich noch einen zu holen. Er sollte etwas essen. Er hat einen Mordshunger, und es gibt ein üppiges Büfett, aber der erste Punkt auf seiner Tagesordnung ist jetzt der, nach Benton Coe Ausschau zu halten.

Mit seinem zweiten Cocktail in der Hand nimmt Eddie die Menge unter die Lupe. Ein paar Leute bemerken das und winken. Eddie erwidert das Winken, obwohl er nicht ganz sicher ist, wem es gilt. Das ist eine schlechte Angewohnheit – aber man kann nicht erwarten, dass er sein wahlloses Grüßen im Zaum hält, wenn er so gestresst ist.

Benton Coe ist hier. Hier auf dieser Party. Hier auf Nantucket. Für immer. Wie stehen die Chancen, dass Rachel sich irrt? Doch kaum ist ihm dieser beruhigende Gedanke gekommen, da sieht er zwei Tische weiter auch schon Benton Coe. Dass Eddie ihn nicht sofort erkannt hat, liegt daran, dass er eine Brille-Nase-Schnurrbart-Maske à la Groucho Marx trägt. Was für eine grässliche Ironie des Schicksals, dass der einzige weitere gewissermaßen kostümierte Partygast Benton Coe ist! Er ist mit Edith Allemand hier, einer lebhaften Frau von etwa achtzig. Sie ist furchterregend weiß-angelsächsisch-protestantisch, eine Bewohnerin von Nantucket der alten Schule, pedantisch nicht nur, was ihr Heim und ihren Garten angeht, sondern auch die historische Integrität der Main Street im Besonderen und der Insel im Allgemeinen. Edith kennt Eddie Pancik nicht, aber wenn sie es täte, würde er ihr nicht gefallen. Für sie wäre er Strandgut, auch wenn er schon seit über zwanzig

Jahren hier lebt. Er ist Immobilienmakler und verkörpert für Mrs Allemand daher alles, was an Nantucket schlecht ist – und das, ohne etwas von seinen jüngsten Eskapaden zu wissen.

Benton nimmt seine Nase samt Schnurrbart ab und legt sie auf den Tisch, damit er sich auf seinen Berg Kartoffelbrei stürzen kann. Er sieht älter aus, stellt Eddie mit Befriedigung fest. Seine rotblonden Haare sind grau gesprenkelt, und er weist ein paar Falten auf, vermutlich dank vieler Stunden in der Sonne … in Detroit? Hat Benton Coe da nicht gelebt? Die blitzschnelle Gentrifizierung und Begrünung der gefährlichsten Stadt in Amerika in Gang gebracht? Na ja, Detroit hat Benton Coe keinen Gefallen getan.

Eddie nähert sich dem Tisch. Er weiß nicht genau, was er sagen soll. Vielleicht gar nichts. Vielleicht bleibt er einfach da stehen, bis Benton Coe ihn bemerkt, sich bei Edith Allemand entschuldigt und mit Eddie nach draußen geht, um unter vier Augen mit ihm zu reden.

Eddie tritt vor. Benton hebt das Gesicht, sieht Eddie, gönnt ihm ein knappes Nicken und setzt dann sein Gespräch mit Mrs Allemand fort.

Eddie kippt seinen zweiten Martini in einem langen Schluck. Er wird sich von dem Mann, der mit seiner Frau geschlafen hat, *nicht* einfach so als Nebensache abtun lassen. Er stellt sich direkt hinter Benton und klopft ihm auf eine seiner sehr breiten Schultern. Er kommt sich mutig vor, will aber nicht, dass dies in eine körperliche Konfrontation ausartet, denn die würde Eddie verlieren. Benton ist fünfzehn Zentimeter größer und zehn Kilo schwerer als er. Mindestens.

Und deshalb versucht Eddie es mit gespielter Leutseligkeit. »Sind Sie das, Benton Coe? Zuerst dachte ich, Sie wären es, aber dann fiel mir ein, dass mein Kumpel Benton jetzt ja in Detroit wohnt. Sind Sie da immer noch und hängen mit Justin Verlander und Kid Rock ab?«

»Eddie«, sagt Benton. Er holt tief Luft, dann nimmt er die Serviette von seinem Knie, legt sie auf den Tisch und steht auf, um Eddie die Hand zu reichen. Sie schütteln sich die Hände. Benton drückt fester zu, als es notwendig wäre, findet Eddie. Vielleicht versucht er, Eddie eine nonverbale Warnung zu übermitteln. »Eddie Pancik, das hier ist meine Freundin Edith Allemand. Edith, das ist Eddie Pancik.«

Edith bedenkt ihn mit einem verkniffenen Lächeln. »Sehr erfreut«, sagt sie und erhebt sich, aber nicht, um Eddie die Hand zu reichen. »Ich muss mich für einen Moment entschuldigen, meine Herren. Vielen Dank.«

Eddie sieht mit Erleichterung, dass sie geht. »Ich hab gehört, dass Sie zurück sind?«, sagt er.

»Ich bin zurück«, bestätigt Benton.

»Endgültig?«

»Endgültig«, sagt Benton. »Kann sein, dass ich zwischendurch anderswo Projekte übernehme, aber für die absehbare Zukunft gibt es hier genug für mich zu tun.«

»Wie war Detroit? Haben Sie ein Mädchen kennengelernt? Geheiratet? Ein Kind bekommen?« Damit schießt Eddie ein wenig aus der Hüfte, doch vielleicht sind diese

Fragen gar nicht so abwegig. Vielleicht sieht Benton so alt und müde aus, weil er nachts für ein Neugeborenes Fläschchen erwärmen muss! Oder er hat eine viel jüngere Frau geheiratet, die ihn im Schlafzimmer überstrapaziert.

»Detroit war Arbeit«, sagt Benton und fügt dann, vielleicht, weil ihm klar wird, wie schroff das klingt, hinzu: »Und gelegentlich ein Lions-Spiel.«

»Ach, ich hätte Sie für einen Baseball-Fan gehalten«, sagt Eddie.

»Ich hasse Baseball«, sagt Benton. »Zu langsam.«

Baseball zu hassen ist unamerikanisch, findet Eddie. Doch er unterlässt es, etwas Unfreundliches zu sagen. Er unterlässt es, überhaupt zu antworten, was dazu führt, dass er und Benton in einem Meer aus peinlichem Schweigen schwimmen. Eddie wartet darauf, dass Benton ihn, Eddie, fragt, wie es ihm geht. Und Benton – na ja, Benton kämpft wahrscheinlich gegen den Drang an, genau das zu tun. Oder Benton wartet darauf, dass Eddie ihn auffordert, er möge sich von Grace fernhalten. Aber darauf wird Eddie fürs Erste verzichten. »Ich bin mit meiner Tochter Allegra auf diese Party gekommen«, sagt er. »Hope geht aufs College. Sie ist im zweiten Jahr an der Bucknell.«

»Ja«, sagt Benton. »Das weiß ich.«

»Das *wissen* Sie?«, sagt Eddie. Woher kann Benton Coe das wissen? Hat Grace es ihm erzählt? Sind sie noch in Kontakt? Hat Grace Benton die alljährliche Weihnachtskarte geschickt? Oder hat Benton einfach nur im *Inquirer and Mirror* gelesen, welches College sich Hope ausgesucht hat?

»Gut für sie«, sagt Benton. »Sie ist ein schlaues Mädchen. Und jetzt, Eddie, muss ich mich auch entschuldigen. Wir sehen uns ja sicher bald wieder.« Damit tritt Benton Coe an den Nebentisch, wo er stehen bleibt, um Hunter Bloch sen. zu begrüßen.

Warte mal, denkt Eddie. *Ich bin noch nicht fertig!* Doch Benton ist anscheinend fertig mit ihm. Es wird also keine Aussprache geben, keine Vereinbarung, dass Benton sich von Grace fernzuhalten hat. Es kann sogar sein, dass sie vorhat, Eddie morgen für Benton zu verlassen.

Eddie spürt, dass Benton Coe und Hunter Bloch sen. über ihn reden. Hunter sen. wirft seine weiße Löwenmähne in den Nacken und lacht. Über Eddie?

Gott sei Dank hat er nicht den Pelzmantel angezogen!

Apropos Kostüme: *Wo* ist Allegra? Eddie zieht sein Telefon hervor, was den zusätzlichen Zweck hat, dass es aussieht, als nähme er einen Anruf entgegen, der weitaus wichtiger ist als diese Party.

Sein Anruf wandert direkt auf Allegras Mailbox.

Eddie legt auf, ohne eine Nachricht zu hinterlassen, und geht wieder an die Bar.

JENNIFER

Jennifer beschließt, zu warten und Patrick erst zu erzählen, was mit Grayson Coker vorgefallen ist, wenn sie aus dem Haus sind, unterwegs nach Nantucket. Dann werden sie allein sein im sicheren Kokon ihres Wagens, und die Kinder werden nichts mitbekommen. Das ist ein guter Plan, doch Jennifer ist trotzdem unruhig. Sie will das, was geschehen ist, nicht herunterspielen, denn dann wird Patrick sie beschuldigen, viel Lärm um nichts zu machen. Aber wenn sie die Ereignisse genau so beschreibt, wie sie waren, wird eine Auseinandersetzung zwischen Patrick und Coke unvermeidlich sein und Coke die Möglichkeit geben zu behaupten, Jennifer habe ihn angestiftet. Jennifer versucht, sich ins Gedächtnis zu rufen, dass Patrick sie als Ehemann immer unterstützt hat. Er wird die Dinge mit ihren Augen sehen. Er wird sie verstehen.

Als sie in den BMW gestiegen sind und die Stadt hinter sich lassen, stößt Patrick einen Freudenschrei aus.

»Ich kann gar nicht glauben, wie toll sich das anfühlt!«, ruft er und wirft Jennifer einen Blick zu. »Alles in Ordnung?«

»Häh?«, sagt sie. »Ja, natürlich.« *Erzähl es ihm!*, denkt sie. Er hat ihre Anspannung bemerkt. *Erzähl es ihm!*

»Ich finde es wirklich prima, dass du mitkommst, obwohl du so beschäftigt bist«, sagt Patrick. »Du bringst ständig Opfer für mich.«

»Deine Familie zu besuchen ist doch kein Opfer«, sagt Jennifer.

»Es ist ja nicht nur das«, sagt Patrick. »Du hast so viel Geduld mit mir beim Aufbau meines Fonds gehabt. Du hast ein Projekt übernommen, das du nicht unbedingt …«

»Was das betrifft …«

»Das Geld ist wichtig«, meint Patrick. »Ich sage es ungern, aber ohne dieses Geld würden wir die Feiertage nicht überstehen. Im Frühjahr spiele ich dann wieder voll mit, und du kannst dir eine wohlverdiente Pause gönnen.« Er klopft aufs Lenkrad, während Jennifer sich in ihren Sitz zurücksinken lässt. Sie kann nur annehmen, dass Coke die Rückzahlung seines Einhunderttausend-Dollar-Vorschusses noch nicht hat; Jennifer hat sie am Freitag in Auftrag gegeben. Wahrscheinlich wird er sie heute bekommen, dann ist dieser Batzen Geld so wundersam verschwunden, wie er aufgetaucht ist.

Patrick stellt das Radio lauter – Joe Cocker singt »Feeling Alright« –, und Jennifer schließt die Augen. Sie ist mehr als müde. Sie ist völlig erschöpft – weil sie die letzten fünf Nächte aus Angst vor dem Gespräch, das sie in diesem Moment mit Patrick führen sollte, wach gelegen hat.

Das Geld ist wichtig. Das Geld *ist* wichtig, so wichtig, dass Jennifer erwägt, Grayson Coker anzurufen und die Rückzahlung zu widerrufen. Ja, so verzweifelt ist sie. Sie kann sagen, es tue ihr leid, es sei ein Missverständnis gewesen; vielleicht könnten sie ja noch einmal von vorn anfangen.

Und wenn er nun Nein sagt? Wenn er ihr mitteilt, er habe schon eine andere Ausstatterin angeheuert? Und wenn diese Ausstatterin Mandy Pell ist, Jennifers Erzrivalin? Natürlich ist es Mandy Pell. Sie wird das Penthouse sehr speziell gestalten, ausgesprochen gewagt, und es wird in einem sechsseitigen Beitrag in *Domino* präsentiert werden, und dann wird Jennifer erleben, wie Mandy Pell zur Geburtshelferin des Einschüchterungstrends in der Innenarchitektur erklärt wird.

Und was ist mit Jennifers Selbstrespekt? Wenn jemand sich entschuldigen und um einen Neuanfang bitten müsste, dann doch wohl Grayson Coker!

Mit diesem Gedanken schläft Jennifer fest ein … und wacht erst wieder auf, als Paddy auf den Parkplatz des Flughafens von Hyannis einbiegt.

»Wir sind da«, sagt Patrick. »Wie hast du geschlafen?«

Wahrscheinlich ist es gut, dass Jennifer Patrick die Geschichte mit Grayson Coker nicht erzählt hat, denn dann wäre ihr ganzer Ausflug nach Nantucket ruiniert gewesen. So aber läuft alles reibungslos. Patrick und Jennifer müssen nur fünf Minuten warten, bis ihr Cape-Air-Flug aufgerufen wird. Sie sind die einzigen beiden Passagiere, und es ist ein frischer, wolkenloser Tag. Der Flug über das blaue Glas des Nantucket Sound fühlt sich an, als schwebten sie auf einem Zauberteppich.

Jennifer wird Patrick später von der Sache erzählen, auf dem Heimweg.

Jennifer und Patrick nehmen ein Taxi zur Pension, wo

im Kühlschrank eine Flasche von Jennifers Lieblings-Chardonnay auf sie wartet. Jennifer und Patrick ziehen sich in ihr Zimmer zurück, um dort ein bisschen dringend benötigte Zeit allein zu zweit zu verbringen. Danach duschen sie und kleiden sich an, dann gehen sie hinunter in die Küche und durchstöbern sie nach ungesunden, nicht aus ökologischem Anbau stammenden Snacks. Jennifer findet eine Schachtel Waffeln, einen Brie und eine Dose spanischer Erdnüsse. Bingo! Während sie die Leckereien präsentiert, füllt sich die Küche mit Quinns: mit Bart, mit Ava, dann mit Kevin und Isabelle.

Jennifer denkt daran, welches Glück sie hat. Sie ist Einzelkind, und seit dem Tod ihres Vaters besteht ihre »Familie« nur noch aus ihr und ihrer Mutter Beverly. Aber sie und Patrick sind schon so lange zusammen, dass sie das Gefühl hat, seine Familie sei ihre Familie, und sie weiß, dass es umgekehrt ebenso ist.

Diese Blase des Glücks platzt fast, als Jennifer nach oben geht, um sich zu schminken, und Patrick unten bleibt, weil Mitzi noch »ganz kurz« mit ihm »reden« will, bevor sie zu den VFW aufbrechen.

Als Patrick wieder ins Zimmer kommt, sieht er aus, als würde er gleich anfangen zu weinen.

»Was ist?«, fragt Jennifer. »Ist es wegen deines Vaters?« Sie findet auch, dass Kelley sehr krank wirkt, doch alle haben ihre Erwartungen der Situation angepasst. Kelley hat noch einen Monat, mit Glück vielleicht zwei.

»Es geht um Mitzi«, sagt Patrick. »Sie will die Pension verkaufen.«

Jennifer nickt langsam. Einerseits hält sie den Verkauf der Pension für eine gute Idee. Allein schafft Mitzi es nicht, und Kevin und Isabelle haben jetzt ihren eigenen Betrieb und die Kinder, um die sie sich kümmern müssen. Bart könnte helfen, wenn er nur im Geringsten interessiert daran wäre, aber das scheint nicht der Fall zu sein. Andererseits macht Jennifer der Gedanke an einen Verkauf der Pension Angst. Irgendwann im Sommer, als Kelleys Gesundheit sich verschlechterte, sprach Mitzi mit Jennifer darüber, was sie tun würde, wenn das Undenkbare geschähe und Kelley sich nicht wieder erholte.

»Ich würde gern dasselbe tun wie du«, sagte Mitzi. »Innenausstatterin werden. Vielleicht könnten wir zusammenarbeiten.«

Jennifer murmelte etwas vage Ermutigendes, doch sie würde nie, *niemals* mit Mitzi zusammenarbeiten. Sie musste an Mitzis kitschigen Landhausgeschmack denken, an die Weihnachtssänger von Byers' Choice, die Mitzi alljährlich aufstellt, und versuchte, einen Schauder zu unterdrücken.

»Das ist vielleicht keine schlechte Idee«, sagt Jennifer zu Patrick.

»Was?«, sagt Patrick. Er ist richtig aufgewühlt; die Spitzen seiner Ohren verfärben sich rot. »Weißt du, was das bedeutet? Es bedeutet, dass wir nicht mehr hier auf Nantucket wohnen könnten. Wir wären keine Nantucketer mehr.«

»Oh«, sagt Jennifer. »Kauft sich Mitzi denn nichts Neues?«

»Sie meint, sie hat sich noch nicht entschieden«, sagt

Patrick. »Aber sie hat auch gesagt, dass sie sich vielleicht eine Wohnung in den Sherman Commons zulegt.«

»Sherman Commons?«, fragt Jennifer »Aber sie ist doch erst … wie alt? Neunundvierzig? Fünfzig?«

»Was immer sie sich auch kauft, es wird nicht so groß sein, dass wir alle sie da besuchen können«, sagt Patrick. »Und Kevin und Isabelle haben keinen Platz für uns.«

»Dann mieten wir was«, sagt Jennifer.

Patrick setzt sich auf die Bettkante und stützt seinen Kopf in die Hände. »Wir hätten was kaufen sollen, als wir die Möglichkeit dazu hatten.«

Jennifer beschließt, nicht darauf hinzuweisen, dass sie »die Möglichkeit dazu hatten«, als das Geld auf ihren Konten illegal verdientes war. »Bitte«, sagt sie. »Verderben wir uns den Abend nicht, indem wir uns Sorgen um Geld machen. Du musst dein Geschäft in Gang bringen, dann kümmern wir uns um Nantucket.«

»Tja«, sagt Patrick. »Ich verliere meinen Vater, und ich verliere mein Zuhause.«

Jennifer ist froh, dass sie Patrick ihre Neuigkeit nicht auf dem Hinweg mitgeteilt hat – aber wird es auf dem Heimweg einfacher sein? Sie hat ganz munter vorgeschlagen, etwas zu mieten, aber ohne das Penthouseprojekt werden sie sich das nie leisten können.

Sie braucht ein neues Projekt – und zwar schnell. Einen großen Kunden. *Wer sind die fünf Menschen in Boston, die reicher sind als Grayson Coker?*

Sie holt tief Luft. »Steh auf«, sagt sie. »Die anderen warten auf uns.«

Als sie zum VFW fahren, zirpt Jennifers Telefon. Sie checkt das Display in der Erwartung, dass es eine Nachricht von der Babysitterin ist, sieht jedoch, dass es sich um eine SMS von Norah Vale handelt. Kevin fährt. Patrick sitzt neben ihm, Isabelle hinten neben Jennifer. Jennifer verspürt Schuldgefühle, weil sie einen Text von Kevins Exfrau erhält. Warum hat sie als Einzige von den Quinns immer noch Kontakt zu Norah?

Na ja, sie weiß, warum. Wegen der Tabletten.

Sie kann den Tabletten, schon der Andeutung einer Möglichkeit, zukünftig Tabletten zu konsumieren, nicht widerstehen. Vielleicht, wenn sie sich vom Oxy fernhält … wenn sie nur ab und zu eine Lorazepam nimmt … dann könnte sie wenigstens schlafen.

Sie öffnet den Text. Er lautet: *Ich nehme an, dass du wegen Barts Party auf der Insel bist? Könnten wir uns morgen auf einen Kaffee treffen? Ich würde wirklich gerne was mit dir besprechen.*

Jennifer weiß, dass sie die Nachricht löschen, sie jedenfalls nicht beantworten sollte, schon gar nicht, wenn sie bereits zwei Gläser Wein getrunken hat.

Sie wirft Isabelle einen Blick von der Seite zu, dann tippt sie: *Vielleicht habe ich morgen früh Zeit. Wo treffen wir uns?*

Ihr Telefon meldet sich eine Sekunde später: I*m Hub um 8:30 Uhr?*

Okay, erwidert Jennifer. *Bis dann.*

BART

Er weiß, dass es seiner Mutter nicht gefallen würde, aber na ja. Er nimmt sich eine Flasche Patrón und zwei Coronas von der Bar und tritt mit Allegra Pancik zur Seitentür des VFW heraus, wo sich praktischerweise eine kleine Veranda mit einem Tisch und zwei Stühlen und Blick auf das Kieferngestrüpp des Waldes befindet.

»Aber es ist deine Party«, sagt Allegra.

»Wir sind zurück, ehe uns jemand vermisst«, sagt Bart. »Meine Anwesenheit ist eigentlich nicht erforderlich. Das hier ist eine Party, die meine Mutter geben wollte, damit es ihr *selbst* besser geht.«

»Eltern«, sagt Allegra.

Bart weiß nicht genau, was passiert ist, aber als er Allegra Pancik als Geisha herausgeputzt sah, dachte er: *Meine Geschwister haben Recht. Ich brauche wirklich eine Freundin.*

Und.

Da.

Ist.

Sie.

Sie war im ersten Jahr an der Nantucket High School, als er dort in der letzten Klasse war. Vielleicht übt er immer noch den Reiz eines älteren Schülers auf sie aus? Sie ist nicht zu jung für ihn. Mit neunzehn ist sie erwachsen, wenn auch nicht alt genug, um zu trinken.

Von Rechts wegen.

»Wir trinken jeweils drei Kurze«, sagt Bart. »Und danach je ein Bier. Dann gehen wir wieder rein.«

»Abgemacht«, sagt Allegra.

Tequila Nr. 1:

»Warum bist du noch auf Nantucket? Wolltest du nicht aufs College?«, will Bart wissen.

»Wow«, sagt Allegra. »Harte Fragen, gleich zu Anfang.«

Bart zieht eine Augenbraue hoch, ein Trick, den Centaur ihm beigebracht hat, als sie in der Grundausbildung waren.

»Ich war letztes Jahr auf der UMass Dartmouth«, sagt Allegra. »Dann bin ich durchgerasselt. Hab zu viel gefeiert.«

»Also schätze ich mal, dass das hier nicht dein erster Tequila ist«, sagt Bart.

Statt zu antworten, gewährt Allegra ihm eine knappe Verbeugung. »Jetzt möchte ich dich was fragen.«

Bart nickt.

»Warum bist du *immer noch* auf Nantucket? Du bist doch ein Kriegsheld. Kriegst du da von der Regierung nicht eine Million Dollar und eine Villa in Beverly Hills?«

»Wohl kaum«, sagt Bart und trinkt einen ausgiebigen Schluck von seinem Bier. Danach würde er gern rülpsen, doch er hält sich zurück, weil er in Gesellschaft einer Dame ist. »Ich bin aus zwei Gründen hier auf Nantucket.

Erstens wird mein Vater bald sterben. Zweitens weiß ich nicht, was ich sonst tun soll.« Er sieht Allegra an. »Und übrigens bin ich *kein* Kriegsheld.«

Allegra legt den Kopf schief, und Bart sieht die Essstäbchen, die ihren dunklen Haarknoten zusammenhalten. »Nein?«

Ich habe zugelassen, dass sie meinen besten Freund in die Grube beförderten, denkt Bart. *Ich habe versucht, ihn zu retten, es aber nicht geschafft.*

»Zeit für den zweiten Tequila «, sagt er.

Tequila Nr. 2:

»Erzähl mir von deiner Familie«, sagt Bart.

»Na ja«, sagt Allegra und nimmt einen damenhaften Schluck von ihrem Bier. »Ich hab eine Zwillingsschwester.«

»Du meinst, es gibt noch ein Mädchen auf Nantucket, das so schön ist wie du?«, fragt Bart.

»Hope geht auf die Bucknell«, sagt Allegra. »Sie ist die Intelligente, ich bin die Hübsche.«

»Aber ihr seid eineiig?«, fragt Bart

»Ja«, sagt Allegra. »Ich sage nur, dass ich die Hübsche bin, weil ich mich dann besser fühle. Hope ist auf dem College, und ich arbeite am Empfang der Immobilienfirma, die meinem Onkel und meiner Tante gehört. Bei Bayberry Properties in der Main Street.«

Bayberry Properties in der Main Street. Bart macht sich im Geiste eine Notiz. So soll man doch mit Frauen umgehen – die kleinen Dinge zur Kenntnis nehmen. Vielleicht geht er im Laufe der Woche mal bei Allegra vorbei und lädt sie zum Mittagessen ein. Vielleicht schickt er ihr Blumen.

»Was ist mit deinen Eltern?«, fragt er. »Das war doch dein Dad, mit dem du gekommen bist, oder?«

»Meine Eltern sind ein heikles Thema«, sagt Allegra. »Bis vor drei Jahren waren sie normal und langweilig. Wir wohnten in der Wauwinet Road in einem großen Haus mit Blick auf den Polpis Harbor. Mein Vater hatte seine eigene Immobilienfirma und meine Mutter einen riesigen Garten, wo sie Hühner züchtete.«

»Hühner?«, sagt Bart. Sein Magen schlingert. Er kann nicht über Hühner sprechen.

»Meine Mutter nervte manchmal, und mein Vater beklagte sich immer, wie viel Geld wir ihn kosten. Aber dann fing meine Mutter im Laufe des Sommers eine Affäre mit unserem Landschaftsgärtner an, und mein Vater legte sich draußen in Sconset einen Prostituiertenring zu. Er musste ins Gefängnis und ist erst diesen Juli entlassen worden. Wir haben das Haus in Wauwinet verloren und wohnen jetzt in einem winzigen Cottage in der Stadt.«

Bart nickt. Affäre. Prostituiertenring. Gefängnis. Er weiß, dass er schockiert sein müsste, aber wenn jemand eine Familie mit seltsameren Geschichten als Allegra hat, dann ist es Bart Quinn.

»Aber deine Eltern sind noch zusammen?«, fragt Bart. »Sie haben überlebt?«

»Sind sie«, sagt Allegra. »Haben sie. Meine Mom ist heute nicht mitgekommen, weil sie in Academy Hill ehrenamtlich Süßigkeiten verteilt.«

»Meine Eltern sind auch noch zusammen«, sagt Bart. »Und meine Mutter hatte auch eine Affäre.« Er schüttelt den Kopf und beäugt die Flasche Tequila, trinkt aber stattdessen sein Bier. »Mit diesem Typen namens George, der jedes Jahr zu uns in die Pension kam, um den Santa Claus zu spielen.«

Das bringt Allegra zum Lachen. Was beabsichtigt war. Weil es absurd ist. Anscheinend *trennten* sich Kelley und Mitzi in der Zeit, in der Bart weg war, und Mitzi zog mit George nach Lenox, Massachusetts. Und Kelley dachte, er würde vielleicht wieder mit Margaret zusammenkommen, seiner ersten Frau. Doch am Ende siegte die Liebe – so formulierte es Mitzi, als sie Bart alles erklärte. Sie meinte, das wolle sie tun, damit es in der Familie keine Geheimnisse gäbe. Aber ehrlich gesagt glaubt Bart, es hätte ihm nichts ausgemacht, wenn Kelley und Mitzi das alles für sich behalten hätten. Mitzi und George – igitt! Und die Geschichte war schon jahrelang gelaufen, bereits damals, als Bart noch glaubte, dass George Santa Claus *war*.

»Meinen Geschwistern geht es gut«, räumt Bart ein. »Sie sind meine Halbgeschwister, die Kinder von meinem Vater und Margaret Quinn, der Nachrichtensprecherin.«

Allegra nickt, als ob sie weiß, von wem er redet, aber vielleicht ist sie zu jung, um Margaret Quinn zu kennen. Nur alte Leute schauen sich die Nachrichten im Fernsehen an.

»Patrick und Kevin sind verheiratet und haben Kinder«, sagt Bart. Er überlegt, Allegra zu verraten, dass auch Patrick vor Kurzem im Gefängnis war, aber warum nicht ein paar

Überraschungen für das zweite Date aufsparen? »Ava unterrichtet Musik in New York City. Sie ist nicht verheiratet, hat aber einen festen Freund. Einen Professor.«

»Deine Schwester war in der fünften Klasse meine Musiklehrerin«, sagt Allegra.

Bart lacht. »Wirklich? Pech für dich.«

Tequila Nr. 3:

Er versucht, sich darüber klarzuwerden, ob Allegra ein Mensch sein könnte, dem er alles anvertrauen kann. Sie kann gut zuhören und scheint einiges an emotionaler Tiefe zu besitzen, mehr, als man von einer schönen Neunzehnjährigen erwarten würde. Mädchen, die aussehen wie Allegra, haben es leicht im Leben. Sie bekommen, was sie sich wünschen. Sie treffen nie auf Hindernisse. Aber Allegra scheint ein paar eigene Dämonen zu haben, die im Vergleich zu Barts jedoch unbedeutend sind. Sie ist nie aus Massachusetts herausgekommen. Sie ist im Grunde wie er, bevor er zu den Marines ging.

»Hast du einen Freund?«, fragt Bart. Jetzt ist er doch tatsächlich knapp davor, diesem Mädchen einen Antrag zu machen, und weiß noch nicht einmal, ob sie ungebunden ist. So hübsche Mädchen wie Allegra haben immer einen Freund. Doch andererseits, wenn sie einen Freund hätte, wäre sie dann mit ihm nach draußen gegangen?

»Ich hatte einen«, sagt sie. »Bis vor Kurzem. Hunter Bloch. Du kennst ihn?«

»Ja«, sagt Bart. Hunter Bloch war in der Schule zwei Klassen über ihm. Er war Hockeyspieler, und sein Vater hatte Geld, zwei Gründe dafür, dass Bart sich von ihm fernhielt. »Was heißt ›bis vor Kurzem‹?«

»Wir sind vier Monate miteinander gegangen«, sagt Allegra. »Vor ein paar Tagen hab ich herausgefunden, dass er mich betrügt.«

Bart stößt einen Pfiff aus. »Idiot.«

Allegra vollführt wieder ihre süße kleine Verbeugung.

»Vielleicht ist sein blöder Fehler mein Glück?«, sagt Bart.

Allegra legt den Kopf schief. »Vielleicht.«

Übernimmt der Tequila die Kontrolle über sein Gehirn oder ist sie tatsächlich die begehrenswerteste Frau, die er je gesehen hat? »Ich hab seit der Highschool niemanden mehr gedatet«, sagt er. »Ich meine, bevor ich stationiert wurde, gab es Mädchen … One-Night-Stands.«

»Was anderes hätte ich auch nicht erwartet«, sagt Allegra.

»Dann war ich zwei Jahre in Gefangenschaft«, sagt Bart. »Ich hab zugesehen, wie die Hälfte meiner Kumpel …«

»Bart«, sagt sie. Sie tritt näher zu ihm und ergreift seine Hand.

Küss sie, denkt er. Weiß er noch, wie das geht? Er beugt sich vor. Seine Lippen treffen auf ihre, weich, so weich.

Ja, er weiß es noch.

KELLEY

Mitzi ist ein geselliger Mensch. Ein *papillon*. Kelley beobachtet sie von seinem Rollstuhl aus. Er und Lara haben sich an einem der mittleren Tische platziert, wo er das Gefühl haben kann, Teil des Geschehens zu sein, ohne selbst viel tun zu müssen. Mitzi hat sich von ihrer ausgefallenen Idee verabschiedet, den Goldlamé-Overall anzuziehen – Gott sei Dank, denn der existiert nicht mehr –, und sich stattdessen für ein fließendes lila Gewand mit transparenten Ärmeln entschieden, die wie Flügel aussehen. Ihre wilden Locken rahmen ihr Gesicht, und ihre Wangen sind rosig vor Aufregung. Sie huscht von Gruppe zu Gruppe, schüttelt Hände, beugt sich vor, um Fragen über den neuen Job des einen, die alternde Mutter des anderen zu stellen. *Wie merkt sie sich das alles?*, fragt sich Kelley. Eines der Phänomene, die sich mit dem Alter bei ihm eingeschlichen haben, ist eine Verengung der Perspektive; er interessiert sich inzwischen nur noch für seine Familie. Aber Mitzi ist natürlich jung und gesund; sie blüht bei Interaktionen auf, und seit sie die Pension geschlossen haben, ist ihre Welt erheblich geschrumpft. Kelley fragt sich, ob sie vielleicht will, dass er sich mit dem Sterben beeilt, damit sie mit ihrem Leben weitermachen kann.

Was für ein makabrer Gedanke! Und so unbegründet! Jedes Mal, wenn Mitzi von einer Gruppe zur anderen flattert, sucht sie Kelleys Blick und wirft ihm eine Kusshand zu.

Kelley versucht, den Rest seiner Familie zu orten. Die Band hat angefangen zu spielen, und Kevin und Isabelle sind als Erste auf der Tanzfläche. Sie bewegen sich gut, flüssig und elegant wie die Tänzer in einem dieser Filme, die Kelleys Mutter so liebte. Frances Quinn schwärmte für Fred Astaire und Gene Kelly und für die Großproduktionen von *Mississippi-Melodie* und *Seidenstrümpfe*. Sie liebte Männer im weißen Smoking. Als Kelley Margaret heiratete, trugen Kelley und sein Bruder Avery und alle Trauzeugen als Überraschung für Frances zum Probeessen weiße Smokings. Der Fotograf machte ein Bild von ihnen allen mit Frances in der Mitte. Wenn Kelley sich recht erinnert, hat Frances nie glücklicher ausgesehen.

Kelley ist sich sicher, dass Frances Quinn Isabelle vergöttert hätte. Sie verleiht den Quinns Extraklasse. Schon mit zwei Jahren plappert die kleine Geneviève auf Französisch; sie kann bis zehn zählen und die Wochentage aufsagen. Sie nennt Kelley Grand-père und Mitzi Grand-mère. Margaret ist Mimi.

Wo steckt Margaret?, fragt sich Kelley. Er sieht sie nicht.

Ava steht an der Bar und spricht mit Mrs Gabler, Barts ehemaliger Erzieherin. Ava ist eine Heilige.

Paddy und Jennifer sitzen da und essen, obwohl Paddy am Telefon ist und Jennifer einen entrückten, verwirrten

Gesichtsausdruck hat. *Geht es ihnen gut?*, fragt sich Kelley. Sie haben in letzter Zeit schwere Stürme durchlebt – Patricks Inhaftierung, Jennifers Tablettensucht –, aber Kelley dachte, ihr Schiff sei wieder in ruhigem Fahrwasser. Sie wirken nicht *unglücklich*, nur nicht so heiter und unbeschwert wie Kevin und Isabelle.

Wo ist Bart, der Ehrengast? Wenn Kelley es recht bedenkt, hat er Bart den ganzen Abend noch nicht gesehen. Aber da Mitzi nicht besorgt zu sein scheint, macht auch er sich keine Sorgen. Obwohl es bald Zeit sein muss, die Torte anzuschneiden – Eistorte aus der Juice Bar, eine Tradition –, also sollte Bart lieber aufkreuzen. Gerade, als Kelley dies denkt, geht die Seitentür auf, und Bart kommt mit einer japanischen Geisha an der Hand herein.

Ach, du lieber Gott, denkt Kelley. *Ist das Mädchen eine …? Hat Mitzi geplant, dass …? Haben Kevin und Patrick, vielleicht als Witz, eine als Geisha gekleidete … Stripperin angeheuert?*

Mitzi sieht Bart und die Geisha, umfängt sie mit ihren lila Flügeln und schiebt sie auf Kelley zu. Nein, nicht auf Kelley, auf den runden Tisch, auf dem die Eistorte steht, geschmückt mit zweiundzwanzig Kerzen plus achtzehn zusätzlichen Lichtern, eins für jeden der Soldaten in Barts Zug, die gefallen sind. Das war Barts beharrlicher Wunsch.

Lara dreht Kelleys Stuhl so, dass er einen guten Blick auf die Torte hat. Jennifer und Patrick erheben sich. Ava löst sich von Mrs Gabler, und die Band beendet den Song. Kevin geleitet Isabelle von der Tanzfläche. Mitzi zündet die Kerzen an, und Ava klopft mit einem Löffel an ihr Glas.

Die Menge verstummt, und die Leute sammeln sich in einem lockeren Ring um den Tisch.

Bart hält immer noch Händchen mit der Geisha. Kelley ist verwirrt. Wer ist das?

»Wer ist das?«, fragt er Lara, doch seine Stimme wird übertönt, als die Band zu »Happy Birthday« ansetzt, und Lara würde es sowieso nicht wissen, oder? Lara legt Kelley eine Hand auf die Schulter, als alle anfangen zu singen.

»Happy birthday to you.«

Kelleys Meinung nach ist es das schlechteste Lied, das je geschrieben wurde. Keiner singt es gut. Eine Person vielleicht, früher mal. Die Frau im weißen Kleid. Wie hieß sie noch gleich?

»Happy birthday to you.«

Kelley wird seinen nächsten Geburtstag nicht mehr erleben, was bedeutet, dass er nie mehr wie ein Taubstummer dasitzen muss, während andere Menschen ihm furchtbar falsch etwas vorsingen. Ein weiterer kleiner Grund für Dankbarkeit. Er weinte, als er klein war und seine Freunde ihm in Perrysburg, Ohio, vorsangen. Frances schoss ein Foto vom weinenden kleinen Kelley mit der weißen Torte aus der Wixey Bakery; sie genoss es, den Mädchen, die Kelley mit nach Hause brachte, dieses Foto zu zeigen. Sie zeigte es Margaret.

Wo ist Margaret?, fragt Kelley sich erneut. Dann fällt ihm ein, dass sie die Einladung ausgeschlagen hat. Sie geht nächsten Monat in den Ruhestand, also hat sie keine Urlaubstage mehr. Er wird sie zu Thanksgiving sehen. Hoffentlich.

»Happy birthday, lieber Bart.«

Bartholomew James Quinn, geboren am 31. Oktober 1995 um 4:30 Uhr, 3,9 Kilo schwer, 58,4 cm groß. Mitzi hat neunzig Minuten lang gepresst, ohne Medikamente. Ohne Medikamente! Sie wollte jeden Moment der Geburt bewusst erleben, und Kelley erinnert sich an ihren Gesichtsausdruck, als Bart draußen war, heil und gesund, und auf ihrer Brust wimmerte. Sie strahlte überglücklich.

»Happy birthday to you!«

Bart holt tief Luft, dann wirft er der Geisha einen Blick zu und bläst die Kerzen – alle vierzig – mit einem Atemzug aus. Die Menge klatscht Beifall und jubelt.

Kelley schließt die Augen. *Erfüll dem Jungen seinen Wunsch*, betet er. *Bitte, was immer es sein mag, lass es in Erfüllung gehen.*

AVA

Potter bietet an, sein Dienstagnachmittagsseminar über den nautischen Roman ausfallen zu lassen und Ava nach Nantucket zu begleiten, doch sie sagt ihm, dass sie es besser fände, allein zu fahren. Potter ist verletzt, das merkt sie, und jede Erklärung, die sie abgibt – »Meine ganze Familie wird da sein«, »Mein Vater ist krank«, »Es wird emotional sehr belastend sein« –, macht die Situation nur noch schlimmer.

»Hat man dafür nicht einen Partner?«, fragt Potter. »Damit jemand da ist, der emotionale Belastungen mit einem teilt? Der einen unterstützt? Ich mag deine Familie, und ich will nicht überheblich sein, aber ich glaube, sie mag mich auch.«

»Das tut sie«, sagt Ava. Und es stimmt; das tut sie. Sie mag Potter so gern, dass er zu der Party kommen und Ava in New York bleiben könnte und alle genauso glücklich wären, wenn nicht sogar noch glücklicher.

»Warum erzählst du mir dann nicht, was wirklich los ist?«, fragt Potter.

Weil sie nicht *kann*, darum!

Nach PJs Besuch hat sie eine Veränderung verspürt. Vielleicht ist es nur eine Kleinigkeit, vielleicht aber auch etwas Substanzielleres, das weiß Ava nicht. Sie hat das Gefühl, versagt zu haben. PJ hat sie *gehasst*. Noch schwerer fällt es ihr zuzugeben, dass sie auch das Gefühl hat, Potter habe versagt. Seine Kompetenz als Vater war eingerostet, das weiß sie, doch er zeigte sich schwach und unfähig, zwei Eigenschaften, die sie nie mit ihm in Verbindung gebracht hätte.

Ava hatte angenommen – und das nicht ohne Grund –, dass Potter derjenige, welcher war. Der Mann, den sie heiraten würde. Das Kennenlernen von PJ war eigentlich die letzte Hürde, die zu nehmen war, bevor sie ihre Beziehung zu einer lebenslangen Bindung ausbauten.

Doch dann lief alles fürchterlich schief. Das einzige positive Ereignis war Avas unerwartete Annäherung an Harrison, Trishs Freund, schwer vorstellbar als Verbündeter. Ava war zu schüchtern, um Potter von ihrem Gespräch mit Harrison zu berichten. Nachdem Harrison und Trish mit PJ gegangen waren, ging Ava nach oben, um nach Potter zu sehen, der erleichtert darüber wirkte, dass PJ weg war. Erleichtert darüber, dass sein einziges Kind, das er eh so gut wie nie sah, seiner Obhut so unsanft entrissen worden war. Er umarmte Ava und sagte: »Mach dir nichts draus, was passiert ist. Nichts davon war deine Schuld.«

Natürlich war es nicht Avas Schuld! Sie hat ja kaum mit dem Kleinen interagiert. PJ schien von Anfang an etwas gegen Ava zu haben. Vielleicht hatte Trish schlecht von ihr gesprochen, was nicht fair gewesen wäre, da die beiden sich gar nicht kennen. Vielleicht ist PJ verletzt oder wütend, weil Potter nie da ist. Aber eigentlich ist er ein bisschen zu klein, um ihm das zu verübeln. Trish ist mit ihm nach Kalifornien gezogen, als er zwei war, deshalb wird er sich nicht an Potter und Trish zusammen erinnern – und mit Harrison scheint er sich wunderbar zu verstehen.

Du musst mehr Zeit mit PJ verbringen, würde Ava Potter gern sagen. *Besuch ihn öfter. Lerne ihn unter vier Augen kennen. Schaffe eine Vater-Sohn-Beziehung.* Potter hat sich wie ein unfähiger Babysitter verhalten.

Und auch Ava kann konkret etwas unternehmen, indem sie ein offenes, vertrauliches Gespräch mit der Person führt, die ihre Situation, wie sie glaubt, am besten verstehen wird: mit Mitzi. Dieses Gespräch ist Avas wichtigstes Motiv, nach Nantucket zu Barts Party zu fahren.

Sobald sie zu Hause angekommen ist, wird ihr klar, dass der Ausflug noch andere Vorzüge hat. Sie kann Zeit mit ihren Geschwistern verbringen und mit ihrem Vater – der ein bisschen besser aussieht, als Ava erwartet hat. Sie kann Bart in die Arme schließen, nachdem er die Kerzen ausgepustet hat, und das Mädchen kennenlernen, das plötzlich an seiner Seite ist. Das Mädchen trägt ein sehr elegantes Geisha-Kostüm, das Ava so sehr bewundert, dass sie sich vornimmt, sich fürs nächste Jahr ein ähnliches zu besorgen.

Sie ist sehr überrascht, als sie feststellt, dass das Mädchen Allegra Pancik ist, ihre ehemalige Schülerin. Ava hatte Allegra und ihr Zwillingsschwester Hope in ihrem ersten Jahr als Lehrerin, als sie in der fünften Klasse waren. Allegra war unauffällig, Hope dagegen eine vielversprechende Musikerin, die dann auch die ganze Highschool hindurch weiter Flöte spielte.

»Hi, Miss Quinn«, sagt Allegra und streckt Ava ihre Hand entgegen.

»Allegra, wie schön, dich zu sehen!«, sagt Ava. »Wie alt bist du jetzt?«

»Neunzehn«, sagt Allegra.

Neunzehn. Unglaublich, findet Ava, dass ihre Schülerinnen inzwischen alt genug sind, um mit Bart auszugehen.

Ihre eigentliche Belohnung erhält Ava nach der Party. Sie bleibt bis zum Schluss, weil Mitzi auch so lange bleibt, obwohl Kelley mit seiner Hospizschwester, Patrick und Jennifer schon kurz nach dem Servieren der Torte gegangen ist. Isabelle und Kevin brechen auf, um ihren Babysitter abzulösen, und Bart verschwindet mit Allegra Pancik. Daher sind nur noch Mitzi, Ava und wenige letzte Partygäste anwesend.

»Brauchst du mich zum Aufräumen?«, fragt Ava Mitzi.

»Das machen die Caterer«, sagt Mitzi. »Komm mit nach draußen. Ich möchte eine Zigarette rauchen, während wir auf das Taxi warten.«

»O…kay«, sagt Ava. Sie weiß, dass Mitzi angefangen hat zu rauchen, als sie Kelley verließ, um mit George, dem Santa Claus, zusammenzuleben, aber sie dachte, sie hätte wieder aufgehört. Jetzt hat sie anscheinend erneut damit begonnen. Eigentlich kann Ava es ihr nicht verübeln, oder? Kelleys körperlichen Verfall mitzuerleben muss hart sein.

Sie stehen in der frischen Herbstluft draußen vorm VFW, und Mitzi zündet sich eine Zigarette an.

»Nur spätabends«, erklärt sie Ava. »Wenn dein Vater schon schläft. Oder wenn ich was getrunken habe.«

Ava hebt die Hände. »Ich urteile nicht.«

»Danke«, sagt Mitzi mit erleichtertem Lächeln. »Schade, dass Potter nicht mitkommen konnte.«

»Er hätte mitkommen können«, sagt Ava. »Er wollte mitkommen, aber ich habe ihn gebeten, es nicht zu tun.«

»O nein!«, sagt Mitzi. »Ärger im Paradies?« Sie lacht. »Entschuldige, dass ich das sage. Ich bin zu alt, um zu glauben, dass eine Beziehung für *irgendjemanden* paradiesisch ist.«

»Wir hatten ein schwieriges Wochenende«, sagt Ava. »Seine Exfrau und ihr Freund waren in New York auf einer Shakespeare-Konferenz, und sie ließen PJ, Potters Sohn, bei uns. Na ja, bei Potter. Und Potter wollte, dass ich PJ kennenlerne.«

»Natürlich«, sagt Mitzi. »Wie ist es gelaufen?«

»Auf einer Skala von eins bis zehn war es eine minus dreißig«, sagt Ava und erzählt Mitzi von PJs Geschrei am Freitagabend, von dem Videospiel am Samstag im Naturkundemuseum, von PJs SMS an seine Mutter, in der er ihr mitteilte, Ava habe ihn unangemessen berührt.

»Du lieber Himmel«, sagt Mitzi. »Was für ein Albtraum!«

»Ein Albtraum«, stimmt Ava zu. Sie holt tief Luft und inhaliert etwas von Mitzis Rauch aus zweiter Hand, was nicht unangenehm oder unwillkommen ist. »Wie hast *du* das geschafft mit uns dreien?«

»Ha!«, sagt Mitzi. »Das schlimmste Jahr meines Lebens

war das erste Jahr meiner Ehe mit Kelley. Erinnerst du dich daran?«

»Nicht so richtig«, sagt Ava. »Bruchstückhaft.« Sie versucht es mit einem Rückblick. Sie war zehn, als sie mit Kelley nach Nantucket zogen. Die Jungs waren Teenager. Patrick ging es gut in Avas Erinnerung, Kevin weniger – bis er Norah Vale kennenlernte. Aber welche Erinnerungen hat Ava an sich selbst?

»Du hattest Angst im Dunkeln, weißt du noch?«, fragt Mitzi. »Du konntest gut allein einschlafen, aber nachts bist du dann in unser Zimmer gekommen und wolltest bei deinem Vater schlafen. Ich musste in deinem Zimmer übernachten. Du wolltest nicht im selben Bett schlafen wie ich, und dein Vater konnte dir nichts abschlagen, weil er solche Schuldgefühle hatte.«

Schuldgefühle, denkt Ava. Kelley hatte Schuldgefühle, weil er sich hatte scheiden lassen, dann eine andere Frau kennenlernte, dann seinen gut bezahlten Job als Wertpapierhändler aufgab und mit den Kindern aus New York nach Nantucket zog, das im Sommer ein Lieblingsort von ihnen gewesen war. Aber ganzjährig auf der Insel zu leben war eine völlig andere Sache. *Erinnert* Ava sich daran, im Dunkeln Angst gehabt zu haben? Eigentlich nicht. Sie erinnert sich, dass sie ihre Mutter vermisste. Sie erinnert sich, wie Kelley sie zur South Station in Boston brachte und allein in den Zug nach New York setzte. Sie erinnert sich, dass sie weinte, wenn Margaret sie wieder zum Bahnhof brachte, um sie nach Hause zu schicken. Sie erinnert sich an Malbücher, Anziehpuppen und schließlich an ein elektrisches Keyboard mit Kopfhörern, um sich auf der vierstündigen Fahrt die Zeit zu vertreiben.

Welche Erinnerungen hat sie an Mitzi? Ihr fällt ein Streit wegen einer Reispfanne ein. Avas Weigerung, Mitzi zum Einkauf ihres ersten BHs mitzunehmen. *Du bist nicht meine Mutter.* Das hat sie oft zu ihr gesagt.

»Ich war schrecklich zu dir«, gesteht Ava. »Wie bist du damit fertiggeworden?«

»Ich hab geweint«, sagt Mitzi. »Ich habe sogar Margaret angerufen.«

»Wirklich?«

»Ich hab sie angerufen, ohne es deinem Vater zu erzählen. Ich hab sie gefragt, was ich dafür tun könnte, dass du mich magst. Dass du mich anerkennst.«

»Und was hat Mom gesagt?«

»Sie war noch nicht ganz die wunderbare Frau, die sie heute ist«, sagt Mitzi. »Inzwischen weiß ich, dass auch deine Mutter Schuldgefühle hatte. Sie hatte sich für ihre Karriere entschieden, und Kelley nahm ihr die Kinder weg, wogegen sie sich zunächst wehrte, dann akzeptierte sie es widerwillig. Sie *wünschte* sich nicht, dass du mich magst oder anerkennst, aber sie riet mir, mich nicht unterkriegen zu lassen, ich selbst zu sein, dich nicht zu verwöhnen oder dir zu schmeicheln oder um den Bart zu gehen. Sie meinte, du würdest dich schon beruhigen.«

»Und das habe ich auch«, sagt Ava. »Stimmt's?«

»Du warst immer am strengsten mit mir«, sagt Mitzi. »Du warst ganz verliebt in Bart, was für mich sprach, aber ich hatte immer das Gefühl, dass meine Anwesenheit in eurem Leben, in der Familie dir nicht recht war. Und jetzt? Jetzt bist du in einer ähnlichen Situation und holst dir Rat bei mir. Ich muss sagen, das empfinde ich als ausgleichende Gerechtigkeit.«

»Da bin ich sicher«, sagt Ava. »Und ich entschuldige mich von ganzem Herzen bei dir.«

»Das ist nicht notwendig«, sagt Mitzi. »Du warst ein Kind.«

»Und ich danke dir«, sagt Ava. »Dass du durchgehalten hast. Nicht nur, als wir Kinder waren, sondern auch vor zwei Jahren. Danke, dass du zu Dad zurückgekehrt bist.«

Mitzi nimmt einen langen Zug von ihrer Zigarette. »Als Bart vermisst war, war ich verloren«, sagt sie. »Danke, dass *du* mir verziehen hast.«

»Ich hab dich lieb, Mitzi«, sagt Ava. In ihrer Kehle bildet sich ein Kloß. Hat sie Mitzi das schon einmal gesagt? »Du bist unsere … na ja, du bist nicht unsere leibliche Mutter, aber du warst trotzdem eine Mutter für uns, eine, die wir nicht immer so zu schätzen wussten, wie wir es hätten tun sollen.«

»Das höre ich gern«, sagt Mitzi. »Ich habe dich und deine Brüder auch lieb. Ich habe euch immer liebgehabt. Selbst wenn wir uns stritten, habe ich euch liebgehabt, als ob ihr meine eigenen Kinder wärt.«

Ava sieht Scheinwerfer, die sich auf der New South Road nähern; das Taxi kommt. »Und was soll ich nun wegen PJ unternehmen?«

»Bleib am Ball«, antwortet Mitzi. »Sei du selbst. Verwöhn ihn nicht, schmeichle ihm nicht. Behandle ihn einfach mit

Liebe und Respekt und Freundlichkeit. Lass ihn spüren, dass er dir vertrauen kann. Mach ihm klar, dass du nicht wegläufst, dass du seine Verbündete bist, auch wenn er dich wie eine Feindin behandelt. Du hast einen großen Vorteil.«

»Ach ja?«, sagt Ava.

»Ja«, sagt Mitzi. »Du bist die Erwachsene.« Sie lächelt, während das Taxi vorfährt. »Und wer weiß, vielleicht wird PJ sich in zwanzig oder fünfundzwanzig Jahren bei *dir* Rat holen.«

»Vielleicht«, sagt Ava. Die Vorstellung, dass ein siebenundzwanzigjähriger PJ sie um Rat bittet, ist grotesk – aber nicht unmöglich. Mitzi hält die Taxitür auf, und Ava schlüpft hinein.

Sie lächelt den Taxifahrer an. Es geht ihr schon viel besser. Es stimmt, sie *ist* die Erwachsene! Wie Mitzi wird sie am Ball bleiben.

»In die Winter Street, bitte«, sagt sie.

TEIL ZWEI

NOVEMBER

JENNIFER

Um Norah zum Kaffee treffen zu können, musste Jennifer Patrick belügen. Was bedeutet, dass sie ihn weiter belügen wird.

»Ich muss gleich morgen früh, wenn sie aufmachen, ins Handarbeitszentrum. Sie haben da einen Stoff, den ich in …«, sagte sie. Fast wäre ihr *Grayson Cokers Penthouse* herausgerutscht, doch sie konnte gerade noch an sich halten. Patrick wird sowieso vermuten, dass der Stoff für das Penthouse ist, denn wofür sollte er sonst sein?

»Cool«, sagte Patrick. »Wann öffnet es denn?«

Jennifer schluckte. »Um halb neun. In einer Stunde bin ich wieder da.«

»Prima«, sagte Patrick. »Dann hab ich ja noch Zeit, Dad zu besuchen, bevor wir fahren.«

Jennifer hat den Eindruck, dass er überhaupt nicht argwöhnisch ist. Irgendwie macht ihr die Tatsache, dass er ihr uneingeschränkt glaubt, ein noch schlechteres Gewissen. Er hält ihre Sucht für eine Sache der Vergangenheit. Er denkt, dass sie ehrlich, offen und aufrichtig ist. Sein Vertrauen zu ihr ist fast mehr, als Jennifer ertragen kann.

Norah wartet am Hub auf Jennifer, worüber sie sehr froh ist. Weniger freut es sie, dass Norah in Begleitung ist. Ein Mann steht neben ihr, etwa in Jennifers Alter, mit Tattoos am Hals und auf den Unterarmen. Er hat pechschwarze, recht lange, aber nicht ungepflegte Haare und trägt Jeans, einen grauen Kaschmirpullover mit hochgeschobenen Ärmeln, sodass man die bereits erwähnten Tattoos sehen kann, und ein Paar weiße Converse-Hightops. Ist er ein Hipster oder ein Drogenbaron? Jennifer erkennt es nicht.

Er hat keine Uhr am Handgelenk, dafür jedoch ein paar recht hübsche Armbänder – Silberreifen, von John Hardy, vermutet Jennifer, und ein schwarzes Band mit einem Totenkopf aus Silber und Strass. Er schaut Jennifer an und lächelt. Seine Zähne sind weiß und gerade. Er wirkt freundlich. Sein Gesicht kommt ihr irgendwie vertraut vor. Kennt sie ihn?

»Jennifer, hey!«, sagt Norah. Auch Norah sieht hip und stylish aus. Sie trägt einen schwarzen Rollkragenpullover, Skinny Jeans und karierte Ballerinas und fantastische lange Ohrringe, die Kaskaden aus ineinander verschlungenen Goldringen sind. Ihr Haar ist zu einem asymmetrischen Bob geschnitten und ihr Make-up subtil. Norah Vale hat noch nie großartiger ausgesehen.

»Norah, hi«, sagt Jennifer. Sie ist sich nicht sicher, wie sie ihre ehemalige Schwägerin/Drogendealerin begrüßen soll. Ein Händedruck erscheint ihr zu formell, eine Umarmung zu intim. Jennifer entscheidet sich für einen Luftkuss.

»Kann ich dir eine Latte holen?«, fragt Norah.

»Ich trinke einen Matcha«, sagt der Mann mit den Armbändern.

Latte? Matcha? Jennifer beschleicht das Gefühl, dass dieses Treffen anders verläuft, als sie erwartet hat, und verspürt Enttäuschung. Lorazepam, sie braucht eine Lorazepam!

»Äh … einfach Kaffee«, sagt Jennifer und fühlt sich plötzlich alt und verknöchert. »Normalen amerikanischen Kaffee.«

Norah bestellt, während Jennifer noch einen verstohlenen Blick auf den Mann wirft, mit dem Norah hier ist. Vielleicht ist er Norahs Freund?

Der Mann fängt ihren Blick auf und streckt die Hand aus. »Du erinnerst dich vielleicht nicht an mich? Ich bin Danko Vale, Norahs Bruder. Wir haben uns … oh, ich weiß nicht … vor Jahren bei einer der Quinn'schen Familienfeiern kennengelernt.«

»Okay, Moment«, sagt Jennifer, denn jetzt, da sie den Mann voll im Blick hat, ist sie fast da, eine Erinnerung an ihn. Norahs Bruder Danko. Norah, so entsinnt sich Jennifer, ist in einer bizarren familiären Konstellation aufgewachsen. Mit vielen Brüdern, von denen nur einer ihr leiblicher Bruder war, und zwar nicht der, den alle dafür hielten. Jennifer zupft an der Erinnerung wie an einem festsitzenden Knoten. Danko Vale. Er ist der Tattoo-Künstler, der Norah zu der verdammten Python auf ihrem Hals überredet hat. Und … er ist der älteste Bruder, Norahs leiblicher Bruder; ihre Mutter tat sich wieder mit Dankos Vater zusammen, nachdem sie drei Söhne von anderen Männern bekommen hatte und mit Norah schwanger wurde.

Und … warte mal! Ja! Jennifer *kennt* Danko von früher, aber nicht von einer Familienfeier der Quinns. Jennifer und Patrick waren in dem Land Rover, den sie hatten, bevor sie den BMW kauften, oben in Great Point, und der Rover blieb im Sand stecken. Da tauchte Danko Vale in einem schwarzen Jeep auf. Er war sonnengebräunt und trug eine schwarze Badehose und ein rotes Tuch um den Kopf, und mit all seinen Tätowierungen ähnelte er einem Piraten. Patrick begrüßte ihn argwöhnisch, doch dann stellte Danko sich vor, und Patrick wurde klar, dass er Norahs Bruder war, derjenige, der bei Norahs und Kevins Hochzeit dem Bräutigam die Braut zugeführt hatte. Es war ein bisschen peinlich, denn Norah und Kevin waren damals in einer Getrennt-aber-irgendwie-auch-noch-zusammen-Phase – Danko erwies sich jedoch als der vollendete Gentleman, um nicht zu sagen Lebensretter, indem er ein Abschleppseil hervorholte und den Land Rover aus dem weichen Sand befreite. Patrick, so erinnert sich Jennifer, bot Danko vierzig Dollar dafür an, aber Danko winkte ab und sagte: »Wir sind doch eine Familie.«

»Du hast meinen Mann und mich aus dem Sand gezogen!«, sagt Jennifer jetzt. »In unserem Land Rover, meine ich. Oben in Great Point.«

Danko schnippt mit den Fingern. »Stimmt! Ich hab Norah erzählt, dass ich dich kenne, aber ich dachte, von der Hochzeit.«

Norah dreht sich um und reicht Jennifer ihren Kaffee. »Ich bin froh, dass ihr euch so gut versteht. Sollen wir uns draußen auf die Bank setzen und miteinander reden?«

Draußen auf die Bank?, denkt Jennifer. *Miteinander reden?* Die Bank, die Norah meint, erstreckt sich auf die Main Street und ist der öffentlichste Platz auf der ganzen Insel. Jennifer hat keine *Lust*, sich mit Norah und Danko auf die Bank zu setzen, aber was bleibt ihr übrig?

Es ist ein wunderschöner Vormittag, ungewöhnlich mild für einen ersten November, und so setzt sich Jennifer hin und hebt ihr Gesicht in die Sonne. *Nur ein paar Lorazepam*, denkt sie. Und meint damit zwanzig. Oder dreißig. Danko und Norah müssen zusammen im selben Geschäft sein, was seltsam und furchtbar ist, aber steht es Jennifer zu, sie dafür zu verurteilen? Sie sind beide gut gekleidet und wirken erfolgreich. Vermutlich verkaufen sie Tabletten an das oberste eine Prozent und müssen ein Image aufrechterhalten.

»Also«, sagt Norah, »wir möchten dir einen Vorschlag machen. Einen sehr interessanten Vorschlag.«

Sie wollen, dass ich für sie deale, denkt Jennifer. Das wäre nur verständlich; sie wohnt in einem elitären Viertel, das von unglücklichen Hausfrauen bevölkert ist. Das Erbärmliche – das *wirklich Erbärmliche* – ist, dass sie es in Erwägung ziehen wird. Sie *muss* es in Erwägung ziehen. Sie braucht das Geld!

Aber die Bedingungen müssen günstig sein. Genauer gesagt, müssen es *ihre* Bedingungen sein. Sie wird einen Teil der Erträge behalten, und es müssen Sicherheitsvorkehrungen getroffen werden. Man darf sie nicht erwischen. Die Kinder haben es überlebt, dass ihr Vater wegen Insiderhandels inhaftiert wurde, aber sie werden es nicht überleben, dass ihre Mutter für den Verkauf von Drogen eingesperrt wird.

»Ach ja?«, erwidert Jennifer mit fröhlicher Naivität. »Was für einen denn?«

»Danko ist Fernsehproducer, sagt Norah. »Bei SinTV.«

»Tatsächlich?«, sagt Jennifer und ist fasziniert. Sie würde in einer Million Jahren nicht wissen, was SinTV ist, wenn Leanne, ihre geliebte Kundin, nicht süchtig nach zwei Sendungen auf diesem Kanal wäre. Die erste heißt *Swing Set* und ist eine Realityshow über sechs Paare in Fishers, Indiana, die anfangen zu swingen, also mit den Partnern der anderen zu schlafen. Für Jennifer klingt das grauenhaft, aber Leanne bekommt gar nicht genug davon und freut sich schon auf die Spin-offs in Traverse City, Michigan, und Sebastopol, Kalifornien. Jennifer nimmt an, dass bald in jeder amerikanischen Kleinstadt geswingt wird. Außerdem sieht Leanne eine Kochshow mit dem Titel *Fatso,* in der jedes Rezept mit einem Pfund Butter beginnt und mit einer Extraportion Mayonnaise endet. Auch das hört sich für Jennifer widerlich an, und doch hat Leanne das wahnsinnig leckere Rezept für ihre Brathähnchen-Clubsandwiches mit süßsaurer Limonensoße und Speck-Knoblauchcreme dorther, die Derek liebevoll »Herzinfarkt auf Brioche« nennt.

»Ich hab vorher drei Jahre lang bei Vice und für TMZ gearbeitet«, sagt Danko. »SinTV war der folgerichtige nächste Schritt.«

»Jetzt wollen sie, dass er eine Heimwerkersendung entwickelt«, sagt Norah. »Eine, die *Sucht und Entzug* Konkurrenz macht«, sagt Danko. »Und *Flip oder Flop*.«

»Ich dachte immer, *Flip oder Flop* sei ein Flop«, sagt Jennifer, obwohl wahrscheinlich nur der Neid aus ihr spricht.

»Die Scheidung war das Beste, was passieren konnte«, sagt Danko. »Jetzt gehen ihre Einschaltquoten durch die Decke.«

»Die Zuschauer erfahren gern die wahren Geschichten über den Moderator einer Sendung«, sagt Norah. »Was uns zu unserer Idee bringt.«

»Eurer Idee?«, fragt Jennifer.

»Wir möchten gern, dass du auf SinTV eine Show moderierst«, sagt Danko.

»Ich?«, sagt Jennifer. Sie würde lügen, wenn sie behauptete, der Gedanke sei ihr nie gekommen. Sie versucht, sich nicht allzu oft Sendungen mit Einrichtungsvorschlägen anzusehen, ebenso wie Romanschriftsteller versuchen, die *New York Times Book Review* zu ignorieren. Jennifer leidet an professionellem Neid, das steht mal fest, aber sie will auch nicht unabsichtlich kopieren, was andere Innenausstatter kreieren.

»Du bist schön, du bist intelligent, du bist selbstbewusst«, sagt Norah.

»Der Sender möchte eine Show, die in Boston angesiedelt ist«, sagt Danko. »Sie haben das Gefühl, dass die dortige Bevölkerung unterrepräsentiert ist.«

»Das Format, das Danko entwickelt hat, heißt *Der wahre Entzug*«, sagt Norah. »Dafür sehen sie sich einige Stadtvillen in Dorchester an.«

»In Dorchester?«, fragt Jennifer.

»Der Witz an der Sache ist zum Teil der, dass wir Häuser in Vierteln renovieren wollen, die sich im Übergang befinden«, sagt Danko. »Wir kaufen sie praktisch als Abrisshäuser und gestalten sie dann kostengünstig und nachhaltig um, um eine Gentrifizierung in Gang zu bringen.«

»So, wie es im South End passiert ist«, sagt Norah.

»Na ja, Dorchester ist nicht gerade das South End«, wendet Jennifer ein. Dann denkt sie an ihre Kunden Peter und Ken und ihr wunderschönes Haus in der Washington Street. Aber hat Ken Jennifer nicht erzählt, dass sie das Grundstück 1992 erwarben, als die Gegend noch eine Einöde war? Es gibt keinen Grund dafür, dass Dorchester sich nicht ähnlich entwickeln könnte. Und Jennifer könnte daran beteiligt sein. »Aber das Konzept gefällt mir. Es ist quasi Design als Altruismus.«

»Genau«, sagt Danko. »SinTV hat so ein bisschen den Ruf, ein Sender der bösen Jungs zu sein. Das wäre jetzt unsere Art zu zeigen, dass wir ein Herz haben.«

»Und es gibt noch einen Aufhänger«, sagt Norah. »Dich. Dich, Jennifer Quinn, als Süchtige auf dem Absprung. Du bist dein eigener wahrer Entzug.«

»Ich hab es den Geschäftsführern vorgeschlagen«, sagt Danko. »Sie waren *begeistert*. Die Sendung bekommt ein Riesenbudget. Wenn du also zustimmst, wirst du sehr gut bezahlt werden.«

»Moment mal«, sagt Jennifer. Sie hört die Wendung *sehr gut bezahlt*, und Jubel steigt in ihr auf, aber es klingt noch nach, was Norah gesagt hat. »Die Leute werden also *erfahren*, dass ich ein …« Sie findet nicht einmal die Worte, um auszudrücken, was sie denkt. »Problem mit Tabletten hatte? Das erzählen wir ihnen?«

»Das erzählen wir ihnen«, bestätigt Norah. »Ich glaube, dich zu sehen und zu hören, was du hinter dir hast, wird vielen Menschen helfen, die dasselbe durchmachen.«

»Okay, aber …« Das einzige Wort, das Jennifer dazu einfällt, ist *nein*. Nein, sie wird nicht im Fernsehen zugeben, dass sie tablettensüchtig war! Ihre Familie weiß Bescheid – ihre Mutter, Kelley und Mitzi und Margaret –, sogar die Jungs haben eine leise Ahnung –, doch das ist ein sehr kleiner Kreis im Vergleich zu … na ja, zum *ganzen Land*. Beziehungsweise zu dem Teil des Landes, der sich Sendungen wie die auf SinTV anschaut.

Leanne wird es erfahren. Und Grayson Coker. Und die Mütter der Mitschüler ihrer Kinder. Und Mandy Pell. Und die Frauen, die die Adventsbesichtigungstour in Beacon Hill organisieren. Und all diejenigen, mit denen Jennifer in die Highschool gegangen ist, und ihre Kommilitonen von der Stanford. Es sind keine beliebigen Fremden – Megan Hoffman aus XY –, die Jennifer zu schaffen machen, sondern die Menschen, die sie kennen, die sie zu kennen *glauben*.

»Wir wissen, dass es dich ängstigt«, sagt Danko. »Es erfordert wirklich Mut und Stärke von einem Menschen einzuräumen, welchen Versuchungen er erlegen ist. Glaub mir, ich kenne das. Ich bin seit fünfzehn Jahren bei den AA.«

Warum machst du die Sendung dann nicht?, hätte Jennifer fast gefragt. Als sie Danko ansieht, erkennt sie Güte in seinen Augen. Mitgefühl. Er versteht sie – vielleicht.

»Ich kann nicht«, sagt sie. »Ich … kann einfach nicht.«

»Warum nimmst du dir nicht ein bisschen Zeit und denkst darüber nach?«, sagt Norah. Sie legt Jennifer eine Hand aufs Bein und beugt sich vor. »Du wärst *großartig*. Ein Vorbild, eine *echte* Identifikationsfigur, eine Frau, die eine schwere Zeit durchgemacht und sie heil überstanden hat.«

Aber ich mache immer noch *eine schwere Zeit durch!*, denkt Jennifer. Sie ist erst heute Morgen in der Hoffnung hergekommen, ein paar Lorazepam abstauben zu können!

»Nur damit du es weißt: Die Show wird dir fünfunddreißigtausend Dollar pro Folge für die ersten zwölf Folgen einbringen und die Option auf eine zweite Staffel«, sagt Danko. »Und ich weise darauf hin, dass du zusätzliche Einkünfte haben wirst, weil bisher jede Moderatorin, die landesweit auf Sendung geht, eine Steigerung ihrer individuellen Umsatzzahlen erlebt hat.«

»Was bedeutet, dass du die gefragteste Innenausstatterin in Boston sein wirst«, sagt Norah. »Tom und Gisele werden dich anbetteln, das Spielzimmer ihrer Kinder neu zu gestalten.«

Jennifer lächelt – sie hat zu Hause tatsächlich eine Mappe voll kreativer Ideen für Kinderzimmer –, und gleichzeitig versucht sie zu rechnen: fünfunddreißigtausend mal zwölf. Das sind vierhundertzwanzig Riesen, fast so viel, wie sie verloren hat, als sie Grayson Coker abschreiben musste. Plus Zusatzeinkünfte. Plus weitere Aufträge, mehr Aufträge, als sie annehmen kann.

Aber sie muss aller Welt gestehen, dass sie süchtig war.

Es ist ein harter Kampf, sieht sie sich in die Kamera sagen. *Und er dauert an.* Könnte sie sich dazu überwinden, so ehrlich zu sein?

»Ich muss darüber nachdenken«, sagt Jennifer.

»Wir haben noch etwas Zeit«, sagt Danko. »Kannst du uns bis Thanksgiving Bescheid geben?«

»Ja«, sagt Jennifer. »Ihr habt meine Antwort bis zum Freitag vor Thanksgiving. Bis zum siebzehnten.«

Sie stehen alle auf, und Norah umarmt Jennifer schwesterlich. »Nur damit du es weißt, ich kriege keine Provision oder so. Aber als Danko mir von dem Projekt erzählte, hab ich sofort an dich gedacht. Du wärst großartig im Fernsehen.«

»Der wahre Entzug«, sagt Jennifer sarkastisch. »Klingt ganz nach mir.«

Sie schüttelt Danko die Hand, der sie ermutigend anlächelt. »Du wärst perfekt«, sagt er und hebt beide Hände. »Aber fühl dich nicht gedrängt. Melde dich.«

»Klar«, sagt Jennifer, während er und Norah sich entfernen.

Sie setzt sich wieder auf die Bank und greift nach ihrem Kaffee, den sie bisher praktisch ignoriert hat. Erst jetzt sieht sie die Blondine mit dem Kinderwagen auf der anderen Straßenseite, die sie anstarrt.

Jennifer braucht eine Sekunde, um zu erkennen, wer die Frau ist, und eine weitere Sekunde, um mit dem angemessenen Entsetzen zu reagieren. Es ist Isabelle, die das Baby spazieren fährt. Sie muss gesehen haben, dass Jennifer mit Norah Vale geredet, dass sie Norah Vale *umarmt* hat.

Das ist übel. Aus mehreren Gründen.

»Isabelle!«, ruft Jennifer. »Isabelle!« Sie winkt ihrer Schwägerin zu, doch Isabelle gibt vor, sie nicht zu bemerken. Sie wendet den Kinderwagen und geht.

EDDIE

Er versucht, die Hoffnung nicht sinken zu lassen, als er die Christys von der Fähre treten sieht. Masha – denn Marcia Christy ist für Eddie nur noch Masha – hat Eddie gesagt, er solle nach einer Frau mit gelben Haaren und in einem lila Mantel Ausschau halten, und Eddie hat angenommen, er würde auf eine Blondine warten. Aber tatsächlich ist die allererste Passagierin eine Frau in einem bauschigen lila Parka, und sie *hat* gelbe Haare. Gelb wie Zitronendrops.

»Masha?«, sagt Eddie.

Sofort umfängt sie Eddie mit bauschigen lila Armen. Sie hat ein scharf riechendes Parfüm aufgetragen, das ihn an die billigen Drogeriemarken erinnert, die seine Schwester Barbie in ihrer Highschoolzeit benutzte.

Aber Eddie wird sich kein Urteil über Masha erlauben. Masha hat Powerball gewonnen. Sie besitzt mehr Geld als neunzig Prozent der Leute, die als potenzielle Käufer nach Nantucket kommen.

»Eddie«, sagt Masha, »ich möchte Ihnen meinen Ehemann Raja vorstellen.«

»Nett, Sie kennenzulernen, Raja«, sagt Eddie und streckt eine Hand aus. Er macht sich nicht die Mühe, seine Aussprache zu korrigieren, und weder Masha noch Raja scheinen das zu bemerken oder sich daran zu stören. Raja ist herrlich normal – weiß, untersetzt, schütteres Haar und Brille. Er trägt ein kariertes Hemd, Khakihose, einen roten Anorak und bequem wirkende Slipper – Hush Puppies vielleicht.

Rajas Hand ist ein Päckchen warmer Pudding. Auch das keine Überraschung.

»Willkommen auf Nantucket, Sie beide«, sagt Eddie. »Mein Wagen steht auf dem Parkplatz. Wir haben sechs Häuser zu besichtigen, also sollten wir lieber gleich los.«

Masha stößt einen Freudenschrei aus. »Ich mag Sie jetzt schon, Eddie.«

»Hier entlang«, sagt Eddie.

Masha ist eine Schwätzerin. Zwischen Parkplatz und oberem Ende der Main Street erfährt Eddie Folgendes: Masha ist Friseurin, aufgewachsen in Lynn, Massachusetts, ausgebildet an der Empire Beauty School in Malden. Raja stammt auch aus Lynn. Masha und Raja haben beide die Lynn Classical besucht, nur war Raja drei Jahre früher dran und außerdem einer der Schlaumeier im Schachclub, Masha dagegen – *wie Sie sich wahrscheinlich denken können, Eddie* – Cheerleaderin, die zu den richtig populären Jugendlichen gehörte. Raja ist Ingenieur bei National Grid und spielt zum Spaß Online-Schach. Sie haben einen West Highland Terrier namens Jack, der »im Prinzip unser Kind« ist, sagt Masha. Jack hat Masha begleitet, als sie die Powerballlose bei Lanzilli's kaufte, und drei der Zahlen, auf die Masha tippte, waren die Bestandteile von Jacks Geburtstag. Jack ist also im Grunde die Person, die für das Glück der Christys verantwortlich ist, sagt Masha.

»Jack ist keine Person«, meldet sich Raja von hinten.

Masha tätschelt Eddies Arm. »Typisch Ingenieur«, sagt sie. »Besessen von Details.«

Eddie lacht, dann hofft er, dass Raja nicht glaubt, Eddie würde über ihn lachen.

»Ich weiß, was Sie denken«, sagt Masha. »Ich kann nie den Mund halten. Ich bin ein Plappermaul. Raja ist ein Mann weniger Worte, also rede ich für uns beide.«

Eddie kann sich so ziemlich gegen jeden behaupten, doch nach fünf Minuten im Auto mit Masha braucht er eine Verschnaufpause. Er biegt in die Winter Street ein.

»Ich muss kurz anhalten«, sagt Eddie. »Ein Exposé für andere Kunden abgeben, die ihr Haus verkaufen wollen. Dauert keine Minute.« Er parkt vor der Pension und nähert sich langsam der Haustür, während er den Moment der Stille auskostet. Eddie betätigt den Türklopfer, und ein paar Sekunden später macht Bart Quinn auf. Er hält einen großen Blumenstrauß in der Hand.

»Hi?«, sagt er.

»Hi, Bart. Eddie Pancik«, sagt Eddie und hält ihm den schlichten weißen Umschlag hin, in dem die Immobilienbeschreibung steckt. »Würden Sie den bitte Ihrer Mutter geben? Nur Ihrer Mutter. Darum hat sie extra gebeten.«

Bart nimmt den Umschlag, scheint aber Eddie zu studieren. »Eddie *Pancik*? Sie sind Allegras Vater, stimmt's?«

»Schuldig im Sinne der Anklage«, sagt Eddie.

»Ist sie momentan bei der Arbeit?«, fragt Bart.

»Soweit ich weiß«, sagt Eddie.

»Prima«, sagt Bart. »Die Blumen hier sind für sie, eigentlich will ich sie damit überraschen.«

»Sehr schön!«, sagt Eddie. »Sicher freut sie sich darüber. Und Sie geben Ihrer Mom diesen Umschlag? Persönlich?«

»Versprochen«, sagt Bart. »Danke, dass Sie vorbeigekommen sind, Mr Pancik.«

Eddie strebt zu seinem Wagen zurück, beflügelt von dem Wortwechsel. Bart Quinn ist ein höflicher junger Mann, ein Kriegsheld und aufmerksam! Welche Frau bekommt nicht gern Blumen? Eddie sollte Grace heute Abend auch Blumen mitbringen, nur aus dem Grund, dass er sie liebt und zu schätzen weiß. Wenn es mit den Christys gut läuft, wird er Blumen besorgen; sonst kann er die Kosten eigentlich nicht rechtfertigen.

Eddie hat Grace nicht erzählt, dass er Benton Coe getroffen hat. Nach reiflichem Nachdenken ist er zu dem Schluss gekommen, dass es das Beste ist, wenn Grace nicht weiß, dass Eddie über Bentons Rückkehr Bescheid weiß. Er wird auf Veränderungen in Grace' Verhalten achten; so viel ist sicher!

Als er ins Auto steigt, hält Masha die zweite Kopie der Objektbeschreibung des Winter Street Inn in der Hand.

»Das will ich«, sagt sie.

»Wie bitte?«, fragt Eddie.

»Die Pension hier, die steht doch zum Verkauf, oder? Ich möchte sie kaufen. Ich wollte immer schon eine Pension leiten. Wollte ich nicht immer schon eine Pension leiten, Raja?«

»Das höre ich zum ersten Mal«, sagt Raja.

»Wahrscheinlich, weil du neunzig Prozent von dem ausblendest, was ich sage.« Masha wendet sich Eddie zu. »Wenn ich nicht übers Essen rede, hört er mich nicht.«

»Du hast noch nie gesagt, dass du eine Pension leiten möchtest«, sagt Raja.

»Vielleicht, weil ich es nie für möglich gehalten habe«, sagt Masha. »Aber jetzt, mit dem Geld, ist *alles* möglich.« Sie tätschelt erneut Eddies Arm. »Für uns, zwei Teenager aus Lynn.«

»Eine Pension zu leiten bedeutet viel Arbeit«, sagt Eddie. »Mehr, als Ihnen vermutlich klar ist.«

»Schwere Arbeit ist mir nicht fremd«, sagt Masha. »Und ich lerne gern neue Leute kennen.«

»Na ja, wir haben noch andere aufregende Angebote für Sie«, sagt Eddie.

»Ich möchte die Pension«, sagt Masha.

»Schatz«, sagt Raja.

»Können wir sie uns nicht ansehen?«, fragt Masha. »Sie haben gesagt, sie steht zum Verkauf.«

»In Kürze«, sagt Eddie. »Im Moment noch nicht. Heute können wir sie also nicht besichtigen. Aber ich könnte Ihnen andere aufregende Objekte zeigen.«

»Aber …«, sagt Masha.

»Lass den Mann doch seinen Job tun, Masha«, sagt Raja.

Eddie fängt mit den drei Häusern in der Nähe der Stadt an, weil sie alle Angebote von Bayberry Properties sind. Alle drei sind Glenns, aber Glenn hat Eddie gesagt, er könne »loslegen«, was bedeutet, dass Eddie der einzige Makler vor Ort sein wird. Das ist einerseits gut, weil Eddie dann Gelegenheit hat, die Christys gut kennenzulernen. Andererseits ist es schlecht, weil Eddie argwöhnt, dass Glenn Daley die Christys nicht für echte zahlungskräftige Kunden hält.

»Lotteriegeld«, sagt Glenn. »Immer fragwürdig.«

Das erste Haus ist in der Hulbert Avenue und soll elf Komma zwei Millionen Dollar kosten. Es liegt auf der »falschen« Straßenseite, also nicht am Wasser, aber genau das macht es erschwinglich. Häuser auf der »richtigen« Straßenseite gehen für das Doppelte weg, doch das ist ein rein akademischer Punkt, denn diese Häuser kommen nur einmal im Leben auf den Markt.

Als Masha hineinspaziert, sagt sie: »Liegt es an mir, oder riecht es hier nach Mäusen?«

»Ich bin mir nicht sicher, wie Mäuse riechen«, sagt Eddie, obwohl auch er findet, dass das Haus komisch riecht. »Es ist ein älteres Haus, das renoviert werden müsste.« Die Einrichtung ist abgenutzt und verschlissen, die Farben von Sofa und Sesseln sind ausgeblichen, der Couchtisch ist verunstaltet von weißen Ringen. Eddie erkennt, dass Masha wenig beeindruckt ist.

»Unglaublich, dass sie dafür elf Komma zwei Millionen verlangen«, sagt sie.

»Sie bezahlen hier für die Adresse«, sagt Eddie. »Die Hulbert Avenue ist hoch geschätzt und in Stadtnähe.«

»Aber sie ist nicht *in* der Stadt«, sagt Masha lächelnd. Sie hat ein sehr hübsches Lächeln, sieht Eddie. »Die Pension ist in der Stadt!«

»Schauen wir uns mal oben um«, sagt Eddie. »Es gibt vier Schlafzimmer.«

Das obere Geschoss des Hauses erweist sich als ebenso enttäuschend wie das untere. Die beiden Räume mit Meerblick sind klein und teilen sich ein veraltetes Durchgangsbad mit Schiebetüren, die auf den Laufschienen ruckeln. Die beiden nach hinten gelegenen Zimmer sind größer, gehen aber auf mit Gestrüpp bewachsene Feuchtgebiete hinaus. Und in Feuchtgebieten wimmelt es, wie jeder weiß, von Moskitos. Eddie erscheint der Preis auch hier unglaublich; die Immobilie ist praktisch ein Abrisshaus. Aber so weit ist es mit Nantucket inzwischen gekommen. Land ist so wertvoll, dass ein leeres Grundstück auf der falschen Seite der richtigen Straße eine achtstellige Summe kostet.

Eddie beschließt fast, die zwei Häuser zu überspringen, die er am Lincoln Circle hat. Sie sind wie das in der Hulbert Avenue älteren Datums und ernsthaft renovierungsbedürftig. Eddie hat sie beide schon anderen Interessenten gezeigt. Sie besitzen einen gewissen Charme; es sind typische Sommercottages auf Nantucket, die nichts Protziges oder Neumodisches an sich haben. Masha wird nicht beeindruckt sein … aber Eddie wird sie ihr und Raja trotzdem zeigen, und sei es nur zum Vergleich mit den größeren Anwesen, die er draußen in Wauwinet, Squam und Shimmo für sie in petto hat.

Das erste Haus am Lincoln Circle hat einen Wintergarten mit Kamin, eine Besonderheit, die Eddie gleich präsentiert.

»Hübsch«, stimmt Masha zu, rümpft allerdings die Nase über die Küche mit ihren Pressspanschränken und der Spüle aus rostfreiem Stahl. »Unsere Küche in East Boston ist schöner als die hier«, meint sie. »Wie viel, sagten Sie, kostet dieses Haus?«

»Zwölf Komma drei Millionen«, gesteht Eddie. »Auch hier zahlen Sie wieder für die Lage. Und Sie haben aus dem Obergeschoss einen freien Blick aufs Meer.«

»Klingt nach Abzocke«, sagt Masha.

»Okay.« Eddie beschließt, der Sache ein Ende zu machen und ihnen das zweite Haus am Lincoln Circle nicht zu zeigen. Ihm hätte klar sein müssen, dass die Christys sich ein Haus mit allem Pipapo wünschen, ein Haus, das aussieht, als sei es zwölf Millionen Dollar wert. »Zeit für was anderes. Ich versichere Ihnen, das nächste Haus, das ich Ihnen präsentiere, wird Ihrem Geschmack sehr viel mehr entsprechen.«

»Mir hat die Pension gefallen«, sagt Masha.

Raja legt Eddie eine Hand auf die Schulter und bedeutet ihm mit einem stummen Kopfschütteln, dass sie *keine* Pension kaufen werden.

Während Eddie die Polpis Road entlangfährt, schilt er sich dafür, dass er nicht besser verstanden hat, was die Christys wollen. Er hätte ihnen die Sommerhäuser alter Schule ersparen sollen. Die sind etwas für Leute, die die Sommer ihrer Jugend auf Nantucket verbracht und immer davon geträumt haben, ein Haus in der Hulbert Avenue oder am Lincoln Circle zu besitzen. Um den Stammbaum und Charme dieser Cottages schätzen zu wissen, muss man ein Gespür für Understatement und Zurückhaltung haben.

Eddie ist so vertieft in seine Enttäuschung und Selbstzweifel – *Wenn ich diesen Verkauf nun in den Sand setze? Das darf ich nicht! Ich bin auf die Provision angewiesen!* –, dass er Grace fast übersehen hätte, die ihm auf dem Radweg entgegenkommt. Eddie tritt auf die Bremse und dreht sich um. Ja, das ist tatsächlich Grace, den Kopf tief gesenkt wie Dennis Quaid in *Vier irre Typen*. Sie ist in Richtung Stadt unterwegs.

»Meine Frau!«, sagt Eddie und merkt dann, dass er Masha unterbrochen hat, die mitten in einer weitschweifigen Geschichte über eine Kreuzfahrt ist, die sie und Raja auf die Bahamas gemacht haben. Ihr Gepäck ging verloren und fand sich erst ganz am Ende der Reise wieder ein. Wie sind sie überhaupt auf das Thema gekommen?, fragt Eddie sich. Er folgt dem Faden bis zum Anfang und denkt: *Ach ja. Als Masha und Raja das letzte Mal auf einer Insel waren.* »Entschuldigung«, sagt Eddie. »Es ist nur so, dass das da gerade auf dem Radweg meine Frau war. Wir sind eben an ihr vorbeigefahren.«

»Komisch«, sagt Masha. »Das ist uns auch mal passiert. Raja hat nach der Arbeit bei Lanzilli's vorbeigeschaut, um sich Chips mit Cheeseburger-Geschmack zu holen, die er liebt, die ich aber nicht kaufe, und ich war bei Lanzilli's, weil wir überhaupt kein Toilettenpapier mehr hatten. Ich war noch nie im Leben so überrascht, jemanden zu sehen, und ich versichere Ihnen, Raja auch nicht. Er dachte wohl, er würde ungestraft davonkommen.«

Eddie fällt keine Antwort darauf ein; er ist zu beschäftigt damit zu versuchen, im Rückspiegel noch einen Blick auf Grace zu erhaschen. Es *war* Grace – sie trug ihre neue Lieblingsmütze, die dunkelgrüne mit dem Bommel aus falschem Nerz, und Allegras alte marineblaue Whalers-Kapuzenjacke, die sie so gern hat, weil sie sich jung darin fühlt.

»Ist Ihre Frau eine große Radlerin?«, fragt Masha. »Weder Raja noch ich treiben Sport, wir führen nur Jack spazieren.«

»Und ich gehe zu Fuß zur U-Bahn«, sagt Raja.

»Das tun wir beide«, sagt Masha. »Aber die ist nur einen halben Block entfernt, also zählt das kaum.«

Eddie weiß, dass Grace sich angewöhnt hat, mit ihrem Mountainbike zu fahren, als er im Gefängnis war, doch seit er wieder zu Hause ist, tut sie das, so viel er weiß, nicht mehr.

Warum heute?, fragt er sich. Hier draußen kann sie schließlich nicht zur Bank oder zum Supermarkt unterwegs sein. Es regnet zwar nicht, ist aber auch nicht so sonnig und mild wie am Mittwoch.

Warum heute?

Und dann sieht Eddie einen großen schwarzen Pick-up auf sich zukommen. Er erstarrt. Ist das Benton Coes Wagen? Er schaut auf den Mann am Steuer, während er versucht, sich das Nummernschild einzuprägen – M23… –, aber beides gleichzeitig schafft er nicht. Er hat das halbe Nummernschild und einen sehr kurzen Blick auf den Fahrer, der eine Mütze und eine Sonnenbrille trug. Unmöglich zu sagen, ob es Benton Coe war oder nicht, und ein halbes Nummernschild ist nutzlos. Benton Coe *fährt* einen schwarzen Pick-up; das tat er jedenfalls, bevor er nach Detroit ging. Doch in seiner Branche fahren viele einen schwarzen Pick-up; es hätte also jeder sein können. Eddie darf sich nicht von wilden Fantasien überwältigen lassen.

Er hat die letzten drei oder vier Abschnitte von Mashas andauerndem Monolog verpasst. Jetzt spricht sie von einem Rezept für Marshmallowsandwiches, die man im Grillrost zubereiten kann und die schmecken wie frisch vom Lagerfeuer, auch wenn man in einem Apartment in East Boston sitzt.

Eddies Telefon zirpt und lenkt ihn so ab, dass er fast den Abzweig zur Medouie Creek Road übersehen hätte. Sie sind jetzt draußen in Wauwinet, nicht weit entfernt von Eddies und Grace' ehemaligem Haus. Er fragt sich, ob Grace beschlossen hat, hierherzuradeln, um es sich anzusehen und vielleicht sogar durch ihren alten Garten zu spazieren. Die Leute, die das Haus gekauft haben, die Pattons, leben in Dubai und sind nur im August auf Nantucket, also bestünde keine Gefahr, hier jemanden zu stören.

Die Vorstellung, dass Grace herkommt, um einen Blick auf ihr früheres Leben zu werfen, deprimiert Eddie irgendwie noch mehr als der Gedanke, dass sie sich mit Benton Coe trifft. Eddie hat sie schwer enttäuscht. Er hat alles verloren, was sie besaßen – und sie ist trotzdem bei ihm geblieben.

Er wird es wiedergutmachen. Er wird den Christys ein Haus verkaufen, dieses Haus in der Medouie Creek Road, das dreizehneinhalb Millionen kosten soll, und er wird jeden Cent in Grace' künftiges Glück investieren.

Doch zunächst muss er sich wieder ins Spiel bringen!

Das Nette an Masha ist, dass sie keinen Gesprächspartner braucht; sie plappert einfach munter allein vor sich hin.

Eddie biegt in die Einfahrt. »Da sind wir«, sagt er. Erst nach einer Sekunde wird ihm klar, dass dies eine Immobilie von Rachel McMann ist; ihr türkisgrüner Mini Cooper parkt vor der Garage.

»Na, das ist doch mal was!«, fällt Masha sich selbst ins Wort, als sie das Haus sieht, den Pool, das Poolhaus, die gestutzten Buchsbaumhecken und den gepflegten Rasen, die für den Winter sorgfältig in Jute verpackten Hortensiensträucher und den Hafen, der sich wie ein Gemälde vor ihnen erstreckt.

Rachel steht in der Tür und hat ein Kleid an, das gut zu einer Kochbuchautorin passen würde. Darüber trägt sie eine Schürze, und in der Hand hält sie einen Teller mit frisch gebackenen Schokoladenkeksen, die Eddie schon vom Gehweg aus riechen kann.

So macht sie das also, denkt er.

Er könnte ebenso gut unsichtbar sein. Sobald die Christys eingetreten sind, übernimmt Rachel. Sie hat gebacken und klassische Musik aufgelegt, und in allen sechs Kaminen brennt ein Feuer. Sie hat jeden Raum sorgfältig inszeniert. In den Gemeinschaftsbereichen stehen Blumen, darunter ein Strauß frischer Lilien in der Halle, der Eddie bis über den Kopf ragt. In den Bädern liegen französische Seifen, auf den Nachttischen Stapel von Romanen. Das Haus weist alle menschenmöglichen Annehmlichkeiten auf: sechs Schlafzimmer, jedes mit eigenem Bad, einen tiefen Whirlpool in dem des Elternschlafzimmers, eine Gourmetküche mit Kathedraldecke, eine Bibliothek und im Souterrain ein Heimkino, einen Billardraum und einen Weinkeller.

Masha ist sprachlos.

Raja isst in rascher Folge fünf Kekse und nimmt sich dann einen sechsten, den er in der Hand behält, während sie sich draußen den Pool und das Poolhaus anschauen, das eine Dampfsauna und einen voll ausgestatteten Fitnessraum enthält, die Antwort auf den Mangel an Sport bei den Christys. Dann laufen sie hintereinander bis zum Ende des Tiefwasseranlegers.

»Haben Sie ein Boot?«, fragt Rachel.

»Noch nicht«, sagt Masha. »Aber demnächst vielleicht, oder, Raj?«

Rachel führt sie zurück zum Haus, um sich am Feuer aufzuwärmen. Masha sagt, sie müsse mal für kleine Mädchen.

»Das Gästebad, vom Flur aus links«, sagt Rachel. »Ich packe noch ein paar Kekse ein, die Sie mitnehmen können. Sehen Sie sich ruhig um. Springen Sie auf die Betten, wenn

Sie möchten, spielen Sie eine Partie Billard. Fühlen Sie sich ganz wie zu Hause.«

Masha verschwindet im Bad, und Raja steht ein bisschen hilflos ohne sie in der Gegend herum.

»Möchten Sie noch mal nach oben?«, fragt Eddie.

»In einem der Kleiderschränke ist ein eingebauter Humidor für Zigarren«, sagt Rachel. »Das habe ich, glaube ich, noch nicht erwähnt.«

»Ein eingebauter Humidor für Zigarren?«, sagt Raja. Er wirkt nervös, fast eingeschüchtert. Es ist ein gigantisches Haus, findet auch Eddie. Vielleicht zu gigantisch für die Christys; sie verhalten sich beide unsicher, als wären sie in einem Museum, in dem sie nichts anfassen dürfen.

»Sehen wir ihn uns das mal an«, schlägt Eddie vor.

»Lassen Sie Roger doch allein gehen«, sagt Rachel. »Schließlich wird er hier der Hausherr. Sie bleiben hier, Eddie, und leisten mir Gesellschaft.«

Rachel Gesellschaft zu leisten ist das Letzte, worauf Eddie Lust hat, aber er gehorcht. Rachel McMann hat sich als eine Meisterin in der Kunst des Hausverkaufs erwiesen.

»Also, was meinen Sie?«, sagt Rachel. Sie lässt das Geschirr in der Küchenspüle stehen, hakt sich bei Eddie ein und führt ihn ins vordere Zimmer, das ein riesiges Panoramafenster mit Blick auf den Garten und den Hafen hat. »Sind die ernst zu nehmen?«

»Ja«, sagt Eddie. »Glaube ich jedenfalls. Hulbert und Lincoln Circle waren ein Reinfall. Die Sache mit dem alten Geld verstehen sie nicht.«

»Das kann ich mir denken«, sagt Rachel.

»Um ehrlich zu sein, verstehe ich sie *selbst* nicht«, sagt Eddie. »Dieser Schuppen in der Hulbert soll elf Riesen kosten.«

»Er wird für zehn weggehen«, sagt Rachel. »Nur für das Grundstück.« Sie zeigt durch das Fenster auf eine Bank im Garten. »Wissen Sie, wo diese Bank ursprünglich stand? In den Tuilerien in Paris.«

»*Was?*«, sagt Eddie. Im Garten seines ehemaligen Hauses hatten sie auch eine Bank, die ursprünglich in den Pariser Tuilerien stand. Es war einer von Benton Coes großen Coups, diese Bank für Grace aufzutreiben. »Ist dieser Garten von Benton Coe gestaltet?«

»Ist er«, sagt Rachel. »Ich hab es nicht erwähnt, weil ich nicht geglaubt habe, dass der Name den Christys viel bedeutet.«

»Tut er sicher auch nicht«, sagt Eddie. Ihm allerdings bedeutet er etwas. »War Benton kürzlich hier?«

Rachel schüttelt den Kopf. »Soviel ich weiß, nein. Ich hab ihn seit der Party am Dienstagabend nicht gesehen.«

»Oh«, sagt Eddie.

»Warum fragen Sie?«, will Rachel wissen.

Eddie schüttelt den Kopf. Benton war nicht hier. Vermutlich hat er nach einem seiner anderen Projekte hier draußen gesehen – wenn das in dem Pick-up überhaupt Benton war. Und Grace hat einfach eine Radtour gemacht, um sich vor dem Einsetzen des Winters noch mal an der frischen Luft zu bewegen.

Oder ist Eddie naiv?

Eddie und die Christys winken Rachel – die Raja noch eine weiße Konditorschachtel mit Schleife überreicht hat – zum Abschied zu und steigen in den Cherokee.

»Also«, sagt Eddie. »Was meinen Sie?«

Raja schockiert Eddie damit, dass er als Erster spricht. »Das war ja mal ein Haus.«

Das war ja mal ein Haus. Was bedeutet das? Eddie beschließt, nicht nachzuhaken. Er hat vergessen, welches ihre nächste Anlaufstelle ist. Er checkt sein Telefon, weil ihm einfällt, dass während der Fahrt eine Textnachricht eingegangen ist.

Sie ist von Addison Wheeler, der die anderen beiden Termine absagt.

Eddie atmet frustriert aus. Er hat den deutlichen Eindruck, dass in der Welt der Immobilien von Nantucket keiner seine Kunden ernst nimmt. Aber Eddie nimmt sie ernst.

»Sie können ehrlich zu mir sein«, sagt er. »War Ihnen das Haus eben zu pompös? Können Sie sich vorstellen, da zu wohnen? Wir haben weitere Optionen, aber ich habe gerade vom Makler des Verkäufers gehört, dass er uns heute für Besichtigungen nicht mehr zur Verfügung steht. Wenn Sie sich also weiter umschauen wollen, müssten Sie noch mal herkommen. Vielleicht am Adventsbummel-Wochenende?«

»Ich würde gern ein Angebot für das Haus abgeben, das wir eben gesehen haben«, sagt Raja.

Eddies Herz jubelt.

»Ich bin für die Pension«, sagt Masha.

MARGARET

Mit dem Countdown beginnt sie erst in der letzten Woche. Noch fünf Sendungen, noch vier, noch drei. Sie will die Augen doch wohl noch vor der Wahrheit verschließen. Lee Kramer, der Chef des Senders, läuft bereits seit dem 1. August, dem Tag, an dem Margaret ihren Rückzug in den Ruhestand ankündigte, wie ein kopfloses Huhn herum.

»Aber *warum?*«, fragte er sie. »Geht es um Geld? Sie sind doch jetzt schon die höchstbezahlte Sprecherin in der Branche. Sie verdienen so viel, wie Rather zum Schluss bekam.« Das sagte er so, als hätte Margaret es ihm zu verdanken.

»Es hat nichts mit Geld zu tun«, sagte Margaret, obwohl sie insgeheim neugierig war, wie hoch Lee gehen würde. Doch kein Betrag würde sie dazu bringen, ihre Meinung zu ändern. »Ich werde woanders gebraucht.«

»Sie haben eine Wettbewerbsklausel unterschrieben!«, sagte Lee.

»Meine Kinder brauchen mich«, sagte Margaret. »Kelleys Krebs ist zurück. Er liegt im Sterben, Lee.«

Lee blinzelte. »Das ist ja furchtbar, Margaret. Ich habe Kelley gern. Großartiger Typ.« Lee nahm seine Brille ab und rieb sich den Nasenrücken. »Aber sind Ihre Kinder nicht erwachsen?«

»Mein letzter Arbeitstag ist der zehnte November«, sagte Margaret. »Ein Freitag.«

»Das sind ja nur noch drei Monate!«, sagte Lee. »Wie soll ich denn für die meistbewunderte Nachrichtensprecherin der Welt in drei kurzen Monaten Ersatz finden?«

»Schmeichelei funktioniert nicht, Lee«, sagte Margaret, während sie sich umdrehte und das Büro verließ.

»Hat es irgendwas mit Politik zu tun?«, rief Lee ihr nach.

Margarets Rückzug in den Ruhestand hat nichts mit Politik zu tun oder der Polarisierung von Amerika oder dem zunehmend schrecklichen Inhalt der Nachrichten. Er hat mit Kelley zu tun. Ihre drei Kinder *sind* erwachsen; sie sind unabhängige, voll funktionstüchtige Erwachsene. Sie brauchen ihre Mutter nicht. Doch Kelleys Diagnose – er ist todkrank – hat bestimmte Dinge für Margaret klarer ins Blickfeld gerückt. Es gibt eine lange Liste von Dingen, die sie noch erleben will. Sie möchte mit Drake reisen. Sie möchte ihre Enkel besuchen. Sie möchte Yoga praktizieren, einen Kräutergarten anlegen; sie möchte lesen.

In Margarets ganzem Leben als Erwachsene waren die Nachrichten ihre Droge. Ihre berufliche Karriere fing bescheiden an. Sie berichtete über Verkehrsunfälle, Brände, Raubüberfälle, Streiks. Ihr großer »Durchbruch« – und sie hasst diesen Ausdruck dafür – kam mit ihrer Berichterstattung über den 11. September. Sie war an diesem Tag für NY1 auf Sendung, und irgendetwas an ihrer Bildschirmpräsenz weckte das Interesse der Manager von CBS. Am Ende dieser unvergesslichen Woche wurde ihr ein Platz am Pult der Abendnachrichtensprecher angeboten, und ein Jahr später war sie die einzige Moderatorin.

Seitdem hat Margaret über den Krieg im Irak berichtet, den Tod von Saddam Hussein, den Tsunami in Südostasien, Hurricane Katrina, die Wahl nicht eines, sondern zweier Päpste, den Krieg gegen den Terror, den Aufstieg des IS, die Wahl von Barack Obama, die Legalisierung der Homosexuellenehe, die Auslöschung von Osama bin Laden durch das U.S. Navy SEAL Team 6 und unzählige Massaker – an der Sandy Hook Elementary, in San Bernardino und Aurora, Colorado. Margaret hat den Tod von Robin Williams, Whitney Houston, Prince, Philip Seymour Hoffman, James Gandolfini, Heath Ledger, Carrie Fisher, David Bowie und Michael Jackson verkündet. Sie hat über Darfur, Boko Haram, den Krieg gegen die Ukraine, den Bürgerkrieg in Syrien, die Erdbeben in Haiti und auf den Philippinen berichtet.

Margaret hat sich gut geschlagen. Sie hat ihren Job an jedem einzelnen Abend pflichtgetreu und ihren Fähigkeiten gemäß erledigt. Aber jetzt ist sie erschöpft und zugleich energiegeladen: erschöpft davon, an den Nachrichtenzyklus gefesselt zu sein, energiegeladen durch die Aussicht auf ein normales Leben.

Lee hatte Schwierigkeiten, einen Ersatz für Margaret zu finden. Der Sender wollte wieder eine Frau, am liebsten eine Farbige. Lee bat Margaret, die Bewerberinnen mit ihm durchzugehen, und auch sie musste zugeben, dass ihr keine davon einsatzbereit erschien. Die beiden Topkandidatinnen waren Stephanie Kane, eine Sprecherin bei der CBS-Tochtergesellschaft in Anchorage, Alaska, ausgerechnet, und Catherine Bingham, gegenwärtig Sprecherin der Abendausgabe von *ESPN's SportsCenter*. Margaret tendierte zu Catherine. Irgendwie schien ihr der Profisport in Ton und Inhalt den Nachrichten aus aller Welt näher zu sein als das, was im glücklichen, friedvollen pazifischen Nordwesten geschah. Obwohl Stephanie den Vorzug hatte, halb Inuit zu sein.

Und es wurde Stephanie! Lee verkündete es, und Margaret stand hinter seiner Entscheidung. »Es macht nichts, dass sie noch nicht bereit ist. Ich war auch nicht bereit. Sie wird in den Job hineinwachsen.«

Noch zwei Sendungen. Roger, zuständig für ihre Garderobe, fragt Margaret, was sie in der letzten Sendung tragen möchte.

»Schwarz«, sagt Margaret. Sie durfte nie Schwarz tragen, doch zu ihrem letzten Auftritt passt es, findet sie.

»Oh, bitte«, sagt Roger. »Wie düster! So ernst und deprimierend. Ich war mir sicher, du würdest dich für Lila entscheiden. Oder für Gold- und Silberpailletten.«

»Schwarz«, sagt Margaret. Es ist eine Farbe, die ein Statement abgibt, die Tiefe besitzt, auf Endlichkeit hindeutet.

»Dann eben Schwarz«, sagt Roger. »Hoffen wir, oben beklagen sie sich nicht.«

»Was sollen sie machen?«, fragt Margaret. »Mich feuern?«

Noch eine Sendung. Am Freitagnachmittag, als Raoul sie zum Studio fährt, ist Margaret nervös. *Wieso?*, fragt sie sich. Obwohl sie darauf beharrt hat, dass *kein Getue gemacht* wird, weiß sie, dass die Producer für den Abschluss eine neunzigsekündige Montage zusammengestellt haben. Sie wird auf die sechzig Sekunden folgen, die man ihr eingeräumt hat, um ihren Zuschauern etwas zu sagen.

Etwas Bedeutsames.

Es liegt in Margarets Natur, mehr als vorbereitet zu sein, aber immer, wenn sie versucht hat, sich darüber klarzuwerden, was dieses *Bedeutsame* sein könnte, ist ihr nichts eingefallen. Sie will keine große Sache aus ihrem Abschied machen. Schließlich spricht sie nur die Nachrichten; sie ist kein Gehirnchirurg für Kinder wie Drake, der jeden Tag Leben rettet.

Sie hofft, sie hat eine Idee, bevor die Sendung losgeht. Sie will nicht sentimental werden; sie darf nicht weinerlich klingen. Es fällt ihr tatsächlich schwer zu glauben, dass heute ihr letzter Arbeitstag ist. Wenn am 10. November nachmittags um Viertel vor fünf etwas Besonderes geschähe – der Präsident Nordkorea den Krieg erklärte, Selbstmordattentäter Disney World angriffen, Prinz George und Prinzessin Charlotte aus dem Kensington Palace entführt würden –, bliebe Margaret wochenlang an ihrem Sessel kleben. Aber dann würde die nächste Sache passieren und die übernächste. Die Nachrichten sind unbarmherzig wie der Ozean. Es wird nie eine ruhige, ereignislose Zeit für den Ausstieg geben. Sie muss es heute Abend schaffen, komme, was wolle.

Hat irgendjemand daran gezweifelt? Nein, Roger hat perfekt gewählt. Margaret wird ein schwarzseidenes Wickelkleid von Diane von Furstenberg tragen. Es ist schlicht und elegant, hat aber nicht zu wenig Sex Appeal. Margaret liebt Diane als Menschen und zählt sie zu ihren Freundinnen. Zu den Privilegien von Margarets Beruf gehören all die Legenden, die sie kennengelernt hat.

Was ihren Schmuck betrifft, entscheidet sich Margaret für Perlenohrringe – und die Tank von Cartier, die Kelley ihr vor langer Zeit geschenkt hat. Sie trägt sie bei jeder landesweit ausgestrahlten Sendung. Der Grund dafür ist sowohl pragmatisch (sie muss die genaue Zeit wissen) als auch stilistisch (die Uhr gilt als Margaret Quinns modisches Erkennungszeichen) und zudem symbolisch. Sie will Kelley damit ehren, dass sie die Tank trägt, auch wenn sie weiß, dass es ihre Karriere war, die ihre Ehe zerstörte.

Sie weiß, dass Kelley ihr heute Abend von zu Hause aus zusehen wird – zusammen mit Mitzi, Kevin, Isabelle und den Kindern. Patrick und Jennifer wollen ihr mit den drei Jungs aus Boston zuschauen. Barrett, Pierce und Jaime werden kein Interesse an Mimi und den Nachrichten haben, sondern herumzappeln und sich dauernd auf die Toilette verdrücken, wo sie sich heimlich ein paar Minuten Minecraft genehmigen. Bei diesem Gedanken lächelt sie und entspannt sich. Es geht nichts über Enkel, um sich seine Demut zu bewahren.

Der Sender erwartet eine Verdoppelung der Quoten. Normalerweise hat Margaret vier bis fünf Millionen Zuschauer; Lee erhofft sich für heute Abend zehn Millionen.

Es ist nicht die Vorstellung von fünf Millionen zusätzlichen anonymen Zuschauern, die Margaret nervös macht. Es ist nur das Wissen, dass die Leute zusehen, die ihr wichtig sind.

Besonders Kelley.

Für Kelley will sie einen guten Job abliefern.

Als sie noch zehn Minuten hat, geht sie in den Aufenthaltsraum. Drake ist da. Er hat eine Viereinhalbliterflasche Dom Pérignon kaltgestellt. Sie entspricht sechs Flaschen Champagner in Normalgröße und kostet so viel wie ein Urlaub auf Hawaii, doch er bestand darauf, dass es entweder den Champagner gebe oder eine Überraschungsparty, und Margaret wählte den Champagner.

»Wo ist Ava?«, fragt sie. Sie würde Drake gern küssen, darf aber ihren Lippenstift nicht verschmieren. Sie würde ihn gern umarmen, darf aber ihr Kleid nicht zerknittern. Stattdessen drückt sie mit aller Kraft seine Hand.

»Sie und Potter sind unterwegs«, sagt Drake. »Sie haben in letzter Minute Gäste gekriegt, und diese Gäste kommen wohl mit ins Studio.«

»Ach, du meine Güte«, sagt Margaret und fragt sich, ob die Überraschungsgäste Patrick und Kevin sind. So reizend das wäre, es ist unnötig. Margaret will nicht, dass dies eine große Sache wird!

»Das ist doch schön«, sagt Drake. »Schau mal, da sind sie ja.«

Margaret dreht sich um und sieht Ava und Potter in den Aufenthaltsraum treten. Hinter Ava ist eine junge Frau, bei der Margaret sich sicher ist, dass sie sie nicht kennt, und hinter der jungen Frau ist … einen Moment lang bleibt Margaret das Herz stehen.

Es ist … es ist … Kelley. Nein, das kann nicht sein. Aber er sieht wirklich wie ein junger Kelley Quinn aus, Kelley, als Margaret ihn kennenlernte, als er im Metropolitan Museum of Art neben dem Engelbaum stand. Es ist Kelley vor vierzig Jahren.

»Guck mal, Mom«, sagt Ava. »Bart ist hier!«

Bart!, denkt Margaret. Ihr Herz nimmt wieder seine normale Tätigkeit auf. Margaret hat Bart seit letztem Weihnachten nicht gesehen, gleich nach seiner Rückkehr aus Afghanistan. Inzwischen sind seine Haare gewachsen, und er hat sein früheres Gewicht wieder.

»Bart«, sagt Margaret und schließt ihn trotz der unvermeidlichen Knitterfalten im Kleid in die Arme. »Du hast mir vielleicht einen Schrecken eingejagt. Du siehst … aus wie dein Vater in deinem Alter. Ich hatte einen kleinen senilen Aussetzer und habe dich für ihn gehalten.«

»Zeit für den Ruhestand!«, sagt Drake.

Margaret schaut sich Bart noch einen Moment lang an. Er ist Kelley wie aus dem Gesicht geschnitten – eine *unheimliche* Ähnlichkeit –, während Patrick und Kevin Margarets Seite der Familie nachfolgen. »Ich freue mich so, dass du hier bist. Es ist mir eine Ehre, dass du gekommen bist.«

»Danke für die Einladung«, sagt Bart und schiebt die junge Frau nach vorn. »Margaret, das ist meine Freundin Allegra.«

Eine Freundin!, denkt Margaret. Kelley und Mitzi müssen überglücklich sein.

Margaret ergreift Allegras Hand. »Allegra ist einer meiner Lieblingsnamen, seit ich ›The Children's Hour‹ von Longfellow gelesen habe.«

»›*Grave Alice, and laughing Allegra*‹«, zitiert Allegra. »Das ist das Lieblingsgedicht meiner Mutter.«

»Zwei Minuten, Margaret«, verkündet Mickey, der Producer.

Margaret wirft jedem im Aufenthaltsraum eine Kusshand zu. »An die Arbeit«, sagt sie.

Ein letztes Mal.

Margaret heißt die Welt mit einem Lächeln willkommen und sagt: »Heute ist Freitag, der zehnte November 2017. Aus den CBS-Studios in New York City begrüßt Sie Margaret Quinn.«

Die Nachrichten sind ernst wie immer – der Präsident, der Kongress, Syrien, Russland –, aber es gibt nichts Weltbewegendes. Keine Überraschungen. Margaret spürt, wie die Minuten in Sekunden verstreichen, und als die letzte Werbepause beginnt, erlebt sie einen Moment reiner Panik. Sie hat einen Fehler gemacht! Sie will nicht, dass es vorbei ist!

Sie hört ein Flüstern – ihren Namen –, und als sie in das abgedunkelte Studio schaut, sieht sie Darcy, ihre ehemalige Assistentin, neben Kamera 1 stehen. Darcy winkt wie verrückt, und Margaret müht sich, die Fassung zu bewahren. Darcy arbeitet jetzt bei CNN. Ist sie den ganzen Weg von Atlanta hergeflogen, nur um bei Margarets letzter

Sendung dabei zu sein? Wahrscheinlich. Das ist eine unglaubliche Geste.

Es gibt eine abschließende »Geschichte aus dem Leben« – im National Zoo hat sich ein Gorillababy, das seine Mutter verloren hat, mit einer der Zebrastuten angefreundet –, und dann geht es zurück zu Margaret und ihren letzten Worten. Sie hat nichts aufgeschrieben. Es ist der wahr gewordene Albtraum: Margaret steht auf der Bühne und hat ihren Text nicht gelernt. Roger hat vergessen, sie anzukleiden, und sie sitzt nackt vor der Kamera. Der Teleprompter fällt um und geht kaputt, und Margaret muss aus dem Stegreif über die neue Gesundheitsreform der Republikaner sprechen.

Sie konzentriert sich auf Darcy, die in ihrem Bleistiftrock und den Slingpumps unfassbar schick und professionell aussieht.

»Der heutige Abend markiert das Ende meiner Fernsehkarriere«, sagt Margaret. »Als ich in der Nachrichtenzentrale von WCBS als Mädchen für alles anfing, hätte ich mir nie träumen lassen, dass ich eines Tages auf diesem Sessel sitzen würde.«

Aber das ist gelogen, denkt Margaret. Sie *hat* davon geträumt, ständig. Schon in ihrer Jugend waren die großen Moderatoren ihre Idole gewesen – damals alles Männer: Dan Rather, Mike Wallace, Peter Jennings, Tom Brokaw, Ed Bradley, Harry Reasoner und der größte aller Zeiten, Walter Cronkite. Und dann, als Margaret sich voll entfaltet hatte, schaute sie zu Diane Sawyer, Lesley Stahl, Connie Chung, Jane Pauley und Christiane Amanpour auf.

Wie jeder Traum erforderte auch der ihre Opfer. Warum das mehr für Frauen zu gelten scheint als für Männer, weiß Margaret nicht genau. Sie weiß nur, dass sie, als Kelley ihr sagte, er wolle mit den Kindern nach Nantucket ziehen, ihn gehen ließ. Sie hätte darauf bestehen können, dass er in New York blieb. Oder sie hätte New York verlassen und einen Job in der CBS-Zweigstelle in Boston annehmen können. Aber auch das tat sie nicht. Sie ließ Kelley mit ihrem Segen ziehen; sie lobte ihn dafür, dass er seinen Spitzenjob im Terminhandel mit Erdöl aufgab, und freute sich darüber, dass er die Elternpflichten übernahm.

Und doch war der grauenhafteste, schlimmste Tag in Margarets Leben der Tag, an dem sie sich von ihren Kindern verabschiedete. Ava war erst zehn Jahre alt. Eine Zehnjährige braucht ihre Mutter. Das wusste jeder. Margaret hatte sich eingeredet, dass sie immer noch Avas Mutter sein würde; sie würde sich einfach von weitem um alles kümmern. Sie befand, die beste Methode, Mutter zu sein – vor allem für Ava –, sei die, mit gutem Beispiel voranzugehen. Sie würde nach Vortrefflichkeit streben. Die Kinder würden das sehen und sich inspiriert fühlen, dasselbe zu tun.

Hat das geklappt? Vielleicht – doch es gab unzählige einsame Nächte und zahllose Tage, an denen das einzige Wort, mit dem Margaret sich selbst beschreiben konnte, *egoistisch* war. Sie wollte vor der Kamera stehen. Sie wollte nach Port-au-Prince fliegen, nach Fallujah, nach Islamabad. Sie überließ Mitzi und Kelley die alltägliche Plackerei, den Hauptteil der Arbeit. Mitzi packte Avas Sandwiches für die

Schule ein und fuhr Ava zum Klavierunterricht. Mitzi kaufte Ava ihren ersten Bikini, füllte ihren Osterkorb, beaufsichtigte ihre erste Mädchen-und-Jungen-Geburtstagsparty im Dreamland Theater.

Margaret versuchte, das wettzumachen, indem sie für Ava und die Jungs die Disneyland-Mutter war. Sie scheute keine Kosten, wenn sie in ihren knappen Urlauben die Kinder zu interessanten Reisen einlud und ihnen alles kaufte, was sie sich wünschten.

Sie lebte mit Schuldgefühlen, Tag und Nacht.

Eines Abends in den Weihnachtsferien, als die Kinder Teenager waren, rief Margaret aus dem Auto in der Pension an; es war nach einer Sendung, und Raoul fuhr Margaret in ihre Wohnung. Die Kinder schmückten gerade den Christbaum, hängten Ornamente auf, aßen Popcorn und tranken vor dem Feuer heißen Apfelmost. Dass sie so fröhlich klangen, verstärkte Margarets Gefühl der Einsamkeit und Trübsal nur noch. Es war Kevin, ihr empfindsames Kind, der in Margarets Tonfall etwas Melancholisches bemerkt haben musste, denn er senkte seine Stimme zu einem Flüstern und sagte: »Der Apfelmost, den Mitzi gemacht hat, ist echt schrecklich, Mom. Ich trinke ihn nur aus Höflichkeit.«

Margaret starrt in die Kamera. Sie möchte irgendwie vermitteln, dass ihre Karriere nicht nur glanzvoll war. Sie brachte ebenso viel Herzeleid mit sich. Heute ist Margaret eine Fernsehikone, aber sie ist auch ein Mensch, der Entscheidungen getroffen, der Fehler gemacht hat. Sie möchte, dass Darcy und alle anderen Millennialfrauen, die da draußen zuschauen – von denen Margaret für viele ein Idol ist und eine Pionierin, die sehr dicke, sehr reale Mauern durchbrochen hat –, wissen, dass Erfolg immer einen Preis hat und Größe oft kein Gleichgewicht zulässt.

Am Ende greift Margaret auf ihre Kernkompetenzen zurück: Sie ist ruhig, reserviert und vor allem professionell. Jetzt den richtigen Ton zu treffen erfordert kein emotionales Feuerwerk. Es erfordert nur Dankbarkeit und Würde.

»Ich hatte das Privileg, Ihnen jeden Abend die Nachrichten zu präsentieren, und danke Ihnen dafür, dass Sie mich in Ihr Heim und Ihr Leben gelassen haben. In den letzten sechzehn Jahren habe ich weit entfernte Orte besucht. Ich habe mit Präsidenten und Königen gegessen. Ich habe unaussprechliche Schrecken gesehen – verursacht durch die Natur und durch den Menschen. Aber ich wurde gestützt und inspiriert von der Bevölkerung dieses vielgestaltigen und wunderbaren Landes und der unbeugsamen Kraft des menschlichen Geistes. Gott segne Sie alle. Im Namen der *CBS Evening News* sage ich, Margaret Quinn, Ihnen ein letztes Mal Gute Nacht.«

Dann wird der Zusammenschnitt abgespielt, doch Margaret kann nicht hinschauen. Sie erklärt allen, dass sie, wenn sie Fotos von sich selbst von vor sechzehn, zwölf oder auch fünf Jahren sieht, betrauern würde, wie sehr sie gealtert ist, doch in Wahrheit ist es die Größe dessen, was sie hinter sich lässt, die sie zum Weinen bringen wird. Nach dem Ende der Montage wird der Bildschirm schwarz. Eine Sekunde später erscheint dort ein Satz in weißer Druckschrift: VIELEN DANK, MARGARET QUINN.

»Und … weg sind wir«, sagt Mickey.

Es folgt Stille, während der Margaret auf ihren Schreibtisch starrt.

Dann stößt Darcy einen lauten Jubelschrei aus, und Beifall brandet durch das Studio.

Es ist vorbei.

BART

Er braucht drei Tage, um wieder zu Sinnen zu kommen. Er ruft Allegra nicht an und simst ihr nicht, obwohl ihr Name mit *A* beginnt und die Liste seiner Kontakte anführt.

Er weiß, dass er stur, blöd und unhöflich ist. Als er Allegra nach seiner Geburtstagsparty, auf die eine ausgiebige Knutscherei im Auto folgte, am Dienstagabend bei ihr zu Hause absetzte, sagte er: »Ich ruf dich morgen an.« Mit »morgen« meinte er Mittwoch. Aber Mittwoch kam und ging, und Bart rief nicht an, und dann kam und ging der Donnerstag.

Was war sein Problem? War er ein typischer Macho, der Spielchen spielte? Genoss er die Vorstellung, dass Allegra Pancik sich fragte, was passiert sei, erwartungsvoll ihr Telefon checkte, sich womöglich sogar nach ihm sehnte?

Nein! Ganz und gar nicht! Es war etwas anderes; es war dieselbe alte Geschichte, seine Neurose, seine Geisteskrankheit. Er rief Allegra nicht an, weil er glaubte, dass er es nicht verdiente, glücklich zu sein. Wenn die achtzehn gefallenen Marines das süße Gefühl der Lippen einer Frau auf ihren nicht verspüren konnten, dann stand es auch Bart nicht zu.

Centaur. Er musste immer an Centaur denken.

Barts allerbester Freund in seinem Zug – in jeder Hinsicht sein Bruder – war Centaur gewesen, getauft auf den Namen Charles Buford Duke. Centaur war in Cosby, Tennessee, in den Ausläufern der Great Smoky Mountains geboren und aufgewachsen. Er war ein riesiger Volunteers-Fan; sein Blut sei orange-weiß, meinte er, und er erzählte Bart von den Booten, die an Spieltagen beide Ufer des Tennessee River säumten. Man konnte auf diesen Booten vom Bug bis zum Heck mindestens eine Meile entlanggehen und bekam auf jedem begeistert ein kaltes Budweiser angeboten. Centaur selbst hatte fürs College weder die Veranlagung noch die Zensuren, aber als Bart und Centaur sich in der Grundausbildung kennenlernten, hatte Centaur eine Freundin namens Ruby Taylor, die im ersten Jahr an der UT studierte und Mitglied einer elitären Studentinnenverbindung war.

Wie viele Stunden hörte Bart zu, wenn Centaur über Ruby Taylor sprach – darüber, wie hübsch sie sei, wie süß, wie anhänglich? Centaur hatte sich in der dritten Klasse an der Cosby Elementary in Ruby verliebt. Sie hatte ihn in der Pause vors Schienbein getreten und ihm damit einen dunkelblauen Flecken verpasst, und das war's gewesen. Bart hatte noch nie jemanden gekannt, der so blind vernarrt war wie Centaur. Bart sah ein Foto von Ruby. Sie war keine Schönheit; sie hatte rote Haare und teigige Haut; ihre Augen lagen ein bisschen zu tief in ihrem Gesicht wie in einen Kuchen gedrückte Rosinen; ihr Lächeln war zu breit, ebenso wie ihre Hüften. Aber irgendwie bewunderte Bart Centaurs Ergebenheit für sie deshalb nur umso mehr.

Als sie in München vor ihrem Einsatz in Sangin dralle blonde Fräuleins kennenlernten, blieb Centaur Ruby Taylor treu. Es sei nicht schwer, Versuchungen zu widerstehen, meinte er, wenn man verliebt sei – und er hoffe, dass Bart eines Tages wissen würde, wie sich das anfühlt.

Centaur beabsichtigte, Ruby Taylor zu heiraten, sobald er wieder zu Hause war. Selbst in den dunkelsten Stunden ihrer Gefangenschaft, selbst an seinem letzten Tag, redete Centaur davon, Ruby zu heiraten, Land zu kaufen, ein Haus zu bauen, Kinder zu bekommen. Er wünschte sich fünf: vier Jungen und ein Mädchen, in dieser Reihenfolge.

Centaur ist jetzt seit fast einem Jahr tot. Im Juni erhielt Bart eine E-Mail von Ruby Taylor, dass sie nach ihrem Abschluss an der Tennessee heiraten werde – einen ihrer Lehrassistenten, einen Südafrikaner mit einem unaussprechlichen niederländischen Nachnamen. Nicht einmal einen Amerikaner. Und ganz sicher keinen amerikanischen Helden wie Charles Buford Duke.

Bart beantwortete Rubys E-Mail nicht, weil er die Geschichte nicht hören wollte. Er kannte sie bereits. Als Barts und Centaurs Zug als vermisst gemeldet wurde, als er beinahe zwei Jahre lang vermisst blieb, gaben alle die Hoffnung auf. (*Nein,* denkt Bart, *nicht alle. Mitzi nicht.*) Aber Ruby gab die Hoffnung auf. Sie warf sich weinend in die Arme ihres Lehrassistenten, der ihr übers Haar strich und versicherte, ihre Zukunft sei trotzdem verheißungsvoll und hell. Gut möglich, dass das alles *vor* Centaurs Tod geschah.

Was soll Bart denn anderes denken, als dass Freundinnen, Frauen, Liebe und Ehe Ziele sind, die man lieber anderen überlässt?

Am Freitag wacht Bart auf und empfindet genau das Gegenteil. Er denkt, dass Centaur, wenn er ihn jetzt sehen könnte, ihn anschreien würde wie Sergeant Corbo, der gemeinste, fieseste, härteste Ausbilder im USMC, und Bart auffordern würde, sich »DAS MÄDCHEN ZU SCHNAPPEN!«

Bart gibt bei Flowers on Chestnut einhundertfünfzig Dollar für einen Strauß aus und spaziert dann bei Bayberrry Properties zur Tür hinein. Allegra sitzt gleich vorn im Büro an einem Schreibtisch. Sie trägt einen weichen weißen Pullover, einen Patchwork-Minirock aus Wildleder und ein Paar Wildlederstiefel. Sie ist noch schöner als in ihrem Geisha-Kostüm. Ihre dunklen langen Haare fallen ihr locker über den Rücken.

»Sonderzustellung«, sagt Bart und hält ihr die Blumen hin. »Für Miss Allegra Pancik.«

Allegra sieht ihn und den Strauß und zählt eins und eins zusammen, und obwohl sie, weil er sich nicht gemeldet hat wie versprochen, jedes Recht hätte, ihm zu sagen, er solle Leine ziehen, schenkt sie ihm ein strahlendes Lächeln.

»Ich dachte, du hättest mich vergessen«, sagt sie.

»*Dich* vergessen?«, sagt er. »Unmöglich.«

Allegra schwebt durchs Büro und reckt dabei die Blumen hoch wie eine Trophäe.

»Ich muss eine Vase suchen«, sagt sie. »Und ich möchte dich meinem Onkel und meiner Tante vorstellen.« Sie strahlt ihn weiterhin an. »Ich dachte schon, ich hätte mir den Dienstagabend eingebildet. Ich dachte, ich hätte ihn geträumt.«

»Es war kein Traum«, sagt Bart, und plötzlich fällt ihm ein, dass er sich, als er seine Geburtstagskerzen auspustete, gewünscht hat, mit Allegra bis an sein Lebensende glücklich zu sein. »Ich hatte in den letzten Tagen nur so viel zu tun. Meine ganze Familie war zu Besuch, und ich hatte sie auf der Party mehr oder weniger ignoriert, deshalb ...«

»Ich weiß«, sagt Allegra. »Ich hatte ein ganz schlechtes Gewissen deswegen.« Sie findet unter der Spüle eine Vase und füllt sie mit Wasser. »Die stelle ich auf meinen Schreibtisch, wo sie jeder sehen kann.« Sie berührt ihn am Arm. »Danke, Bart.«

Er würde sie gern küssen, doch es sind andere Menschen anwesend. Die meisten sitzen am Schreibtisch und sind am Telefon oder mit ihrem Computer beschäftigt, aber Bart darf nicht riskieren, sie beruflich zu kompromittieren. Außerdem klingelt jetzt ihr Telefon. Er muss sie in Ruhe lassen.

»Geh heute Abend mit mir essen«, sagt er. »Im Fifty-Six Union, um halb acht. Ich kann dich abholen oder ...«

»Ich lasse mich von meinem Dad am Restaurant absetzen«, sagt Allegra. »Bringst du mich hinterher nach Hause?«

Er nickt. »Bis später.«

Als Bart nach Hause kommt, findet er Mitzi auf der seitlichen Veranda beim Rauchen einer Zigarette vor. Er checkt die Zeit auf seinem Handy. Es ist drei Uhr nachmittags –

noch viereinhalb Stunden, bis er Allegra wiedersieht. Aber dass Mitzi mitten am Tag raucht, ist eine neue Entwicklung, und keine gute.

»Was ist los, *madre?*«, fragt er.

Mitzi wedelt den Rauch beiseite, drückt jedoch ihre Zigarette nicht aus, obwohl sie fast bis zum Filter heruntergebrannt ist. »Der Umschlag, den Eddie Pancik abgegeben hat?«, sagt sie. »Das war ein Immobilienexposé. Ich werde die Pension nach dem Tod deines Vaters verkaufen.«

»Wirklich?« Bart weiß nicht recht, wie er reagieren soll. Ist das eine gute oder eine schlechte Nachricht? Einerseits klingt sie gut. Mitzi hat die Entscheidung getroffen, die Pension nicht mehr zu führen. Andererseits ist ein Verkauf der Pension unvorstellbar. Sie ist das einzige Zuhause, das Bart kennt, und der einzige Ort, wo Mitzi auf Nantucket je gelebt hat, bis auf einen Sommer vor langer Zeit. »Und was machst du dann?«

»Ich weiß noch nicht«, sagt Mitzi. »Dein Vater hat mir erzählt, du willst dich in den aktiven Dienst zurückmelden?«

»Hat er das?« Bart war sich nicht sicher, ob die Information bei Kelley angekommen war.

»So sehr es mich ängstigt, ich halte es für eine gute Idee«, sagt Mitzi. »Hier bist du nicht glücklich, das ist offenkundig. Du brauchst das Gefühl, etwas Sinnvolles zu tun. Du musst dir ein Leben aufbauen. Nach Übersee werden sie dich nicht noch mal schicken, glaube ich.«

»Vermutlich nicht«, sagt Bart. Es reizt ihn schon, dorthin zu gehen, wo was los ist, aber er hat auch die Offiziersausbildung erwogen. Sein Traum ist es, Ausbildungsunteroffizier im Camp Lejeune zu werden. Ihm wäre nichts lieber, als bei der Grundausbildung auf der anderen Seite zu stehen. Er kennt die mentale Härte, die es erfordert, Marine zu sein, aus erster Hand. Er war zwei Jahre lang in Gefangenschaft; er hat seine Kameraden sterben sehen. Und er hat überlebt. Er ist noch härter, gemeiner und fieser als Sergeant Corbo. Er mustert seine Mutter. »Ich dachte, du würdest dagegen sein. Ich dachte, du würdest dich vor mir auf den Boden werfen und mich anflehen, nicht zurückzugehen.«

Mitzi lässt ihre Kippe in eine leere Cola-light-Dose auf dem Geländer fallen. Die Cola light bringt Bart endgültig aus dem Konzept. Trinkt Mitzi das Zeug? Zigaretten *und* Cola light *und* ein Verkauf der Pension? Hat Mitzi vor, nach Vegas zu ziehen und an der Weltmeisterschaft im Pokern teilzunehmen?

»Ich habe auch gute Neuigkeiten«, sagt Bart.

Mitzi zieht erwartungsvoll die Augenbrauen hoch, doch das bringt die tiefen Kummerfalten in ihrem Gesicht nicht zum Verschwinden.

»Ich habe heue Abend ein Date«, sagt Bart.

Er ist so früh am Restaurant, dass er davorsteht, als Eddie Pancik hält, um Allegra abzusetzen. Bart öffnet ihre Tür und hilft ihr aus dem Auto. Sie trägt ein schwarzes Strickkleid, das sich an ihre unglaubliche Figur schmiegt, und ein Paar Stilettos mit Leopardenmuster. Sie ist, wie seine Kameraden sagen würden, *rattenscharf*.

Bart steckt den Kopf in den Wagen und wendet sich an Eddie. »Ich bringe sie rechtzeitig nach Hause, Mr Pancik«, sagt er. »Ich weiß, dass sie morgen arbeiten muss.«

»Danke, Bart«, sagt Eddie. »Amüsiert euch gut, Kinder.«

Eddie fährt ab, und Bart ergreift Allegras Hand. Er hält ihr die Tür zum Restaurant auf und führt sie hinein. Das Lokal ist von Kerzen erleuchtet, und Bart und Allegra werden an einen gemütlichen Tisch in einer Nische platziert.

»Es ist sehr romantisch«, sagt Allegra. »Ein richtiges Date für Erwachsene.«

»Ich dachte, ich präsentiere mich lieber in Bestform«, sagt Bart. »Ich weiß, dass du ausgebuffte Typen wie Hunter Bloch gewöhnt bist.«

»Oh, bitte«, sagt Allegra. »Mit solchen Typen bin ich fertig. Ich wünsche mir …«

Bart beugt sich vor. Er hört Centaurs Stimme, die ihm ins Ohr flüstert: *NIMM AUFMERKSAM ZUR KENNTNIS; WAS SIE SICH WÜNSCHT!*

»… einen richtigen Mann.«

Einen richtigen Mann, denkt Bart. Was meint Allegra damit? Wahrscheinlich, dass sie sich jemanden wünscht, der stark, intelligent, kompetent ist. Jemanden, der schon Bemerkenswertes erreicht hat: in Barts Fall zu den Marines gegangen und in Gefangenschaft geraten ist. Wenn Hunter Bloch jetzt ins Restaurant käme und sich Allegra gegenüber abfällig äußern oder irgendwie versuchen würde, sie zurückzugewinnen, würde Bart ihn einhändig auf die Knie zwingen. Aber Bart weiß, dass noch andere Eigenschaften zum Mannsein gehören, Eigenschaften, die sein Vater und seine Brüder besitzen und die er erst noch entwickeln muss.

Geduld.

Rücksicht.

»Bestellen wir eine Flasche Mineralwasser«, sagt Bart. »Ich möchte nicht, dass du deinen Ausweis vorzeigen musst oder es sonstwie peinlich wird.«

»Bestell du dir ruhig einen Drink«, sagt Allegra. »Das macht mir nichts aus.«

»Ist schon in Ordnung«, sagt Bart. »Ich freue mich darauf, einen nüchternen Abend mit dir zu verbringen.«

»Du bist lieb«, sagt Allegra. »Danke.« Ihre Blicke verfangen sich ineinander, was berauschend genug ist. Bart denkt an die neunjährige Ruby Taylor, die Charles Buford Duke mit ihrem Riemchenschuh oder was auch immer kleine Mädchen in den Südstaaten früher trugen, direkt über dem Knöchel einen Tritt verpasste und damit für alle Zeit sein Herz stahl. Centaur zeigte Bart die Stelle auf seinem rechten Bein.

Jetzt verstehe ich, denkt Bart. *Ich verstehe!* Er greift über den Tisch hinweg nach Allegras Hand. Im Restaurant läuft Musik – Eric Clapton singt »Wonderful Tonight« –, und Bart ist danach zumute, Allegra hochzuziehen und mit ihr zu tanzen. Er ist am Leben, sie sind am Leben; es ist ihr erstes richtiges Date, und sie werden irgendwann ihren Kindern davon erzählen müssen; warum also keine Geschichte daraus machen? Bart steht auf.

»Tanz mit mir«, sagt er.

Sie sagt nicht: *Hier? Jetzt?*

Sie sagt nicht: *Aber sonst tanzt keiner. Alle anderen essen, Bart. Das hier ist ein Restaurant, kein Nachtclub. Alle werden uns anstarren.*

Stattdessen sagt sie: »Okay.« Sie erhebt sich und gleitet in seine Arme. In ihren Hochhackigen passt sie genau unter sein Kinn. Bart ist plötzlich sehr froh, dass Mitzi ihm trotz seiner gewaltigen Proteste das Tanzen beigebracht hat, als er jünger war. Jemand muss es auch Allegra beigebracht haben, denn sie bewegt sich anmutig, flüssig und sicher.

Der Song ist zu Ende. Die anderen Gäste klatschen. Allegra macht einen Knicks. Bart hat das Gefühl, dass Centaur, wo er auch ist, die Situation gutheißt.

Alles ist gut. Alles ist besser als gut – bis zum Hähnchen.

Anfangs gibt Bart sich selbst die Schuld. Er hat nicht aufgepasst, als Allegra ihr Essen bestellte; er war zu beschäftigt damit, sich zwischen dem Steak mit Pommes und den Jakobsmuscheln spezial zu entscheiden. Sie kamen überein, sich als Vorspeise die Muscheln zu teilen, die in einer köstlichen Currybrühe auf Jasminreis serviert wurden. Bart bestand darauf, die Muscheln für Allegra aus den Schalen zu lösen. Er war ein richtiger Mann, was bedeutete, dass er die niedersten Arbeiten für seine Geliebte verrichten würde. Er würde ihr jeden Abend das Kopfkissen aufschütteln, ihr jeden Morgen Kaffee ans Bett bringen. Er würde die Dachrinnen ihres imaginären Hauses reinigen, im Supermarkt Eier oder Butter oder Tampons besorgen, ohne sich zu beklagen.

Beim Muschelessen redeten sie über ihre früheren Beziehungen. Bart wollte, dass alles jetzt, bei ihrer ersten Verabredung, auf den Tisch kam, statt später, in einem Monat oder sechs Wochen, wenn seine Gefühle für Allegra und damit auch seine Eifersucht stärker sein würden.

»Du hast außer Hunter Bloch andere Freunde gehabt, vermute ich?«, sagte Bart.

»Einen Freund in der Highschool«, sagte Allegra. »Brick Llewellyn. Er war in meinem Jahrgang. Erinnerst du dich an ihn?«

»Nein«, sagte Bart. Er fügte nicht hinzu, dass die Highschool nie so recht sein Ding gewesen war. Er hatte viel geschwänzt und keine außerschulischen Aktivitäten verfolgt. Nach der Schule hatten er und sein bester Freund Michael Bello Dope geraucht, Autos zu Schrott gefahren, Bier geklaut und Partys gefeiert. Wenn dieser Brick Llewellyn kein notorischer Tunichtgut war, kannte Bart ihn nicht.

»Er war ein prima Typ. Ist er immer noch. Er ist sehr intelligent, geht aufs Dartmouth. Er hasst mich. Ich hab ihn mit diesem Blödmann Ian Coburn betrogen.«

»Ich kenne Ian«, sagte Bart. »Und du hast recht. Er ist ein Blödmann. Er fuhr diesen roten Camaro.«

Allegras Muschel hing aufgespießt über ihrer Schüssel. »Mit Brick hab ich meine Lektion gelernt. Ich hasse mich für das, was ich ihm angetan habe. Ich werde nie wieder jemanden betrügen.«

Bart nickte. Er war auch kein Heiliger gewesen, obwohl er sich nie so fest an jemanden gebunden hatte, dass seine sonstigen Beziehungen als Betrug hätten zählen können. »Ich hatte eine Mehr-oder-weniger-Freundin namens Savannah Steppen. Sie war eher so was wie eine Sexfreundin.

Das war es eigentlich schon, Savannah und die namenlosen, gesichtslosen Eroberungen, die ich als junger Marine gemacht habe.«

»Ich erinnere mich an Savannah«, sagte Allegra. »Sie war wunderschön.«

»Du bist wunderschön«, sagte Bart.

Sie grinsten einander an und hielten über den Tisch hinweg Händchen.

Und dann kam das Hähnchen.

»Oh, das sieht gut aus«, sagt Allegra.

Bart steht auf. Sein Fehler: Er hat nicht zugehört. Wenn er das getan hätte, hätte er sie zum Lamm gelotst oder zu den Gnocchi.

»Ich muss mal kurz raus«, sagt er.

Allegra wirkt eher überrascht als beleidigt, obwohl sie mit Sicherheit beides ist. Er verhält sich ausgesprochen unhöflich: Ihr Essen ist gerade gekommen, es ist *jetzt* heiß und appetitlich, und wenn Bart geht, kann Allegra nicht anfangen, ohne sich schlecht zu benehmen.

»Ist es … hast du …?«, sagt sie. Bestimmt weiß sie nicht, was sie denken soll. Vielleicht muss Bart dringend telefonieren; vielleicht raucht er und kann seine Nikotinsucht keine Sekunde länger unterdrücken. Vielleicht fand er die Geschichte von Allegras Betrug an Brick Llewellyn abstoßend.

»Mir geht's nicht gut«, nuschelt Bart. »Ich brauch frische Luft.« Er marschiert zur Tür und tritt hinaus in den kühlen Abend.

Er hört Centaur schreien: WAS TUST DU DA? ES LIEF DOCH SO GUT!

Es ist Hähnchen, Mann, erklärt Bart ihm.

Er ist also doch kein richtiger Mann. Er hat Probleme. Er ist ein Wrack. Seine Eltern haben versucht, ihn zum Therapeuten zu schicken. Mitzi hatte schon einen Termin vereinbart, und Bart hatte eingewilligt hinzugehen, in letzter Minute aber einen Abstecher zum Strand gemacht, wo er die Stunde bei gellendem Radio in seinem Wagen abwartete.

Hähnchen.

Er hat Angst vor dem Hähnchen. Nein, *Angst* ist nicht das passende Wort. Er erträgt seine Anwesenheit nicht, seinen Anblick oder Geruch, und ganz sicher kann er es nicht essen. Schon wenn er das Wort *Hähnchen* hört, wird ihm übel.

Die Tür zum Restaurant geht auf, und Allegra kommt heraus.

»Bart?«, sagt sie. »Was ist los?«

Er richtet den Blick auf die Straße. Er verpatzt sein Date. Er hat es schon verpatzt. Bart spürt Allegras Hand auf seiner Schulter. Sie berührt sein neues blaues Kaschmirjackett.

»Erzähl mir, was los ist«, sagt sie.

Kann er es ihr erzählen? Wird sie ihn verstehen, wenn er es tut? Sie ist ohne ihren Mantel herausgekommen. Er würde sie gern wieder hineinschicken, aber er kann sie nicht einfach verscheuchen, und er will nicht zurück an den Tisch.

»Als ich in … in Gefangenschaft war …«, sagt er.

Sie umfasst seinen Ellbogen und schmiegt sich an ihn. Als sie spricht, ist ihre Stimme in seinem Ohr. »Es ist okay, Bart. Du kannst es mir erzählen.«

»Wir haben Kartoffeln gegessen«, sagt er. »Jeden Tag, jeden Abend Kartoffeln – ohne Butter, ohne Öl, ohne Salz und Pfeffer. Nur Kartoffeln, entweder gekocht oder in der Asche des Feuers gebraten.«

»Ja«, sagt sie.

»Und dann, eines Tages, kriegten wir Hähnchen. Im Lager liefen Hühner rum. Sie legten Eier, die die Leute vom Beleh aßen; wir bekamen nie welche. Aber dann gab es Hähnchen am Spieß, und wir kriegten alle was davon, und es war ungelogen das Leckerste, was ich je gegessen habe, dieses Stück Hähnchen.«

»Ja«, sagt Allegra.

»Und dann, am Morgen danach, wurde einer von uns ausgewählt. Beim ersten Mal war es der Gefreite Jacob Hiller. Und wir dachten: Okay, J-Bär – das war unser Spitzname für ihn – ist ein stämmiger Typ, vielleicht brauchen sie ihn als Hilfe beim Graben oder Wasserholen oder Holzhacken oder sonst was. Aber J-Bär kehrte nie zurück. Sie brachten ihn zu einem Ort, der die Grube hieß, und töteten ihn.«

»Oh …«, sagt Allegra.

»Und so ging es weiter. Wir essen tage- oder wochenlang Kartoffeln, dann brät da ein Hähnchen, und am nächsten Morgen wird ein weiterer Soldat abgeholt und zur Grube verfrachtet.«

»Nein!«, sagt Allegra. Sie weint leise.

»Wir wussten nie, wann es passieren würde«, sagt Bart. »Bis sie das Hähnchen brieten. Dann wusste man, was anstand, aber man wusste nicht, wen es treffen würde.« Bart atmet die Abendluft tief ein und kneift die Augen zu. »Ich sag dir was, Allegra. Ich hab die anderen Jungs so sehr geliebt, dass ich mir jedes Mal wünschte, ich wäre dran.«

»Nein!«, sagt Allegra.

Bart schüttelt mehrmals den Kopf. »Tut mir leid.«

»Ich gehe wieder rein«, sagt Allegra. »Ich lasse das Hähnchen abräumen und bestelle stattdessen die Jakobsmuscheln.«

Bart senkt den Kopf. »Danke«, sagt er.

Allegra verschwindet durch die Tür, und Bart gönnt sich noch einen Moment unter dem schwarzen Himmel und den Sternen.

Er hat es ihr erzählt.

Er hat es ihr erzählt, und sie hat verstanden. Sie mag ihn immer noch, glaubt er.

Er hört Centaurs Stimme: *ZURÜCK ZU DEINEM MÄDCHEN!*

»Okay, okay«, sagt Bart. »Ich geh ja schon.«

AVA

Es ist Dienstagnachmittag, eine Woche nach Barts Party. Ava kommt aus der U-Bahn, geht ihre Wäsche abholen und erwägt den Vietnamesen fürs Abendessen. Sie kann sich entweder etwas zum Mitnehmen besorgen oder sich in dem Lokal in der 2nd Avenue an die Bar setzen. Sie braucht eine warme, duftende Schüssel Pho und dazu ein Bánh mì mit gegrilltem Schweinefleisch.

Sie steigt die vier Treppen zu ihrem Apartment hinauf, entriegelt den Knauf und das Bolzenschloss und tritt ein, um sich an ihrer eigenen Wohnung zu erfreuen.

Ihr Telefon klingelt. Es wird Margaret sein, nicht Potter. Potter unterrichtet bis sieben. Es ist Viertel vor sechs, eigentlich zu nahe an der Sendezeit, als dass es Margaret sein könnte.

Ihre Mutter geht Ende der Woche in den Ruhestand. Endlich wird sie Zeit haben für gemeinsame Abendessen!

Als Ava ihr Telefon checkt, sieht sie eine unbekannte Nummer mit der Vorwahl 650 – wo ist das? –, und es ist gar kein Anruf, sondern ein FaceTime. Wer könnte das sein? Es ist weder Shelbys Nummer noch die eines ihrer Geschwister. Es ist weder Nathaniel Oscar, Gott sei Dank, noch Scott Skyler. Könnte es Kelley sein, der das Telefon einer der Hospizschwestern benutzt?

Es gibt nur eine Möglichkeit, das festzustellen. Ava akzeptiert die FaceTime-Anfrage.

»Hallo?«, sagt sie. Sie hat sich gar nicht überlegt, wie sie nach einem langen Arbeitstag, der U-Bahn-Fahrt und dem Erklimmen all der Treppen aussehen muss.

Das Display auf ihrem Handy zeigt einen dunkelhaarigen Mann in gelbem Polohemd. Jemand sitzt neben ihm.

»Ava?«, sagt der Mann. »Ava Quinn, sind Sie das?«

»Ja?«, sagt sie. Sie lächelt das Display an, blinzelt und versucht herauszufinden, wer das ist. Die Stimme hat einen britischen Akzent, klingt irgendwie vertraut, nach jemandem, mit dem sie kürzlich gesprochen hat – aber nach wem?

»Hier ist Harrison, Harrison Fellowes aus Palo Alto. Und PJ ist bei mir. Wir wollten nur anrufen, um Hallo zu sagen und zu fragen, wie es dir geht – falls ich du sagen darf.«

»Ja, klar.« Ava denkt angestrengt nach. Harrison Fellowes? Palo Alto? PJ? Sie weiß, dass es ihr sofort gelingen wird, sich alles zusammenzureimen … sie braucht nur eine Minute … und dann denkt sie: *Oh! Harrison! Trishs Freund! Und PJ! PJ, das totale Albtraumkind!* Aber Moment mal … warum rufen sie *sie* an? Ava mustert das Foto auf ihrem Display. Ja, es ist Harrison mit einer sich windenden Person neben sich.

»PJ?«, sagt Ava vorsichtig. »Hi, hier ist Ava.«

Sie wartet.

Plötzlich ist da PJs Gesicht. Vielleicht ist es das Neuartige an FaceTime, das ihn anlockt. Es ist immerhin schon sehr seltsam, jemanden sehen zu können, der dreitausend Meilen entfernt ist.

»Hi«, sagt er.

»Hi, *Ava*«, souffliert Harrison.

»Hi, Ava«, sagt PJ.

Ava spürt Tränen in sich aufsteigen. Sie kann nicht … es ist so … *unerwartet,* so … bizarr eigentlich. Deshalb hat Harrison sie also nach ihrer Handynummer gefragt. Er wollte dieses improvisierte Treffen erleichtern. Das ist genial. Genial und sehr, sehr nett.

»Hi, PJ, wie geht's dir?« Ava muss sich eine weitere Frage einfallen lassen. »Was gibt's Neues bei Minecraft?«

»Es ist was Tolles passiert«, sagt PJ.

»Ach ja?«, sagt Ava. »Was denn?«

»Ich hab meine Achterbahn fertig gebaut«, sagt PJ.

»Prima!«, sagt Ava. »Ich *liebe* Achterbahnen!« Kaum zu fassen, dass PJ aus freien Stücken mit ihr redet. Vielleicht hat Harrison ihm eine wundervolle Bestechung angeboten, doch das ist Ava egal.

In diesem Moment hält Harrison die Kamera so, dass er und PJ beide sichtbar sind. Ava betrachtet neugierig den Hintergrund. Sie sind zu Hause, jedenfalls in einem häuslichen Umfeld. Hinter Harrisons und PJs Köpfen sind Borde mit Büchern zu sehen – und ein Pokal. Vielleicht einer von Trishs Segelpokalen oder ein Pokal, der Shakespeare-Experten verliehen wird. Oder eine Minecraft-Trophäe. »Wir haben angerufen, um dir Hallo zu sagen, unserer Freundin Ava, und auch, um dich und Potter zu

Thanksgiving nach Palo Alto einzuladen. Trish und ich bewirten dieses Jahr unsere Freunde. Es sind nur wir, PJ und ein paar Kollegen, also wird es sicher ein schrecklich langweiliges Fest, aber wir fänden es schön, wenn ihr dazukämt. Und ja, ich weiß, es ist sehr kurzfristig, und der Flug wird furchtbar teuer sein, aber ich weiß, dass besonders PJ euch gerne sehen würde. Stimmt's nicht, PJ?«

»Doch«, sagt PJ. Er klingt aufrichtig.

»Oh«, sagt Ava. Sie selbst kann nicht mit nach Palo Alto. Sie muss nach Nantucket, um bei ihrer Familie, ihrem Vater zu sein. Potter hatte vor mitzukommen, doch Ava befindet hier und jetzt, dass er das nicht muss. Nicht nur muss er es nicht, er sollte es auch nicht. Er sollte nach Palo Alto fliegen und Thanksgiving mit seinem Sohn verbringen.

»Harrison und PJ, ich muss euch um Verständnis dafür bitten, dass ich nicht kommen kann, weil ich woanders familiäre Verpflichtungen habe – auch wenn ich eure Einladung wirklich zu schätzen weiß«, sagt Ava. »Aber ich versichere euch, dass Potter nach Palo Alto kommen wird. Okay?«

»Ja«, sagt Harrison. »Das wäre wunderbar, obwohl wir unsere Freundin Ava vermissen werden. Oder, PJ?«

Es folgt eine klitzekleine Pause. »Ja«, sagt PJ.

»Na gut, wir rufen Potter an und vergewissern uns, dass es ihm passt«, sagt Harrison.

»Ja, tut das. Er unterrichtet bis sieben«, sagt Ava.

»Okay, ich unterrichte bis vier, dann probiere ich es lieber morgen«, sagt Harrison. »Falls du ihn siehst, bevor ich mit ihm spreche, kannst du die Einladung gern an ihn weitergeben.«

»Das mache ich«, sagt Ava. »Vielen Dank für euren Anruf. Ich meine … Danke schön.«

Harrison lächelt. Er ist so ein Held! Toll, wie er das eingefädelt hat!

»Es war uns ein Vergnügen«, sagt Harrison. »Tschüss, Ava.«

»Tschüss, Ava«, sagt PJ.

Das Display wird dunkel.

Ava kann es kaum abwarten, bis Potter mit dem Unterricht fertig ist. Er wird ausflippen, wenn er hört, dass *Ava* zu Thanksgiving nach Palo Alto eingeladen worden ist.

Oder? Vielleicht ist er auch sauer, dass ausgerechnet Harrison sich so um sie bemüht. Ava hat Potter nicht erzählt, dass sie und Harrison an jenem Nachmittag in der Lobby miteinander gesprochen haben, und demzufolge auch nicht, dass sie Harrison ihre Handynummer gegeben hat. Also wird Potters erste Frage natürlich sein: *Woher hatte Harrison deine Nummer?*

Avas Hochstimmung verfliegt, verwandelt sich dann in Sorge. Sie wird darüber nachdenken müssen, wie sie die Sache deichselt.

Als Potter später anruft, klingt er erschöpft. Ava hat ganz vergessen, dass jetzt Zwischenprüfungen sind, also hat er in zwei Kursen Arbeiten zu benoten und für einen dritten eine Prüfung durchzuführen. »Deshalb wollte ich ja, dass du bei mir einziehst«, sagt er. »Damit du hier bist, wenn ich nach Hause komme.«

Ava lächelt. Es gefällt ihr, dass er mehr von ihr will. »Es wird schon werden. Du brauchst einfach nur Schlaf.«

»Wir werden uns vor Freitag nicht sehen können. Soll ich dann zum Essen zu dir kommen?«

»Ja«, sagt Ava. »Nein! Warte mal! Ich hab ganz vergessen, dass meine Mutter am Freitag ihre letzte Sendung hat. Wir treffen uns im Studio. Nach den Nachrichten gibt es im Aufenthaltsraum Champagner, dann lädt Drake uns im Upland zum Essen ein. Nicht nur uns, sondern auch Lee Kramer, den Chef des Senders, und seine Frau Ginny, die Redakteurin bei der *Vogue* ist, und Darcy, die ehemalige Assistentin meiner Mutter, die extra aus Atlanta kommt. Und Roger, ihren Stylisten, und ein paar von den Producern und Raoul, den Chauffeur meiner Mutter, und seine Frau. Wir werden ungefähr zwanzig sein, denke ich.«

»Sag mir einfach die Zeit und was ich anziehen soll«, sagt Potter. »Die *Vogue* klingt beängstigend.«

»Du hast doch vor niemandem Angst«, sagt Ava. *Außer vor deinem eigenen Sohn,* denkt sie. Im Kreise anderer Erwachsener glänzt er jedoch. Sie kann ihn jedem vorstellen – ganz Ungebildeten wie auch Menschen mit Niveau –, und er fügt sich immer ein. Sie hat ihn zu Margarets und Drakes Hochzeit mitgenommen, wo er außer Ava und Margaret niemanden kannte, und er hat sich so gut geschlagen, dass er jetzt praktisch zur Familie gehört.

Familie erinnert Ava an den FaceTime-Anruf von Harrison und PJ. Harrison hat sich offenbar noch nicht gemeldet;

das hätte Potter erwähnt. Soll Ava es ihm erzählen? Sie beschließt, ihrem Bauchgefühl zu folgen und eine Nacht darüber zu schlafen. Sie wird es Potter morgen erzählen, wenn er nicht als Erster darauf zu sprechen kommt.

Am nächsten Tag ruft Bart bei Ava an und sagt, er würde gern seine Bahntickets nutzen und übers Wochenende nach New York kommen. Mit Allegra Pancik!

»Wow!«, sagt Ava. »Ihr beide seid also zusammen?«

»Ja, wir sind zusammen«, bestätigt Bart. »Ich hab sie letzten Freitag zum Essen eingeladen und sie seither jeden Tag gesehen, und ich möchte sie mit einem Wochenende in New York überraschen. Ich hab ihr nicht verraten, wohin wir fahren, sie nur gebeten, sich freizunehmen.«

»Okay!«, sagt Ava. So aufgekratzt hat Bart seit Weihnachten nicht geklungen, als er noch high von seiner zurückgewonnenen Freiheit war. Sie freut sich für ihn, doch die fürsorgliche große Schwester in ihr würde ihm gern raten, nicht zu schnell vorzupreschen oder zu übereilt Ernst zu machen. Mädchen in Allegras Alter sind oft flatterhaft, oberflächlich und opportunistisch. Allegra ist sehr hübsch und hat, wenn Ava sich recht entsinnt, einen Hang zur Wildheit; sie ist das genaue Gegenteil ihrer ernsthaften, ruhigen Schwester. »Möchtet ihr in Drakes Apartment wohnen? Falls ja, könnte ich das arrangieren.«

»Ich will nicht angeberisch rüberkommen«, sagt Bart. »Ich hätte lieber ein Hotelzimmer. Gern was Nettes. Ich hab noch meine Schecks vom Staat. Kannst du was empfehlen?«

»Ich recherchiere das für dich«, sagt Ava. »Und ihr solltet mit zu Margarets letzter Sendung am Freitagabend kommen, Allegra und du. Hinterher Abendessen – Drake lädt ein, also kannst du einen Teil deiner Schecks vom Staat sparen. Wir sind eine ganze Gruppe. Ich setze dich und Allegra mit auf die Gästeliste.«

»Das wäre mehr als fantastisch«, sagt Bart. »Danke, Schwesterherz.«

Ava findet für Bart ein Zimmer im Warwick New York in der 54th, Ecke 6th zu einem sehr günstigen Preis und setzt Allegra und Bart mit auf Drakes Gästeliste. Damit ist sie so beschäftigt, dass sie keine Zeit hat, mit Potter über das FaceTime-Telefonat mit Harrison und PJ zu reden, und Potter erwähnt es nicht, also hat Harrison offenbar noch nicht angerufen. Aber bis Thanksgiving sind es nur noch zwei Wochen, und Potter wird einen Flug buchen müssen. Sie befürchtet, dass Harrison sich das mit der Einladung anders überlegt oder sie ihn missverstanden hat – *sie* sollte die Einladung weiterleiten.

Sie wird das Thema am Wochenende ansprechen, beschließt sie. Nachdem sich die Situation beruhigt hat.

Margarets letzter Auftritt wird eine große Sache, trotz ihres Wunsches, keine daraus zu machen. Auf der Titelseite der *Times* vom Freitag erscheint eine Story, und über die Titelseite der *New York Post* ergießt sich ihr Bild mit der Überschrift LETZTE NACHRICHT VON. Auch das *Time Magazine* bringt einen Artikel, und die *Women's Wear*

Daily veröffentlicht eine Fotostrecke mit Margarets gelungensten Outfits.

Margarets einziges Zugeständnis an den besonderen Tag ist es, zum ersten Mal in ihrer Sendung Schwarz zu tragen. Sie sieht wunderschön aus, und Ava sagt es ihr.

»Glaubst du, dass dein Vater zuschaut?«, fragt Margaret.

»Er würde sich das nie entgehen lassen«, sagt Ava. »Das weißt du.« Mitzi vergisst vielleicht, dass heute Margarets letzte Sendung ist – oder es erscheint ihr als belanglos –, aber Kevin und Isabelle werden sie daran erinnern.

Ava ist sprachlos vor Rührung, als Margaret sich verabschiedet. Es folgt eine Zusammenstellung von Margarets denkwürdigsten Auftritten im Lauf der Jahre.

Margaret, die in Biker-Jacke, T-Shirt und Jeans für *60 Minutes* von der Sturgis-Rally berichtet.

Margaret in New Orleans beim Hurricane Katrina, ihre Haare vom Regen am Kopf festgeklebt.

Margaret umringt von amerikanischen Soldaten in Falujah.

Margaret nach dem Attentat auf *Charlie Hebdo* in Paris, bei der Wahl von Papst Franziskus in Rom, nach dem Anschlag auf die U-Bahn in London, bei Obamas erster Amtseinführung in Washington.

Margaret mit tränenüberströmtem Gesicht, im Arm die Mutter eines der Opfer des Amoklaufs an der Sandy Hook Elementary.

Margaret mit Melania Trump in Mar-a-Lago, Jahre bevor Melania First Lady wurde.

Margaret mit Queen Elizabeth, dem Dalai Lama, George Clooney, Beyoncé, Hillary Clinton, Muhammad Ali, Ralph Lauren, Jennifer Aniston, Bruce Springsteen, LeBron James, Stephen King.

Margaret am Ground Zero vor den Trümmern des World Trade Center, eine amerikanische Flagge in der Hand, in einem *I Love NY*-T-Shirt über ihrem Kleid.

Im Aufenthaltsraum gibt es Champagner, als Margaret fertig ist, und die Stimmung ist fröhlich. Margaret selbst wirkt ekstatisch.

»Vielleicht betrinke ich mich heute Abend einfach mal«, sagt sie.

Ava trinkt drei Gläser Dom Pérignon auf leeren Magen und fühlt sich danach ganz benommen. Drake sagt allen, sie mögen sich Taxis zum Upland nehmen, das in der Park Avenue South ist. Sie hätten dort ein Separee, sagt er.

Die Partyatmosphäre setzt sich im Restaurant fort, dem Upland, einer von Drakes Neuentdeckungen. Es ist voller Gläser mit eingemachten Zitronen, und Ava ist ganz fasziniert von all den Früchten – fünfzehn oder zwanzig pro Glas und Borde um Borde mit Gläsern, ganze Wände voll. *Tausende von Zitronen haben sich für die Ausschmückung dieses Restaurants geopfert*, denkt Ava, und vielleicht hat sie es auch laut ausgesprochen, denn Potter sagt: »Wir besorgen dir lieber mal was zu essen.«

Das Separee enthält Stehtische, eine Bar und lange

Tische mit Essen: Grünkohl-Cäsarsalat, ausgefallene Pizzen, verschiedene Pasta mit exotischen Soßen.

»Ich möchte noch Champagner«, sagt Ava.

Gäste bringen Trinksprüche aus: Lee Kramer von CBS, Darcy, Margarets ehemalige Assistentin, Drake. Ava merkt sich nicht, was sie sagen, weint aber die ganze Zeit leise. Ihre Mutter ist so eine phänomenale Person. Sie hat so viel geleistet. Sie ist ein Idol, eine Inspiration, ein Nationalheiligtum.

Ava ist zu betrunken, um einen Toast auszubringen. Sie würde weinerlich und sentimental wirken.

Doch dann kommt ihr eine Idee. Sie spricht mit dem Barkeeper, der einen der Manager ruft, und Ava äußert ihre Bitte. Wie sich herausstellt, können sie ihr halbwegs behilflich sein. Sie haben ein schnurloses Mikrofon und einen kleinen Verstärker, aber kein Klavier. Während das Mikrofon aufgebaut wird, überprüft Ava auf ihrem Telefon noch einmal den Text.

Potter streicht Avas Haare zur Seite und küsst sie auf den Nacken. »Was machst du da?«

»Ach, nichts«, sagt Ava. Sie klopft mit einem Löffel an ihr Glas, und es wird still. Es macht Ava ein wenig nervös, ohne Begleitung zu singen, doch dann ruft sie sich ins Gedächtnis, dass ebenso wie es Margaret gegeben ist, die intelligenteste, anmutigste, ausgeglichenste, sprachgewandteste Frau des Planeten zu sein, die Musik Avas Talent ist. Sie kann betrunken singen oder nüchtern, mit Klavier oder ohne.

Dieses Lied ist seit Langem einer von Margarets Lieblingssongs, auch als es noch nicht populär war, das einzugestehen.

Ava gibt sich nicht mit einer Einleitung ab; sie fängt einfach an zu singen, mit reiner, klarer Stimme.

Thanks for the times that you've given me,

The memories are all in my mind.

Es ist »Three Times a Lady« von den Commodores, und als Ava am Ende angelangt ist, singen alle im Raum entweder mit oder weinen. Manche tun beides. Sogar der Barkeeper.

Als Ava und Potter schließlich gehen – es ist weit nach ein Uhr morgens –, umarmt Margaret beide zum Abschied.

Zu Ava sagt sie: »Schätzchen, das war ein wunderbarer Tribut. Ich habe ihn nicht verdient, aber die Gelegenheit, dich singen zu hören, lasse ich mir nie entgehen.«

Zu Potter sagt sie: »Ich hoffe, wir sehen uns nächstes Wochenende, aber falls nicht, dann zu Thanksgiving auf Nantucket.«

Ava öffnet den Mund, bleibt jedoch stumm.

Als sie und Potter ins Taxi steigen, sagt Ava: »Es gibt was, das ich dir erzählen muss.« Sie ist so betrunken, dass sie keine Ahnung hat, ob dieser Satz überhaupt einen Sinn ergibt. Sie sollte warten und es Potter morgen erzählen. Aber sie ist zu betrunken, um den Mund zu halten. Sie ist von der sprichwörtlichen Klippe gesprungen und kann das nicht wieder rückgängig machen.

»Was ist denn?«, fragt Potter.

»Thanksgiving«, sagt Ava. »Da sind wir nach Kalifornien eingeladen.«

»Was?«, sagt Potter. »Nach Kalifornien eingeladen? Von wem?«

»Von Harrison und Trish«, sagt Ava. »Oh, und von PJ.«

»Was?«, sagt Potter.

Ava fängt an zu lachen, nicht über etwas, das komisch ist. Sie lacht, weil sie die Sache jetzt schon vermasselt hat. Sie hat sie von hinten aufgezäumt. Wie soll sie das korrigieren?

»Ich kann nicht mitkommen«, sagt sie. »Ich muss bei meinem Vater auf Nantucket sein. Aber du …« Sie versucht es mit einem spielerischen Klaps auf Potters Arm. »Du solltest fahren. Du *musst* fahren.«

»Nach Kalifornien«, sagt Potter.

»Sie haben uns eingeladen«, sagt Ava. »Harrison und PJ. Und Trish auch, obwohl das eher … *implizit* war, sagt man, glaube ich.« *Ist dies das richtige Wort?*, fragt sie sich. Sie verwechselt manchmal *implizit* und *implosiv*.

»Ich glaube, du hast ein bisschen zu viel …«

»Nein!«, unterbricht Ava ihn. »Ich meine, ja. Ich habe zu viel getrunken, definitiv, aber das hier ist wahr. Es ist wirklich wahr. Am Dienstagnachmittag haben Harrison und PJ mich über FaceTime angerufen …«

»*Was?*«, fragt Potter.

Sie lässt sich nicht ablenken. »… und uns zu Thanksgiving nach Kalifornien eingeladen. Ich hab ihnen erklärt, dass ich nicht kommen kann, weil mein Vater im Sterben liegt, aber ich hab ihnen gesagt, du würdest da sein. Ich habe es ihnen versprochen. Harrison sollte dich selbst anrufen. Er wollte am Dienstagabend anrufen, aber da hast du unterrichtet, und er hatte ab vier Unterricht. Ich dachte, er sagte, er würde anrufen, aber inzwischen glaube ich, dass ich die Einladung an dich weiterleiten sollte.«

»Woher hatten Harrison oder PJ *deine* Nummer?«, fragt Potter.

»Hast du gehört? Ich hab ihnen versprochen, dass du kommen würdest. Also müssen wir dir morgen früh Flüge buchen.«

»Ava«, sagt Potter.

»Ich hab Harrison meine Nummer gegeben«, sagt Ava. »Er hat mich danach gefragt, als er und Trish neulich aufkreuzten und Harrison und ich mit PJ in die Lobby runtergingen.«

Potter antwortet nicht. Er sieht Ava nicht mehr an, sondern schaut durchs Taxifenster auf die vorbeifliegenden Blocks der Park Avenue South. Grand Central ragt vor ihnen auf.

»Harrison meinte, er hätte eine Idee, wie sich die Situation mit PJ verbessern lässt. Ich wusste nicht, was er vorhatte, aber jetzt weiß ich, dass er plante, mich zusammen mit PJ anzurufen und so zu tun, als wären Harrison und ich befreundet, damit PJ sich weniger bedroht fühlt.«

»Ich fasse es nicht«, sagt Potter. »Du hast Harrison deine Nummer gegeben. Anscheinend hat es ihm nicht gereicht, mir meine Ehefrau auszuspannen. Jetzt ist er auch noch hinter meiner Freundin her. Die mir, das möchte ich betonen, viel mehr bedeutet, als es besagte Ehefrau jemals getan hat.«

Er verdreht die Tatsachen, denkt Ava. Trotzdem wallt Freude über die Erklärung in ihr auf.

»So war es nicht«, sagt sie. »Ich habe Harrison leidgetan, weil PJ so schwierig war.« Sie zögert. Potter kann nicht bestreiten, dass sein Sohn schwierig war. »Und sein Plan ist aufgegangen. Als sie mich anriefen, hat PJ mit mir geredet. Er hat hallo und tschüss gesagt und mir erzählt, dass er auf Minecraft eine Achterbahn gebaut hat. Er hat mit mir gesprochen, Potter. Harrison hat ihn dazu gebracht.«

»Harrison«, sagt Potter, »hat seine Grenzen überschritten. Das alles geht ihn doch gar nichts an. Damit verwirrt er mein Kind nur. Du bist Harrisons Freundin, und das ist okay. Du bist meine Freundin, und das ist nicht okay? Siehst du nicht, wie verdreht das ist?«

Es fällt Ava schwer, einen Einwand zu finden, der Potter nicht verletzt. Was sie ihm erklären will, ist, dass PJ Harrison vertraut; ob es Potter gefällt oder nicht, Harrison hat Einfluss. Seine Unterstützung ist wichtig, und Ava braucht sie.

Stattdessen sagt sie: »Ich bin mit geschiedenen Eltern aufgewachsen. Du kennst Kelley und Mitzi und Margaret und Drake erst, seit sie beste Freunde sind. So war es nicht immer. Mitzi hat meine Mutter Jahre lang gehasst, und weißt du, für wen diese Jahre am schwersten waren? Für mich und Paddy und Kevin. Für die Kinder ist es am schwersten, weil sie ihre Loyalität aufteilen müssen, weil sie hören, wie ein Elternteil, den sie lieben und dem sie vertrauen, schlecht über den anderen Elternteil spricht, den sie lieben und dem sie vertrauen. Kinder spüren die Feindseligkeit, die Konkurrenz, den Neid, die Kritik. Ich glaube nicht, dass eine Scheidung eine Kindheit zwangsläufig ruiniert, aber eine Scheidung im Bösen kann dazu führen. Wir sind die Erwachsenen, Potter. Wir können uns dafür entscheiden, nett zueinander zu sein. Ich sage ja nicht, dass wir und Trish und Harrison jemals beste Freunde sein werden …«

»Werden wir nicht«, sagt Potter.

»… aber wir können versuchen, zivilisiert miteinander umzugehen. Freundlich. Das wird die Situation für PJ verbessern. Willst du PJ die Situation nicht erleichtern?«

»Doch«, sagt Potter. »Natürlich.«

Ava lässt ihren Kopf auf Potters Schulter sinken. »Morgen besorgen wir dir ein Flugticket.«

KELLEY

Lara lädt für Kelley Danielle Steels *Dangerous Games* herunter, weil er das Display seines Handys nicht mehr deutlich genug sehen kann, um selbst Bücher herunterzuladen.

»Ich hab gehört, das soll ihr bisher bestes sein«, sagt Lara. »Ein Politthriller.«

Kelley verspürt einen Anflug von Vorfreude, doch die ist flüchtig. Er wird es nicht mehr schaffen, den Rätseln und Wendungen eines Politthrillers zu folgen; der Hauptreiz besteht für ihn mittlerweile in der tröstlichen Stimme des Erzählers.

»Haben Sie meine Frau gestern Abend im Fernsehen gesehen?«, fragt er.

»Ihre Frau?«, sagt Lara. »Mitzi?«

»Margaret«, sagt Kelley. »Margaret Quinn, meine Ehefrau.«

Lara bietet Kelley einen Schluck Eiswasser an. »Mitzi ist Ihre Ehefrau«, sagt sie. »Margaret Quinn ist eine Nachrichtensprecherin beim Fernsehen. Und ja, ich habe sie gesehen. Sie war wunderbar wie immer. Sie ist so elegant, so anmutig.«

»Sie ist meine Frau«, sagt Kelley. »Nein, warten Sie, das

stimmt nicht. Sie ist meine Exfrau. Margaret war vor Mitzi meine Ehefrau.«

»Wie schön«, sagt Lara, stöpselt Kelley die Kopfhörer in die Ohren und startet das Buch. Es ist derselbe Erzähler wie bei *The Mistress* – Alexander Condese –, und die Wirkung setzt sofort ein. Kelley fallen die Augen zu.

Er hat Schwierigkeiten, zwischen Realität und Traum zu unterscheiden. Er hat Träume, die eigentlich Erinnerungen sind, jedenfalls annähernd. Er träumt von seinem ersten Mal auf Nantucket. Die Reise war Margarets Idee. Im Alter von acht Jahren hatte sie den Sommer bei ihrer reichen Großmutter Josephine Brach in einem der Cottages in der Baxter Lane in Sconset verlebt. Diesen Sommer wollte sie für ihre Kinder – Patrick war acht, Kevin sieben und Ava ein Baby, das noch gestillt wurde – wiederauferstehen lassen.

»Ich sage es nur ungern, Maggie«, meinte Kelley, »aber ein Cottage in der Baxter Lane können wir uns nicht leisten.« Stattdessen mieteten sie ein Haus am Nobadeer Beach, doch die Wellen waren dort so hoch, dass die Kinder im Wasser Angst hatten, deshalb mussten sie jeden Tag zum Steps Beach fahren, so genannt, weil hier eine Treppe aus einundvierzig Stufen über die mit *Rosa rugosa* bewachsenen Dünen führte. Das war pittoresk, aber auch recht beschwerlich mit zwei Kindern, einem Baby und den Siebensachen, die diese Kinder plus Baby benötigten. Im nächsten Sommer stellten sie fest, dass sie für hundert Dollar einen Strandaufkleber für ihr Auto kaufen und damit am Fortieth Pole direkt an den Strand fahren konnten. In dem Jahr mieteten sie ein Cottage in der Madaket Road, in dem es roch, und im Sommer danach eine seelenlose Wohnung in einer Anlage, bis sie in der Quince Street ein Haus fanden, das Margaret liebte.

Kelley lebt seit zweiundzwanzig Jahren in der Pension. Der Mann, der in jenen anderen Häusern wohnte, erscheint ihm wie ein vollkommen anderer Mensch.

Früher gab es ein Restaurant namens Second Story, das er sehr schätzte, aber Margaret war das Essen zu scharf. Dann gab es das India House, in das Kelley Margaret? – nein, Mitzi – er führte Mitzi jeden Samstagabend der letzten drei Monate ihrer Schwangerschaft mit Bart ins India House aus, weil sie ein unstillbares Verlangen nach indonesischen Erdnussnudeln mit Ente hatte. Das Second Story heißt jetzt Oran Mor, doch Kelley ist seit zwei Inhaberwechseln nicht mehr drinnen gewesen – und das India House ist einfach verschwunden.

Mitzi sitzt an Kelleys Bett. Ihre Haare sind hochgesteckt.

»Ich biete die Pension zum Verkauf an«, sagt sie.

Kelley nickt. Es ist richtig, dass sie das tut.

»Ich habe Eddie Pancik erklärt, dass ich es nur an jemanden verkaufe, der es als Pension erhält«, sagt Mitzi. »Ich hab die Vorstellung nicht ertragen, dass irgendein Millionär Wände einreißt, um protzige Suiten zu schaffen. Aber das sehe ich jetzt anders. Wenn wir verkaufen, verkaufen wir. Wir haben dann nichts mehr mit dem Haus zu tun und lassen den neuen Besitzer seine eigenen Erinnerungen kreieren.«

Kelley denkt: *Leute werden vorbeikommen und denken: Ich entsinne mich, dass dies mal eine Pension war. An Heiligabend feierten sie hier jeden Winter eine Party. Es war die beste Party des Jahres. Kelley Quinn, der Inhaber, säbelte dann immer einer Champagnerflasche den Hals ab, und Santa Claus kam in seinem Model-A-Feuerwehrauto von 1931.*

Mitzi hält Kelleys Hand, und er drückt sie. Damit will er ihr signalisieren, dass er richtig findet, was sie tut. Was auch mit diesem Haus geschieht, wird das, was sie hier hatten, nicht beeinträchtigen.

Sie hatten so viel.

Bart kommt mitten in der Nacht und setzt sich an Kelleys Bett. Vielleicht ist es auch nicht mitten in der Nacht. Vielleicht ist es später Nachmittag oder früher Abend. Es ist November, und die Sonne geht um vier Uhr unter. Es fühlt sich jedoch spät an. Im Rest des Hauses ist es still. Mitzi schläft oft im Wohnzimmer auf dem Sofa vor dem Kamin ein, und Kelley kann es ihr nicht verübeln. Jocelyn ist die Hospiznachtschwester. Ihr entgeht wenig, also muss sie Bart erlaubt haben hereinzukommen.

»Dad«, sagt Bart. »Ich glaube, ich bin verliebt.«

Verliebt. Kelley hat fast sein ganzes Leben als Erwachsener im Zustand des Verliebtseins verbracht – erst mit Margaret, dann mit Mitzi. In dieser Hinsicht hatte er großes Glück.

Kelley hat das Gefühl, das mit Bart schon gewusst zu haben. »Die Gei. Die Gei.«

»Die Geisha von der Party«, sagt Bart. »Ja. Allegra Pancik. Ich treffe mich seit ein paar Wochen mit ihr. Wir waren zusammen in New York. Sie ist … na ja, sie ist das Beste, was mir … ich weiß nicht, in letzter Zeit passiert ist. Oder vielleicht sogar jemals. Sie ist sehr witzig und eine gute Zuhörerin. Sie ist geduldig. Sie versteht mich, glaube ich. Weißt du, früher dachte ich, das Wichtigste an meiner zukünftigen Frau wäre ihr Aussehen. Aber ich habe festgestellt, dass das das Unwichtigste ist. Ich meine, Allegra ist sehr hübsch, nicht dass du mich da missverstehst, aber darauf kommt es nicht an. Ich spreche gern mit ihr, ich mag den Klang ihrer Stimme; sie beruhigt mich. Ich finde es schön, sie zu überraschen, sie glücklich zu machen, sie lächeln zu sehen, wenn ich zur Tür reinkomme. Ich mag es, dass sie falsch singt und ein absoluter Patriotsfan ist, der den Fernseher anschreit. Es gefällt mir, dass sie ihre Unsicherheiten hat und Eigenschaften an sich sieht, die sie verändern will. Sie weiß, dass sie nicht vollkommen ist, ebenso wie ich weiß, dass ich nicht vollkommen bin.«

»Du bist vollkommen«, sagt Kelley, wenn seine Worte auch unverständlich sind.

»Du wirst sie Donnerstag kennenlernen«, sagt Bart. »Sie kommt zu Thanksgiving.«

Donnerstag ist Thanksgiving?, denkt Kelley.

Er greift nach Barts Hand und versucht, sie zu drücken. Was für eine Qual! Kelley ist hier, er hört zu, er ist anwesend, er hat Dinge zu sagen, Glück zu wünschen, doch er kann sich nicht mitteilen. Oder doch? Er weiß es nicht.

Bart scheint ihn zu verstehen. »Ich hab dich auch lieb, Dad«, sagt er.

Als Bart aufsteht, um zu gehen, denkt Kelley voller Vorfreude an Thanksgiving. Thanksgiving bedeutet Mitzis Maispudding und ihre Cranberrysoße Fiesta. Er wird von beidem einen Happen essen, beschließt Kelley und schläft langsam ein.

EDDIE

Die Christys stecken in einer Sackgasse. Raja möchte ein Angebot auf das Haus in der Medouie Creek Road in Wauwinet abgeben – und Masha wünscht sich die Pension. Eddie fragt einmal wöchentlich bei Raja nach, ob Bewegung in die Sache gekommen ist.

»Nein«, sagt Raja. »Sie gibt nicht nach.«

»Und Sie auch nicht«, sagt Eddie. »Oder?«

»Stimmt«, sagt Raja. »Ich erkläre Masha immer wieder, dass wir nichts über das Beherbergungsgewerbe wissen. Und ich *will* auch nichts darüber wissen. Der Sinn eines zweiten Heims besteht doch darin, eine Zuflucht zu haben. Einen Ort zum Entspannen. Aber Masha ist wild entschlossen. Sie ist wie Jack mit seiner quiekenden Giraffe. Wenn er seine Launen hat, lässt er sich die Giraffe nicht wegnehmen.«

Eddie scherzt schon seit Langem, die nützlichsten Fähigkeiten eines Immobilienmaklers seien die eines Psychologen und eines Grundschullehrers. Eddie nimmt im Wesentlichen die Rolle von Rajas Therapeuten ein. Ihm wäre es lieb, wenn Raja seinen Willen bekäme – nicht nur, weil seine Provision dann höher wäre. Er möchte, dass Raja im Namen aller unter dem Pantoffel ihrer Frauen stehenden

Ehemänner auf der Welt gewinnt. Er weiß, dass Masha Raja nur deshalb noch nicht kleingekriegt hat, weil die Pension rein formal noch nicht auf dem Markt ist.

Aber Mitzi hat Eddie gebeten, sie gleich nach Thanksgiving anzubieten. Sie meint, sie wäre – bis auf die Elternsuite, wo Kelley wohnt – am Adventsbummel-Wochenende vorzeigebereit.

Die Situation mit den Christys ist so verfahren, dass Eddie sich über die überwiegend fröhliche Stimmung im eigenen Haus freut. Allegra trifft sich inzwischen ausschließlich mit Bart Quinn, und diese Beziehung hat sie komplett verwandelt. Sie ist immer guter Laune, immer lieb und bemüht. Sie erbietet sich, bei der Wäsche zu helfen und im Cottage für Ordnung und Sauberkeit zu sorgen. Sie lächelt, sie summt vor sich hin, sie singt unter der Dusche.

»Als hätte sie eine Persönlichkeitstransplantation gehabt«, sagt Eddie.

»Sie ist verliebt«, sagt Grace.

Auch Grace ist seit Kurzem guter Stimmung. Eddie hat ihr erzählt, dass er sie auf dem Rad gesehen hat, als er die Christys nach Wauwinet fuhr, und sie sagte: »Ja, das war ich. Ich fahre jetzt jeden Tag Rad oder laufe, weil ich die letzten Pfunde loswerden will.«

»Ich finde, du siehst prima aus«, sagt Eddie. Und das stimmt! Ihre Haut hat einen gesunden Glanz; sie ist schlank und fit, und es scheint, als würde sie besser schlafen. Sie war auch bei RJ Miller und hat sich den Scheitel färben lassen. Eddie hat das eigentlich gar nicht bemerkt, sah aber den Posten auf der Kreditkartenabrechnung – zweihundertsechzig Dollar! –, und als er Grace danach fragte, zeigte sie auf ihr Haar und sagte: »Ist das nicht offensichtlich?« Und Eddie ärgerte sich so über seine Unaufmerksamkeit, dass er beschloss, sie nicht auf die hohen Kosten anzusprechen.

Grace bleibt gelassen, als Allegra verkündet, sie werde Thanksgiving im Winter Street Inn bei den Quinns essen, sogar dann noch, als Hope vom College aus anruft und sagt, *sie* werde zu Thanksgiving auch nicht nach Hause kommen. Stattdessen fährt sie mit einer Kommilitonin zu deren Eltern nach Bethlehem, Philadelphia, weil es von da aus nicht so weit zum College ist und Hope schon Samstag wieder auf dem Campus sein muss; ihre Jazzband ist eingeladen, in einem örtlichen Café zu spielen.

»Moment mal«, sagt Eddie. »Keine von beiden wird zu Hause sein?«

»Sie werden erwachsen«, sagt Grace.

»Und was machen *wir*?«, fragt Eddie »Allein essen?« Die Vorstellung erscheint ihm beschämend und traurig, besonders, wenn man bedenkt, dass sie kein richtiges Esszimmer haben. Als Eddie überlegt, wie wenig Platz sie haben, findet er, es sei kein Wunder, dass die Mädchen woanders feiern möchten. Eddie muss den Christys ein Haus verkaufen, seine Provision kassieren und seiner Familie einen anständigen Ort zum Wohnen verschaffen.

Grace zuckt die Achseln. »Wir können entweder mit Glenn und Barbie essen …«

»Die fahren nach Napa«, sagt Eddie, aber auch wenn sie

auf Nantucket blieben, würde Eddie nicht mit ihnen essen wollen. Er muss sie jeden Tag im Büro sehen, da braucht er eine Auszeit.

»Okay, dann gehen wir aus«, sagt Grace. »Ich lasse im American Seasons einen Tisch reservieren.«

»Im American Seasons?«, sagt Eddie. Das ist ein romantisches Restaurant, und das Essen ist fantastisch, aber … nicht billig.

»Ja«, sagt Grace und lässt sich auf keine weitere Diskussion ein.

Erst abends, als Eddie einzuschlafen versucht, statt sich mit Geldsorgen zu quälen (zweihundertsechzig Dollar für Haareschneiden und Färben, ein Thanksgiving-Dinner im American Seasons, zu dem unbedingt Champagner und ein guter Wein gehören, und die Rechnung für Hopes zweites Collegesemester), mit den Christys, dem Winter Street Inn, der Überlegung, wie viel leichter sein Leben sein könnte, wenn er es schaffen würde, den Christys das Haus in Wauwinet zu verkaufen und jemand anderem die Pension, wundert Eddie sich über Grace' plötzliche Sportlichkeit und ihre frisch gefärbten Haare und, was ihn am meisten erstaunt, ihren lockeren Umgang mit der Nachricht, dass die Zwillinge zu Thanksgiving, traditionell der heiligste Feiertag der Familie Pancik, beide nicht nach Hause kommen werden.

Es ist fast, als wäre es ihr egal, denkt er. Als wäre sie in Gedanken woanders.

Am Morgen von Thanksgiving verkündet Grace, sie wolle sich am Children's Beach den Turkey Plunge ansehen. Beim Turkey Plunge stürzen sich Hunderte von Verrückten zugunsten der öffentlichen Bibliothek, bekannt als Nantucket Atheneum, ins Wasser. Grace und Eddie sind noch nie beim Turkey Plunge gewesen, denn als sie in Wauwinet wohnten, war es dorthin einfach zu weit; er fing früh an, und die Mädchen wollten ausschlafen. Grace kochte immer etwas Exquisites – nicht nur Truthahn mit Füllung und Kartoffelpüree, sondern auch Krabbenpuffer, karamellisierten Rosenkohl, Parker House Rolls und statt Pie ein Trifle aus Lebkuchen und pochierten Birnen, serviert in der Bleikristallschale ihrer Großmutter Harper. Früher aßen Madeline, Trevor und Brick Llewellyn immer mit, sowie Barbie, als sie noch Single war. Eddie tranchierte den Truthahn und holte seine besten Jahrgänge Zinfandel hervor, seiner Meinung nach der einzige Wein, der gut zu Truthahn passt. Zwischen Hauptgang und Dessert rauchten Eddie und Trevor in Grace' Garten kubanische Zigarren.

Eddie sehnt sich schmerzlich nach seinem alten Leben.

Jetzt, da sie in der Stadt wohnen, gelangen sie zu Fuß in Minuten zum Children's Beach, warum also sollten sie nicht hingehen? Das wäre nur selbstverständlich, sagt Eddie sich.

Beim Plunge sieht Eddie natürlich Leute, die er kennt. Darunter sind Landminen – Eloise Coffin mit ihrem dämlichen Ehemann Clarence ist da, und Eddie geht ihnen aus dem Weg und zieht Grace an der Hand hinter sich her. Er weiß gar nicht, wie Grace seine Verhaftung und deren Folgen durchgestanden hat. Wie hat sie es überlebt, dass nicht nur ihre Affäre mit Benton Coe bekannt wurde, sondern auch, dass ihr Mann für die Leitung eines Prostituiertenrings verurteilt wurde? Wie schaffte sie es, den Kopf oben zu behalten?

Eddie sieht Addison und Phoebe Wheeler im Gespräch mit Chief Kapenash. Der Chief winkt, und Eddie erwägt, sich auf ein Pläuschchen zu ihnen zu gesellen, obwohl er sich aus Addison nicht viel macht.

»Wir können einfach hier stehen bleiben und zusehen, Eddie«, sagt Grace. »Hier geht es nicht ums Netzwerken.«

»Ich weiß«, sagt Eddie und lässt sich von Grace zu einem Baum führen, von dem sie einen guten Blick auf die Menschen haben, die sich gleich ins Wasser stürzen werden. Eddie sieht Rachel McMann in einem schwarzen Badeanzug und einer Badekappe, die gestaltet ist wie ein Pilgervaterhut. Natürlich. Er sieht die blonde Sharon und Jean Burton und Susan Prendergast und Monica Delray und Jody Rouisse, Grace' frühere Gartenclub-Mitstreiterinnen. Ob Grace noch mit ihnen spricht? Er sollte sie fragen. Mit wem ist sie jetzt befreundet? Wem vertraut sie sich an?

Die Pfeife ertönt. Die Schwimmer rennen kreischend und lachend ins Wasser.

»Das sieht lustig aus«, sagt Grace. »Vielleicht sollten wir nächstes Jahr mitmachen.«

Eddie würde lieber Glas essen. »Vielleicht«, sagt er.

Nachdem die Schwimmer sich abgetrocknet haben und sich an heißem Apfelwein und Donuts ergötzen, sieht Eddie einen Mann auf sich und Grace zukommen. Er trägt eine schwarze Sportbadehose, und ein Handtuch hängt ihm von den Schultern wie ein Cape. Da er tropfnass und mehr als zur Hälfte nackt ist, braucht Eddie einen Moment, um in ihm Benton Coe zu erkennen.

»Eddie«, sagt Benton und streckt Eddie eine Hand entgegen, die dieser so fest schüttelt, wie er kann. »Grace.« Er beugt sich vor, um Grace auf die Wange zu küssen.

»Wie war es?«, fragt Grace. »Kalt?«

Eddie interessiert Bentons Antwort nicht; es ist ihm egal, ob es kalt war oder nicht. Eddie interessieren nur Grace' Tonfall und ihr Gesichtsausdruck. Sie klingt gelassen, normal. Zunächst beruhigt Eddie das; Bentons Gegenwart scheint Grace nicht im Mindesten durcheinanderzubringen. Doch dann wird ihm klar, dass Grace auch deshalb so nonchalant mit dem nach einer Abwesenheit von zweieinhalb Jahren auf die Insel zurückgekehrten Mann umgehen könnte, mit dem sie eine heiße Affäre hatte, weil sie …

Benton schon getroffen hat, denkt Eddie. Sie hat bereits mit ihm gesprochen.

»Es war nicht so schlimm, wie ich dachte«, sagt Benton. Er wickelt sich das Handtuch um die Taille, wodurch er Gott sei Dank seine untere Körperhälfte verdeckt, Grace und Eddie jedoch einen wunderbaren Blick auf seine breiten Schultern und das Spiel seiner Bauchmuskeln ermöglicht. »Wie geht es euch denn so? Fröhliches Thanksgiving.«

JENNIFER

Eigentlich liebt Jennifer Thanksgiving im Winter Street Inn. Erstens ist Nantucket leicht zu erreichen. Letztes Jahr war Jennifers Mutter in San Francisco an der Reihe, was Überlandflüge erforderte und zwangsläufig das Zusammensein mit Jennifers Mutter Beverly, die auch an ihren besten Tagen eine Nervensäge ist. Zweitens ist die Pension gemütlich, und auf Nantucket herrscht Festtagstimmung. Mitzi ist nur eine mittelmäßige Köchin, aber diese Mahlzeit gelingt ihr meistens gut, und sie hat kein Problem damit zu delegieren. Jennifer wurde mit zwei Salaten beauftragt.

Doch Jennifer kann nicht an die Salate oder überhaupt an Thanksgiving denken, bevor sie Danko ihre Entscheidung wegen *Der wahre Entzug* mitgeteilt hat. Sie hat ihm bis Freitag, dem 17., eine Antwort versprochen. Als sie ihn um einen Aufschub bittet, gesteht er ihr das Wochenende zu, sagt aber, sie müsse sich bis Montagabend entscheiden, sonst werde der Sender seine zweite Wahl anheuern.

Jennifer hat niemandem von dem Angebot erzählt oder davon, dass sie das Penthouseprojekt verloren hat. Sie hat es geschafft, mit dem Entwurf und der Einrichtung zweier Kinderzimmer für ein wahnsinnig reiches Paar in Back Bay einen kleinen Job zu ergattern: die Printers haben nach zwölf Jahren In-vitro-Versuchen gerade erfahren, dass sie Zwillinge bekommen werden. Als Jennifer sich zum ersten Mal mit Paige Printer trifft, bringt sie ihre Mappe mit Kinderzimmerideen mit, und die gefallen Paige so gut, dass sie Jennifer die Ausstattung eines dritten Zimmers zusagt.

Das Printer-Projekt wird insgesamt nur sechzig oder siebzig Stunden in Anspruch nehmen. Es ist ein Imbiss, keine volle Mahlzeit, aber zumindest lügt Jennifer nicht, wenn sie Patrick erzählt, sie »fahre jetzt zur Arbeit«.

Sie muss mit Patrick reden! Aber zunächst möchte sie die Entscheidung allein durchdenken, und um alle Faktoren angemessen abzuwägen, braucht sie Zeit. Wie bei einem Tennisturnier springt sie im Geiste zwischen *Ja, ich mache die Sendung* und *Nein, ich mache sie nicht* hin und her.

Ja, sie macht sie: Es gibt Tausende Innenausstatter im Lande und nur etwa zwei Dutzend ernst zu nehmende Einrichtungssendungen. Jennifer hat Riesenglück, weil man ihr den Job *der Moderatorin* angeboten hat – nicht den einer Beraterin oder hübschen Begleiterin eines Mannes. Gesicht, Stimme und Mittelpunkt der Show wird Jennifer Quinn sein. Die Sendung hat eine Botschaft; sie hat Herz. Es werden Häuser in Vierteln restauriert, die dringend Hoffnung brauchen. Und Jennifer sendet als ehemalige Tablettensüchtige ihre eigene Botschaft. Es gibt ein Leben – ein gutes Leben –, auch nach der Sucht.

Nein, sie macht sie nicht: Sie will nicht als tablettensüchtig abgestempelt werden. Das ist zu beschämend. Es ist ein schmutziges kleines Geheimnis. Danko meinte, es gäbe Zusatzeinkünfte, weil ihre individuellen Umsätze rasant steigen würden, aber wer will schon, dass eine bekannte Süchtige im eigenen Haus rumläuft? Wer will, dass sie seine Produkte repräsentiert? Keiner, glaubt Jennifer. Es wird ein Makel sein, der immer an ihr kleben bleibt, das Einzige, an das die Leute denken, wenn sie sie sehen. Wenn sie einen schlechten Tag hat, wenn sie die Beherrschung verliert, wenn sie weinerlich wirkt oder begriffsstutzig oder ungeduldig oder launisch, werden die Menschen sich fragen: *Hat sie einen Rückfall gehabt? Nimmt sie wieder Tabletten?*

Der finsterste Grund dafür, dass Jennifer Dankos Angebot ablehnt, wäre allerdings der, dass sie, sobald sie sich der Nation als genesende Suchtkranke offenbart hat, nicht mehr zurückkann. Die Tür – die sich, wie Jennifer noch vor ein paar Wochen glaubte, einen winzigen Spalt weit öffnete – wäre dann für immer verriegelt und verrammelt.

Die Argumente für das Ja und das Nein sind beide so zwingend, dass sie sich nicht zwischen ihnen entscheiden kann.

Patrick – sie muss das mit Patrick besprechen.

Aber erst, beschließt Jennifer, wird sie ihre Beichte bei Leanne einüben.

Es ist nach dem Barre-Training am Samstag, und Leanne hat Jennifer gebeten, im Thinking Cup einen Kaffee mit ihr zu trinken. Sobald sie sich an einen der winzigen Tische gesetzt haben, beugt Jennifer sich so weit vor, dass sie den Zimt auf Leannes Cappuccino riechen kann, und sagt: »Ich möchte dir was erzählen, aber es fällt mir sehr schwer.«

»Vor mir hast du nichts zu befürchten«, sagt Leanne. »Das weißt du.« Sie hebt die Hände. »Ich werde dich nicht verurteilen.«

Jennifer hätte sich keine bessere Reaktion erhoffen können, und trotzdem hat sie Angst, dass Leanne sie doch verurteilt. Wie auch nicht? Aber Jennifer muss irgendwo anfangen; sie hat achtundvierzig Stunden, um eine Entscheidung zu fällen. Was Leanne ihr rät, beschließt sie, wird sie befolgen.

»Ungefähr ein Jahr, bevor wir uns kennenlernten«, sagt sie, »als Paddy im Gefängnis war, wurde ich abhängig von Tabletten. Lorazepam und Oxycodon.«

Leanne ringt nach Luft. »Oh, Jennifer.«

Jetzt kommt das Urteil, denkt Jennifer. Leanne wird nicht mehr mit ihr zum Barre-Training oder Kaffeetrinken gehen wollen. Wenn jemand sie fragt, wer ihr Haus eingerichtet hat, wird sie sagen: »Ein ehemaliger Tablettenjunkie namens Jennifer Quinn.«

Leanne ergreift Jennifers Hand. »Ich fühle mich geehrt, dass du mir das anvertraust. Es muss eine schwierige Zeit für dich gewesen sein.«

Jennifer lässt ein paar Tränen in ihren Latte tropfen. »War es«, sagt sie. Sie tupft sich das Gesicht mit einer Serviette ab und denkt: *Leanne weiß genau, was sie sagen und wie sie reagieren muss.* »Du hältst mich nicht für eine furchtbare Person?«

»Oh, Schätzchen«, sagt Leanne. »Wie könnte ich?«

Jennifer erzählt Leanne die ganze Geschichte: Dass sie sich mit Grayson Coker getroffen und er sie angebaggert und sie den Job bei ihm abgesagt hat. Dass Paddy sich sehr bemüht, seinen Hedgefonds in Schwung zu bringen und er und Jennifer finanziell beide auf das Penthouseprojekt angewiesen waren. Dass man Jennifer angeboten hat, eine Sendung auf SinTV zu moderieren.

Leanne kreischt auf wie ein kleines Mädchen. »SinTV!«

»Aber ich muss mich als ehemalige Süchtige offenbaren«, sagt Jennifer.

»Mach es«, sagt Leanne. »Du musst es machen.«

»Ich bin mir nicht sicher, ob ich das kann«, sagt Jennifer.

»Warum nicht?«, sagt Leanne. »Es ist deine große Chance. Du gestehst aller Welt, dass du eine genesende Suchtkranke bist. Das interessiert die Leute fünf Minuten lang, dann haben sie es vergessen. Und die Menschen, die es länger als fünf Minuten interessiert, sind entweder selbst genesende Suchtkranke, oder sie haben Suchtkranke in der Familie – und für diese Leute wirst du eine Inspiration sein. Ein Lichtstrahl in der Dunkelheit.«

»Meinst du?«, fragt Jennifer.

»Du musst dich für Tapferkeit entscheiden, nicht für Scham«, sagt Leanne. »Für Demut, nicht für Stolz. Sonst versteckst du dich. Glaubst du denn, dass bei den Reichen kein Drogenmissbrauch vorkommt? Bei den Gebildeten? Dass in Beacon Hill oder Back Bay keine Abhängigen wohnen?« Leanne beugt sich vor. »Die gibt es überall.« Sie stürzt sich auf ihr Joghurtparfait. »Ich jedenfalls würde hundertprozentig hinter dir stehen. Und ich kann dir zusichern, dass das auch für Derek gilt. Was sagt Patrick denn?«

Jennifer zieht die Augenbrauen hoch.

»Du hast es ihm nicht *erzählt*?«, fragt Leanne.

Jennifer zupft eine Rosine aus ihrem Kleiemuffin und schüttelt den Kopf.

»Fahr jetzt nach Hause«, sagt Leanne. Sie hilft Jennifer, ihren Muffin einzupacken und ihre Latte zu verschließen. »Fahr nach Hause und erzähl es ihm und ruf mich später an, damit ich erfahre, wie wunderbar er reagiert hat.«

Patrick ist natürlich in seinem Büro, wo er sich am Computer die freitäglichen Schlusskurse der Börsen anschaut. Die zwei kleineren Jungen sind im Hobbyraum und spielen Minecraft, und Barrett ist mit seinem Freund Saylor und dessen Vater Gregory beim Celtics-Spiel. Gregory ist bei den AA – er geht sehr offen damit um –, und Jennifer denkt deshalb nicht schlecht von ihm, oder? Nein. Sie macht sich keine Sorgen um Barrett, wenn er in Gregorys Obhut ist. Warum sollte sie? Sich helfen zu lassen ist ein Zeichen von Stärke, von Klugheit.

Jennifer schließt die Tür zum Büro. »Mach bitte den Computer aus«, sagt sie zu Patrick. »Ich muss dir was erzählen.«

Ich hab das Penthouseprojekt sausen lassen.

Was? Warum? Wieso um alles in der Welt hast du das getan?

Es lief nicht gut.

Lief nicht gut? Um Himmels willen, Jen!

Grayson Coker hat mich angemacht. Er hat versucht, mich zu küssen und zu betatschen.

Was?

Also bin ich gegangen. Und habe gekündigt.

(Tiefer Atemzug.)

Wann war das?

Vor ein paar Wochen.

Vor Wochen? *Und du hast es mir nicht erzählt?*

Ich dachte, du würdest wütend werden.

Ich bin wütend. Wie kann er es wagen …

Und ich wusste, dass es dich wegen des Geldes wurmen würde. Ich meine, ich weiß, dass wir es brauchen. Aber die gute Nachricht ist, dass sich eine neue Möglichkeit aufgetan hat.

Was denn?

Eine Sendung. Eine Einrichtungsshow auf SinTV mit dem Titel Der wahre Entzug.

SinTV, der Sender, der Swing Set *produziert?*

(Pause. Jennifer fragt sich, ob auch Patrick sich *Swing Set* anschaut.)

Ja.

Geht es in dieser Einrichtungsshow auch ums Swingen?

Nein. Sie restaurieren Gebäude in runtergekommenen Vierteln. Der Schauplatz ist Boston. Das erste Haus steht in Dorchester. Sie wollen mich als Moderatorin. Ich kriege fünfunddreißigtausend Dollar pro Folge für die ersten zwölf Folgen der ersten Staffel.

Fünfunddreißigtausend Dollar pro Folge? Das ist ja fantastisch! Ich bin sehr stolz auf dich.

Aber.

Aber was?

Es hat einen Grund, dass die Sendung Der wahre Entzug *heißt. Ich muss allen erzählen, dass ich eine genesende Suchtkranke bin. Das ist Teil des Deals und nicht verhandelbar.*

Oh.

Was denkst du?

Ich … ich, okay. Ich weiß nicht, was ich denken soll. Was denkst du?

Ich glaube, ich mache es. Ich werde mich für Tapferkeit entscheiden, statt für Scham. Für Demut statt für Stolz. Sonst würde ich mich verstecken. Und das will ich nicht. Ich will ins Rampenlicht.

Gut so.

Wirklich?

Ja, wirklich. Komm her und gib mir einen Kuss.

Am Montagmorgen ruft Jennifer Danko an und sagt: »Ich mache die Sendung.«

»Jaaaa!«, sagt er. »Die Leute vom Sender werden sich freuen. Gute Entscheidung, Jennifer. Sie werden sie nicht bereuen. Ich schicke Ihnen die Verträge noch heute zu, und wir fangen wahrscheinlich gleich nach Neujahr mit den Dreharbeiten für den Piloten an.«

Jennifer legt auf. Sie fühlt sich tapfer und demütig. Und freudig erregt!

Jetzt … jetzt kann sie sich erlauben, an Thanksgiving zu denken. Sie wird einen Grünkohl-Cäsarsalat mit ihrem eigenen Dressing und Pumpernickel-Croutons machen und einen Herbstsalat aus verschiedenen Blattsalaten, Butternusskürbis, getrockneten Cranberrys, Ziegenkäse und gerösteten Pekannüssen mit einer Apfelsaft-Vinaigrette.

Lecker.

Mitzi hat beschlossen, »nur die Familie« zum Essen einzuladen, aber schon das bedeutet ziemlich viele Leute. Kelley und Mitzi werden natürlich da sein sowie eine von Kelleys Hospizschwestern oder beide, Jennifer, Patrick und die drei Jungen und Kevin, Isabelle, Geneviève und der kleine KJ. Ava kommt ohne Potter. (*Wieder* ohne Potter? Das findet Jennifer seltsam, was sie auch Patrick sagt. »Er besucht seinen Sohn in Kalifornien«, erwidert Patrick.) Margaret und Drake werden direkt von ihrer Reise nach Barbados dazustoßen. Und Bart wird mit seiner neuen Freundin Allegra da sein, dem Mädchen, das bei seiner Geburtstagsparty als Geisha verkleidet war.

Trotz der Anwesenheit der Hospizschwestern und der Tatsache, dass Kelley nur noch langsam sprechen und nicht mehr als ein paar Bissen essen kann, hat Mitzi alle instruiert, Thanksgiving so zu feiern, wie man es im Hause Quinn immer gefeiert hat – als Familienfest, als einen Tag der Dankbarkeit.

Welches Glück wir doch haben, schreibt sie in der Gruppen-SMS, die sie verschickt. *Bart ist zu Hause.*

Dann schickt sie noch folgenden Text: *Bitte keine Tränen,*

keine rührseligen Trinksprüche und vor allem: kein Gezänk. Es wird Truthahn mit sämtlichen Beilagen geben, es wird Pie geben, und es wird Football geben.

Und um Mitternacht wird Mitzi ihre Tradition fortsetzen, die Pension weihnachtlich zu schmücken.

Das bedeutet Nussknacker!, sagt Mitzi. *Und die Weihnachtssänger von Byers' Choice!*

Jennifer ist so glücklich über ihre Entscheidung und ihre neue Karriere, dass sie nicht einmal die Augen verdreht.

Patrick, Jennifer und die Jungs bringen den BMW am Donnerstagmorgen auf die Fähre. Dann gehen die Jungs mit Geld für Hotdogs und Muschelsuppe aufs Oberdeck, und Patrick holt eine Flasche Schramsberg-Sekt und zwei Liter frisch gepressten Saft aus der Kühlbox hinten im Wagen.

»Überraschung«, sagt er.

Jennifer strahlt. Er muss Sekt und Saft zusammen mit den Salatzutaten ins Auto geschmuggelt haben. Er ist der beste, aufmerksamste Mann auf der Welt; Jennifer liebt Mimosas am Thanksgiving-Morgen.

»Das wird verhindern, dass wir uns zanken«, sagt Jennifer, als sie und Patrick mit ihren Plastikbechern anstoßen.

»Entweder das«, sagt Patrick, »oder es führt dazu, dass wir uns zanken.«

Jennifer lacht. Das ist nicht vorherzusagen.

Sie spürt es, sobald sie die Pension betritt – aber vielleicht bildet sie es sich auch nur ein. Sie hat auf der Fähre drei Mimosas getrunken und ist ein bisschen beschwipst. Das muss es sein. Das Haus ist bereits voller Menschen, im Fernsehen läuft die Parade, und aus der Küche dringt der kräftige, würzige Duft nach Truthahn. Mitzi fängt nicht vor Mitternacht mit dem Dekorieren an, doch eine drei Meter hohe Douglasie steht schon auf ihrem Stammplatz in der Ecke des Raums neben dem Kamin, sodass es zusätzlich nach Holzrauch und Tanne riecht.

Jennifer verteilt Küsse:

Margaret (»Ich kann euch gar nicht sagen, wie sehr ich mich freue, dass ich nicht bei der Parade sein muss!«)

Drake (»Wenn ihr nach Barbados fahrt, müsst ihr im Cobblers Cove übernachten. Es ist, als würde man ins Jahr 1957 zurückversetzt.«)

Ava (»Ich habe Potter nach Palo Alto gelotst. Das ist eine lange Geschichte. Ich erzähle sie euch später.«)

Mitzi (»Hast du zwei Salate mitgebracht? Ich hoffe, du hast zwei Salate mitgebracht.«)

Bart (»Das ist meine Freundin Allegra. Wir haben den Gutschein fürs Fifty-Six Union eingelöst, also noch mal vielen Dank.«)

Allegra (»Ja, vielen Dank. Du bist mit Patrick verheiratet, stimmt's? Und ihr habt drei Söhne – Barrett, Pierce und Jaime. Bart hat mich den Familienstammbaum auswendig lernen lassen.«)

Kevin (»Hi, Schwesterherz. Kann ich dir ein Glas Wein bringen?«)

»Ja, bitte«, sagt Jennifer. Sie kommt nicht darauf, was es ist, aber irgendetwas fühlt sich komisch an. Es ist, als stünde sie in einer Bö kalter Luft. Vielleicht liegt es an Kelley. Sein

Licht erlischt. Das muss jeder spüren. »Wo ist dein Vater?«, fragt Jennifer Patrick. Die Jungs sind nach oben in ihr Zimmer verschwunden, wo es einen Fernseher und eine Playstation gibt. Sie werden Minecraft spielen, bis das erste Footballspiel anfängt, und dann geht es nur noch um ihre Fantasyteams. Jennifer wird bis zum Abendessen nichts mehr von ihnen hören.

»Er schläft«, sagt Patrick. »Mitzi zufolge wacht er normalerweise zwischen vier und fünf auf. Essen gibt es um halb sechs.«

Kevin kehrt zurück, in der Hand Jennifers Wein. »Für dich«, sagt er. »Ich würde ja einen Trinkspruch darauf ausbringen, dass dies das letzte Thanksgiving in der Pension ist, das letzte Thanksgiving der Familie Quinn …«

»Aber nichts Rührseliges«, sagt Jennifer. Sie bemerkt, dass Kevins Augen glänzen, und versucht, das Thema zu wechseln. »Wo ist Isabelle?«

»In der Küche«, sagt Kevin.

Sobald Jennifer in die Küche tritt, wird ihr klar, was nicht stimmt. Isabelle steht am Herd und begießt den Truthahn. Er ist von einem hellen Goldbraun, und aus seinem Innern quillt ein bisschen von der appetitlichen Füllung. Jennifer benutzt für ihre Füllung gern alles Mögliche – Würstchen, Pinien, getrocknete Kirschen –, Isabelle dagegen ist Puristin. Sie nimmt nur Zwiebeln, Sellerie, Thymian und Salbei. Sie gibt auch Wein an ihre Soße – massenhaft Wein.

»Hey, du«, sagt Jennifer, legt Isabelle eine Hand auf den Rücken und küsst sie auf die Wange. »Alles riecht *très bon.*«

Sie fühlt, wie sich Isabelles Rückenmuskeln unter ihrer Seidenbluse anspannen, und obwohl sie weiß, dass es verrückt ist, weil sie direkt vor dem Herd stehen, geht ein kalter Hauch von Isabelle aus. Es ist die eisige Bö, die sie vorhin schon verspürt hat.

Isabelle dreht sich um und sagt auf Französisch etwas zu Ava, Mitzi und Margaret – nicht aber zu Jennifer. Es geht um irgendetwas über *le bébé*. Sie stellt den Truthahn zurück in den Backofen und flitzt die Treppe hoch.

Jennifer ist gekränkt. Sie zögert, bevor sie sich zu den anderen Frauen in Patricks Familie umwendet, doch keine scheint zu finden, dass etwas nicht stimmt. Ava öffnet eine Tüte Marshmallows; sie ist für die Süßkartoffeln zuständig. Margaret schenkt ein Glas Wein ein; ihr wurden die Vorspeisen zugeteilt, die sie, da ist Jennifer sich sicher, von Dean & DeLuca mitgebracht hat. Und Mitzi durchsucht ihr Gewürzregal.

»Wo sind meine Nelken?«, fragt sie.

Ava wirft Jennifer einen raschen Blick zu. »Du könntest doch versuchen, den Apfelwein dieses Jahr ohne Nelken zu machen, Mitzi.«

Jennifer hätte sie fast gefragt, ob sie glaube, dass es Isabelle gut geht. Vielleicht hat sie eine postpartale Depression. Vielleicht ärgert es sie, dass allen anderen in der Familie einfache Aufgaben zugeteilt wurden – Salate, Käse und Cracker, ein, zwei Gemüsesorten –, während sie das schwere Tragen, den Truthahn, die Füllung, das Kartoffelpüree und drei Arten von Pie übernehmen musste. Als sei sie immer noch die Küchenhilfe!

Dabei weiß Jennifer, was los ist. Es liegt an Norah Vale. Isabelle hat gesehen, wie Jennifer mit Norah Vale geredet und sie umarmt hat.

Kelley hat seinen Auftritt fünfzehn Minuten, bevor das Essen serviert wird. Als seine Hospizschwester Lara ihn in seinem Rollstuhl ins Zimmer schiebt, jubeln alle. Patrick löst Lara ab und ermuntert sie, sich von dem Artischockendip, den geräucherten Austern und der Tapenade zu bedienen. Es gereicht Lara zur Ehre, dass sie reinhaut und sich nach dem Stand des Cowboys-Spiels erkundigt.

Hospizschwestern sind auch Menschen!, denkt Jennifer.

Sie ist bei ihrem dritten Glas Wein.

Als sie zum letzten Mal in der Küche war, um sich Nachschub zu holen, stand Isabelle am Herd und machte Soße, und Mitzi war draußen auf der seitlichen Veranda und rauchte eine Zigarette.

»Brauchst du Hilfe, Isabelle?«, fragte Jennifer.

»Non«, sagte Isabelle.

Kelley kann nach wie vor – langsam – sprechen und ein paar Bissen essen. Er bittet um eine geräucherte Auster. Geneviève ist aus ihrem Nickerchen aufgewacht, und als sie Grandpa eine geräucherte Auster verspeisen sieht, will sie auch eine.

Jennifer wendet sich Patrick zu und sagt: »Ich wette um zehn Dollar, dass sie sie ausspuckt.«

Ein wütendes Flüstern dringt in ihr Ohr. *»Ma fille est française.«*

Es ist Isabelle, die neben Jennifer steht, während sich

Geneviève die Auster in den Mund steckt, sie fröhlich herunterschluckt und um eine weitere bittet.

Isabelle sammelt leere Gläser ein, zerknüllte Servietten und die Käseplatte, die nahezu abgeräumt ist.

»Das musst du nicht, Isabelle«, sagt Jennifer. »Du tust sowieso schon zu viel. Lass mich dir helfen.«

»Non«, sagt Isabelle. Ihre Stimme klingt wie ein Warnschuss, doch das fällt niemandem sonst auf. Alle sind zu beschäftigt damit, die beiden Austernesser zu feiern. Und so sollte es, vermutet Jennifer, auch sein.

Jennifer geht nach oben, um die Jungs zu holen, und als sie herunterkommen, bewegen sich alle in Richtung Tisch. Der Fernseher ist abgeschaltet und durch Vivaldi ersetzt worden. Auf dem Tisch funkeln feines Porzellan, Kristall und Kerzenlicht. In der Mitte steht ein Füllhorn, aus dem sich Zucchini und winzige Kürbisse, kleine Äpfel und ungeschälte Pekan- und Walnüsse ergießen. Jennifer macht mit ihrem Handy ein schnelles Foto und fragt sich, von wem das Arrangement stammt. Sie hätte es selbst nicht besser hinbekommen.

Kelley wird wie immer ans Kopfende des Tisches platziert. Jennifer findet sich zwischen Drake und Allegra – oder Schwägerin Alley, wie sie sie im Geiste nennt – wieder. Isabelle sitzt auf der anderen Seite des Tisches auf dem Platz, der der Küche am nächsten ist.

Sie funkelt Jennifer an und verschwindet dann in der Küche. Sie kommt mit dem Truthahn zurück und stellt ihn Kevin vor die Nase. Sie haben sich darauf geeinigt, dass

Kevin tranchieren und Patrick das Dankgebet sprechen wird.

Patrick steht auf und hebt sein Glas. »Unsere Familie kann für so vieles dankbar sein, dass ich gar nicht weiß, womit ich anfangen soll. Letztes Jahr um diese Zeit war ich mit Jennifer und den Jungs in San Francisco, und mein kleiner Bruder war immer noch in Afghanistan verschollen. Inzwischen ist Bart zu uns zurückgekehrt, und ich weiß, dass wir alle dankbar dafür sind. Kevin und Isabelle haben nicht nur ihr Geschäft, sondern auch ihre Familie vergrößert. Ava ist nach New York gezogen und hat eine neue Stelle angetreten. Meine Mutter hat sechzehn Jahre als Stimme dieser großen Nation abgeschlossen und hofft jetzt, wie ich weiß, darauf, ihre beträchtlichen Talente noch erhabeneren Zielen zu widmen. Ich glaube, ich spreche für uns alle, Mom, wenn ich sage, dass wir sehr stolz auf dich sind.«

Margaret senkt den Kopf und lächelt ihren Teller an.

»Am dankbarsten bin ich heute aber für den Mann, der uns alle hier zusammengeführt hat. Dad, du hast mich und Kevin und Ava auf diese Insel gebracht, als wir in einem für Eindrücke sehr empfänglichen Alter waren. Du hast Mitzi geheiratet, die Pension gekauft und uns einen kleinen Bruder geschenkt. Es gab Momente, in denen du hart, stur und ein echter Blödmann warst. Doch ich habe in meiner Jugend keinen Tag erlebt, an dem ich mich nicht geliebt fühlte. Erst jetzt, da ich selbst drei Söhne habe, weiß ich zu schätzen, wie hervorragend du dich mit uns geschlagen hast. Ich möchte Gott für diese Mahlzeit danken und für dieses Heim und für uns alle an diesem Tisch. Aber vor allem möchte ich meine ewige Dankbarkeit dafür ausdrücken, dass du mein Vater bist.«

»Amen«, sagt Bart.

»Amen«, flüstert Jennifer.

Ava wischt sich mit ihrer Serviette Tränen ab. »Keine rührseligen Trinksprüche«, sagt sie. »Hast du die Gruppen-SMS nicht gelesen?«

Und alle lachen.

Die Mahlzeit verläuft angenehm, und Jennifers Gefühl der Unruhe verfliegt ein bisschen. Isabelle rennt rauf und runter und hin und her, bis Kevin sie nötigt, sich zu setzen und etwas zu essen. Jeder lobt Jennifers Salate, und Jennifer ihrerseits schwärmt von den Süßkartoffeln und Mitzis Cranberrysoße Fiesta, doch am meisten rühmt sie Isabelle für den Truthahn, die Füllung, das Kartoffelpüree und die Soße.

Es ist, als würde Isabelle sie nicht hören. Sie reagiert nicht.

Aber das fällt niemandem am Tisch auf! Alle reden vom nächsten Wochenende, vom Adventsbummel und darüber, dass Eddie Pancik, Allegras Vater, Leute eingeladen hat, sich die Pension anzusehen. Anscheinend gibt es bereits ein paar Kaufinteressenten.

Patrick stellt die Frage, die ihn, wie Jennifer weiß, quält. »Hast du dir überlegt, was du mit dem Verkaufserlös machst, Mitzi? Kaufst du dir hier ein anderes Haus?«

»Eigentlich habe ich an die Karibik gedacht«, sagt Mitzi.

Am Tisch wird es still, und dann spricht Kelley. Seine Stimme ist kräftig und klar, und einen Moment lang klingt er vollkommen gesund. »Mitzi muss sich doch jetzt noch nicht entscheiden. Genießen wir einfach den Tag.«

»Hört, hört«, sagt Drake.

Jennifer erbietet sich, beim Abräumen und Verstauen der Reste zu helfen. Vermutlich sollte sie dankbar dafür sein, dass Isabelle so ist, wie sie ist – stolz, zurückhaltend, französisch. Bestimmt gibt es andere Schwägerinnen, die, wenn sie Jennifer mit Norah Vale gesehen hätten, mit allen anderen in der Familie hinter Jennifers Rücken darüber geredet hätten. Isabelle dagegen scheint nicht einmal Kevin etwas erzählt zu haben. Kevin ist wie immer der ewige Barkeeper, der Getränke ausschenkt und Witze reißt.

Drake und Margaret helfen auch in der Küche, aber dann sagt Margaret: »Ich würde gern noch vor dem Nachtisch einen Spaziergang durch die Stadt machen.«

»Dann geht doch«, sagt Jennifer. »Isabelle und ich haben hier alles im Griff.«

Drake und Margaret verschwinden händchenhaltend nach draußen. Jennifer kehrt ins Esszimmer zurück – vorgeblich, um zu sehen, ob noch Teller oder Gläser abgeräumt werden müssen, in Wahrheit aber, um sich zu vergewissern, dass der Rest der Familie im Wohnzimmer ist.

»Nur noch fünf Stunden bis Mitternacht«, hört Jennifer Mitzi sagen. »Ich hole schon mal die Nussknacker. Allegra, willst du mich nicht begleiten?«

Ava kommt auf ihrem Weg durch den Flur am Esszimmer vorbei. Sie hat ihr Telefon in der Hand. Sie sieht Jennifer und sagt: »Bei diesen vielen Menschen kann ich mich nicht denken hören. Ich gehe in mein Zimmer.«

Jennifer schließt die Schwingtür zwischen Küche und Esszimmer und sichert sie mit einem Riegel, den nie jemand benutzt. Dann tritt sie zu Isabelle an den Geschirrspüler.

»Ich weiß, dass du wütend auf mich bist«, sagt sie. »Und ich möchte dir die Sache erklären.«

»Das ist nicht nötig«, sagt Isabelle. Ihr Englisch ist erstaunlich fließend, womit sie Jennifers Verdacht bestätigt, dass Isabelle nur so tut, als gäbe es eine Sprachbarriere, wenn es ihr in den Kram passt. »Norah Vale ist wie ein Gift. Sie war Gift für Kevin, und sie war Gift für dich. Sie hat dir die Tabletten verkauft. Hat Kevin mir erzählt.«

»Stimmt, ich weiß«, sagt Jennifer. »Aber Norah hat sich geändert. Sie studiert jetzt Betriebswirtschaft, reißt sich zusammen, zieht sich nett an …«

»Wie man sich kleidet, ändert nichts daran, wer man ist«, sagt Isabelle.

»Nein, das weiß ich, aber …«

»Als ich euch gesehen habe, hast du Drogen bei ihr gekauft, oder?«

»Ich habe *keine* Drogen bei ihr gekauft«, sagt Jennifer bestimmt.

»Drogen gekauft bei wem?«, fragt Patrick.

Jennifer wirbelt herum. Paddy schaut sie und Isabelle neugierig an – aber nicht anklagend, findet sie. Er hält ein

Buttermesser hoch. »Ich habe die Tür entriegelt. Tut mir leid. Ich wollte nur sehen, ob ihr Hilfe braucht.«

»Ich habe keine Drogen von Norah Vale gekauft«, sagt Jennifer. Sie weiß, dass sie sich erklären muss. »Als wir vor ein paar Wochen zu Barts Party hier waren, habe ich Norah zufällig getroffen … Entsinnst du dich, dass ich ins Handarbeitszentrum gefahren bin, um diesen Stoff zu besorgen?«

Patrick nickt, doch Jennifer sieht, dass er sich nicht erinnert.

»Na ja, da bin ich auf der Main Street mit Norah und ihrem Bruder Danko zusammengestoßen, und wir haben im Hub einen Kaffee getrunken.«

»Du hast mir nicht erzählt, dass du Norah getroffen hast«, sagt Patrick.

»Das muss ich vergessen haben«, sagt Jennifer. In Wahrheit hat sie Norahs Rolle in ihrem Leben nicht erwähnt, weil Paddy schon so viel zu verdauen gehabt hatte und sie nicht wollte, dass er ausrastete. Und spielt es *wirklich* eine Rolle, wer der Producer der Sendung ist? »Norah und Danko sind diejenigen, die mich wegen der Show angesprochen haben.«

»Was?«, sagt Patrick.

»Danko ist der Producer«, sagt Jennifer. Ihr wird plötzlich klar, dass das wahre Problem mit der Sendung nicht sein wird, dass sie sich als genesende Suchtkranke offenbaren muss, sondern dass Norah Vale indirekt damit zu tun hat. Sie wendet sich an Patrick. »Erinnerst du dich an Danko? Er hat uns mal oben in Great Point aus dem Sand gezogen …«

»Ja, ja«, sagt Patrick. »Der Tattoo-Künstler.«

»Er ist inzwischen Fernsehproducer, und das schon seit Jahren. Norah hat *nichts* damit zu tun. Sie hat nur den Kontakt hergestellt.«

»Du arbeitest in einem … Projekt mit Norah zusammen?«, fragt Isabelle. »Du lässt sie in unserem Leben, obwohl ich mir nur wünsche, dass sie daraus verschwindet?«

»Norah ist keine Bedrohung für dich«, sagt Jennifer. »Kevin liebt dich. Ihr habt eine Familie und einen Betrieb und eine Zukunft.«

»Sie hat Kevin sehr wehgetan«, sagt Isabelle. »Ich bin mir sicher, er findet auch, dass es besser ist, wenn sie mit niemandem in dieser Familie mehr was zu tun hat.«

»Das glaube ich auch«, stimmt Patrick zu. Er sieht Jennifer an. »Manchmal verstehe ich nicht, was du dir so denkst.«

Jennifer starrt Patrick sprachlos an. Sie würde gern auf Folgendes hinweisen:

1. Die Sendung hat nichts mit Norah Vale zu tun. Danko ist der Producer.
2. Manchmal versteht Jennifer nicht, was *Patrick* sich so denkt. Zum Beispiel, als er es für eine gute Idee hielt, die vertraulichen Informationen, die er von seinem ehemaligen Kommilitonen Bucky Larimer hatte, illegalerweise dazu zu benutzen, fünfundzwanzig Millionen Dollar zu machen. Er brach das Gesetz, verlor seinen Job und wanderte ins Gefängnis. Und als direkte Folge davon wurde Jennifer tablettenabhängig, und jetzt befinden sie sich in

einer prekären finanziellen Situation. Unnötig zu erwähnen, dass sie dieses Gespräch ohne die falschen Entscheidungen, die Patrick selbst traf, nicht führen würden.

Womöglich kommt er von sich aus auf Punkt zwei, denn sein Gesichtsausdruck und seine Stimme werden weicher.

»Jennifer wird mit Norahs Bruder für eine Fernsehsendung zusammenarbeiten«, sagt er zu Isabelle. »Das ist eine sehr große, sehr aufregende Gelegenheit für sie, und ich unterstütze sie. Es tut mir leid, dass es da eine Verbindung zu Norah Vale gibt. Aber Norah Vale ist nicht unmittelbar involviert.«

»Und auch wenn sie es wäre, sie hat sich verändert«, sagt Jennifer. »Sie ist nett. Ich mag sie. Ich mag sie jetzt viel lieber als damals, als ich verwandt mit ihr war. Und sie ist keine Bedrohung für dich oder Kevin.«

Isabelle schüttelt den Kopf. »Bitte verlass die Küche«, sagt sie. »Ich komme allein zurecht.«

»Du bist also immer noch sauer?«, fragt Jennifer. »Du bleibst sauer, wenn ich den Kontakt zu Norah nicht abbreche? Ich glaube, du musst mal erwachsen werden, Isabelle.«

»*Raus* mit dir«, sagt Isabelle.

»Was ist denn hier los?«

Als Jennifer sich umdreht, sieht sie Mitzi mit Allegra im Schlepptau in die Küche kommen. Sie lächelt Allegra an. *Wenn du Bart heiratest*, denkt sie, *wird dies auch deine Familie sein!*

»Nichts«, sagt Jennifer. »Ich habe Isabelle bloß beim Aufräumen geholfen.«

Isabelle rümpft die Nase, wie es nur eine indignierte Französin kann, und lässt Wasser in die Spüle laufen. Jennifer füllt am Kühlschrank ihr Weinglas auf. Mitzi schaut zwischen Isabelle und Jennifer hin und her, doch die sind musterhafte, gehorsame Schwiegertöchter. Es wird kein Gezänk geben.

AVA

Von wegen eigenständig und unabhängig!

Sie vermisst Potter mehr, als sie es je für möglich gehalten hätte. Er ist in Palo Alto und übernachtet dort im Westin, keine Meile entfernt von dem Bungalow, in dem Trish, Harrison und PJ wohnen. Er ist am Mittwochnachmittag angekommen. Es war geplant, dass Potter mit PJ Pizza essen gehen würde, weil Trish eine Konferenz hatte, doch PJ weigerte sich mitzukommen, wenn Harrison nicht mit von der Partie wäre.

»Es war also, als ob PJ mit zwei Daddys aufkreuzte. Ich wette, im Patxi's haben uns alle für ein schwules Pärchen gehalten.«

»Stört dich das?«, fragt Ava.

»Nein«, sagt Potter. »Aber es stört mich, dass ich anscheinend durch einen dreißigjährigen Briten ersetzt wurde. Wusstest du, dass Harrison erst dreißig ist?«

»*So* jung ist das nun auch nicht«, sagt Ava. »Ich bin zweiunddreißig.«

»Harrison mag dich übrigens sehr«, sagt Potter. »Er hat sich beim Essen ausdrücklich nach ›unserer Freundin Ava‹ erkundigt.«

»Was hast du ihm gesagt?«

»Ich habe ihm erklärt, dass Ava *meine* Freundin sei und er sich lieber von ihr fernhalten solle«, sagt Potter.

»Was war mit PJ?«, fragt Ava. »Hat er sich gut benommen?«

»Bestens«, sagt Potter verdrießlich. »Er hat von der Schule erzählt, seine Pizza gegessen, die Serviette auf seinen Schoß gelegt und war höflich zum Kellner.«

»Wunderbar!«, sagt Ava.

»Aber ich glaube, es lag daran, dass Harrison dabei war«, sagt Potter. »Es war wirklich blöd von mir zuzulassen, dass Trish so weit weggeht mit ihm.«

Ava wappnet sich für die Ankündigung, dass Potter nach Kalifornien zieht. »Es ist weit weg«, sagt sie. »Ich vermisse dich.«

»Nicht halb so sehr, wie ich dich vermisse«, sagt Potter.

Am Donnerstag versucht Ava, sich in Thanksgiving-Stimmung zu bringen. Potter ist bei seiner Familie und Ava bei ihrer, und wer weiß, wie lange ihre Familie noch komplett ist? Mitzi hat verkündet, dass dies das letzte Thanksgiving in der Pension sein werde, und alle wissen, obwohl es niemand ausspricht, dass es ihr letztes Thanksgiving mit Kelley sein wird.

Wenn Ava sich erlaubt, darüber nachzudenken, wird sie in Tränen zerfließen. Sie hatte vor, noch viele intensive Stunden mit Kelley zu verbringen, doch sein Zustand hat sich seit Halloween so rapide verschlechtert, dass er mittlerweile nur noch schläft und auf seinem Handy Danielle-Steele-Romane hört. Ava hat angeboten, dieselben Romane als Bücher zu kaufen und ihm laut vorzulesen, doch Kelley meinte, ihm gefalle die Stimme des Erzählers so gut. Er findet sie beruhigend.

Er scheint sehr an seinen Hospizschwestern Lara und Jocelyn zu hängen; sie sind außer Mitzi die Einzigen, die ihn füttern, ihm seine Medizin geben und ihn in seinen Rollstuhl hieven und wieder heraus.

Es gibt ein paar Situationen zu Thanksgiving, die Ava besonders zu schaffen machen.

1. Vormittags geht sie ihre beste Freundin Shelby und deren Mann Zack sowie ihr Baby Xavier besuchen, das inzwischen ein Kleinkind ist. Shelby verkündet, dass sie wieder schwanger sei, diesmal mit einem Mädchen. Ava gratuliert Shelby und Zack, doch insgeheim fühlt sie sich abgehängt. Sie und Shelby sind gleichaltrig, aber Shelby ist verheiratet und hat bereits Kinder. Wann wird Avas Leben anfangen, sich in dieselbe Richtung zu bewegen? Sie ist glücklich in New York, hat jedoch nichts Dauerhaftes vorzuweisen.
2. Sie liebt Margaret und Drake, sieht sie aber ständig in New York. Sie liebt Paddy, Jennifer, Kevin, Isabelle und Bart, aber die hat sie alle erst vor drei Wochen gesehen. Sie fragt sich, warum sie nicht mit Potter nach Kalifornien gefahren ist.
3. Bart ist jetzt mit Allegra Pancik zusammen – ernsthaft. Allegra kommt um drei Uhr in die Pension, und von da an kleben sie und Bart aneinander. Das gilt jedenfalls für ihre Lippen. Sie tun nichts anderes, als sich zu küssen! Vielleicht war das bei Margarets Abschiedsparty in New York auch schon so und ist Ava nur nicht aufgefallen, weil sie

mit Potter da war. Jetzt, da ihr Potter so sehr fehlt, kann sie Bart und Allegra nicht einmal ansehen. Sie würde sie am liebsten auffordern, in der Öffentlichkeit ihre Hände voneinander zu lassen – doch dann klänge sie zweifellos wie eine verbitterte alte Jungfer.

4. Mitzi teilt Ava die Süßkartoffeln zu. Ava verabscheut Süßkartoffeln und würde sie gern durch einen Butternusskürbisauflauf ersetzen, aber Mitzi verwirft die Idee.

Nach dem Essen bekommt Ava einen FaceTime-Anruf von Potter. Sie nimmt ihn in ihrem ehemaligen Zimmer an, zu dem der Lärm aus dem Wohnzimmer nicht durchdringt.

»Hi«, sagt sie.

»Du bist so schön«, sagt Potter.

»Ist PJ bei dir?«, fragt sie.

»Nein«, sagt Potter. »Wieso?«

»Weil du über FaceTime anrufst. Da dachte ich, PJ wäre vielleicht bei dir.«

»Das ist Harrisons Ding«, sagt Potter. »Nicht meins.«

Ava nickt. Sie sagt nicht, dass sie das FaceTiming für eine wirkungsvolle Strategie hält. »Wann gehst du rüber?«

»In ein paar Minuten«, sagt Potter. »Deshalb rufe ich jetzt an.«

»Ist Trish eine gute Köchin?«, fragt Ava.

»Eine furchtbare«, sagt Potter. »Anscheinend übernimmt Harrison die ganze Kocherei. Er lädt die Freunde ein, er deckt den Tisch, er ist für das Kind da … Er erledigt alle häuslichen Aufgaben, während Trish liest und schreibt und Kritiken verfasst und Vorträge hält.«

»Sicher wirst du dich gut amüsieren«, sagt Ava.

»Ganz sicher nicht«, sagt Potter. »Ich möchte nie wieder ein Fest ohne dich feiern.«

Ava fühlt sich gut. »Ich auch nicht.«

»Was mich zum wahren Grund für meinen Anruf bringt«, sagt Potter. »Ich möchte, dass du zu Weihnachten mit mir nach Österreich kommst. Wir werden Wien und Salzburg besuchen. Ein alter Freund von Gibby hat einen Sohn, der für den Botschafter arbeitet, und der hat uns zwei Karten für den Silvesterball in der Hofburg besorgt, und ich habe schon ein Zimmer im Grand Hotel Wien gebucht.«

Ava ringt nach Luft. Sie hat Fotos von den Bällen in Wien gesehen; sie sind wie Szenen aus einem Märchen – Männer im Frack und mit weißen Krawatten, Frauen im Abendkleid und mit Diadem, ein volles Orchester, endlose Walzer.

»Ich brauche ein Kleid!«, sagt sie.

»Ist das ein Ja?«, fragt Potter. »Du kommst mit?«

Ava beißt sich bewusst nicht auf die Lippe, denn Potter kann sie sehen und würde das als Zeichen des Zögerns deuten. Was ist mit ihrem Vater? Ava beschließt, am Neujahrstag in die USA zurückzufliegen und dann direkt nach Nantucket zu kommen. Ihr Unterricht beginnt erst wieder am 8. Januar, also bleibt noch genügend Zeit für einen richtigen Besuch.

»Ich komme mit«, sagt sie und schenkt Potter ihr strahlendstes Lächeln. Das Grand Hotel Wien! Ein Ball in der Hofburg! »Natürlich komme ich mit!«

EDDIE

Wie vorhergesehen möchte Grace ihr Thanksgiving-Dinner mit einem Glas Champagner einleiten (Perrier-Jouet, sechsundzwanzig Dollar pro Glas), und sie bestellt auch eins für Eddie. Dann bestellt sie als Vorspeise, da sie sich nicht zwischen der Foie gras und den Jakobsmuscheln aus der Nantucket Bay entscheiden kann, beides und fügt den Muscheln für zusätzliche fünfunddreißig Dollar noch Kaviar hinzu.

Eddie schwitzt. Grace wollte, dass er »nett« aussieht, daher trägt er ein Oberhemd, einen Pullover mit V-Ausschnitt und einen Blazer. Er zieht den Blazer aus und wischt sich mit seiner Serviette die Stirn ab. Er hat zweihundertfünfzig Dollar in bar bei sich, aber sie werden mehr brauchen, also wird das Thanksgiving-Dinner ein weiterer Posten sein, der Eddies leidgeprüfte Kreditkarte belastet.

Er versucht, nicht in Panik zu geraten. Er versucht, dankbar zu sein. Er ist dankbar dafür, dass er eine Kreditkarte *hat*. Er ist dankbar dafür, eine Ehefrau und zwei gesunde Töchter zu haben.

Er muss den Christys ein Haus verkaufen. Er muss einen anderen Abnehmer für das Winter Street Inn finden.

Er hätte nie in die Immobilienbranche gehen sollen. Sie ist zu riskant, zu unstet mit ihrem dauernden Auf und Ab. Warum hat er diese Branche gewählt? Er ist seit über zwanzig Jahren Makler, aber erst jetzt, Thanksgiving 2017, stellt er die wichtigste Entscheidung seines Lebens infrage. Er hätte aufs Benjamin Franklin Institute of Technology gehen und Haustechnik lernen sollen. Haustechniktypen müssen sich nie um ihren nächsten Gehaltsscheck sorgen; sie kaufen sich Land auf Vieques in Puerto Rico und bauen dort Ferienhäuser.

Grace hebt ihr Glas mit dem Perrier-Jouet. »Das ist wirklich schön«, sagt sie. »Nur wir beide.«

Es *ist* wirklich schön, obwohl es Eddie überrascht, dass Grace das sagt. Sie tendiert nicht dazu, das Alleinsein mit ihm zu feiern – und kann Eddie ihr das verübeln? Er denkt ja nur an Arbeit und steigert sich in seine Geldsorgen hinein.

»Wie hat es sich heute angefühlt, Benton zu sehen?«, fragt Eddie. »War es … merkwürdig?« *Merkwürdig* ist nicht ganz das Wort, das er gesucht hat, aber er verfügt über kein sehr entwickeltes emotionales Vokabular, was Grace nur zu gut weiß. Was Eddie wissen möchte, ist Folgendes: Wünscht Grace sich mit einem Zipfel ihres Herzens, dass sie und Benton noch zusammen wären? Fehlt er ihr? Hat sie heute beim Turkey Plunge seinen starken, muskulösen Körper gesehen und Verlangen verspürt? Hat sie in Bentons seelenvolle braune Augen geschaut und Liebe empfunden?

»Eddie«, sagt Grace. »Ich muss dir was erzählen.«

Jetzt kommt's, denkt Eddie. Die Antwort auf all seine Fragen ist Ja. Und hat Eddie das nicht heute Morgen schon geahnt? *Unmöglich,* dass sie Benton Coe da zum ersten Mal sah. Sie hat sich seit Bentons Rückkehr heimlich mit ihm getroffen. Als Eddie sie auf dem Radweg an der Polpis Road erblickte, kam sie von einem Rendezvous. Wahrscheinlich wollte sie nur zum Turkey Plunge, um Benton an dem blöden, sinnlosen, masochistischen Wettschwimmen teilnehmen zu sehen.

In diesem Moment kommen Grace' Vorspeisen, und weil der Tisch klein ist, landet eine davon vor Eddie – die Jakobsmuscheln, gekrönt von schwarzen glänzenden Klümpchen Kaviar. Warum nicht auch noch Blattgold, wenn sie schon dabei sind? Und doch würde Eddie jede Vorspeise auf der Karte bestellen, wenn Grace dann statt Benton ihn lieben würde.

Sobald ihr Kellner sich entfernt hat, fragt Eddie: »Was denn?«

»Ich habe mit Benton gesprochen«, sagt Grace. »Er hat mich mit einem Vorschlag angerufen, als er aus Detroit zurück war, und ich habe mich dreimal mit ihm getroffen, um ihn zu erörtern.«

Vorschlag. Dreimal getroffen.

»Dreimal?«, sagt Eddie. Grace nennt ihm die genaue Anzahl ihrer Treffen mit Benton. Drei! Drei ist viel! Eigentlich ist es weniger, als Eddie befürchtet hat, aber das wird er ihr nicht verraten.

»Probier die Foie gras«, sagt Grace. »Ich teile gern.«

Wie kann sie in so einem Augenblick ans Essen denken?

Zugegeben, es ist Thanksgiving, doch Grace ist dabei, die Bombe hochgehen zu lassen, die ihre Ehe, ihre Familie, ihr Leben zerstören wird.

Ich teile nicht gern!, denkt Eddie.

»Eddie?«, sagt Grace. Sie sieht ihn über den kerzenbeleuchteten Tisch hinweg an. Alle Tische im American Seasons sind mit verschiedenen Szenen und Mustern handbemalt, und Eddie und Grace sitzen am Schachtisch. Das erscheint ihm passend. Er ist der König und Grace die Königin, doch er wurde von ihrem früheren Gärtner zum Schachmatt gezwungen.

»Was ist denn?«, fragt Eddie.

»Benton hat mir einen Job angeboten. Er möchte, dass ich für ihn Gärten entwerfe und die Entwürfe umsetze. Sein Partner hat gekündigt, und Benton hat mehr zu tun, als er allein bewältigen kann. Wir hatten immer schon denselben Geschmack, dasselbe ästhetische Empfinden – das hat, glaube ich, mehr als alles andere die Anziehung zwischen uns ausgemacht. Und was er mir zahlt, Eddie …«

Eddie hebt den Blick vom Tisch.

»… sind zweieinhalbtausend pro Woche als Anfangsgehalt. Plus Prämien bei Abschluss eines Projekts. Ich habe ihm erklärt, ich müsse mit dir sprechen, bevor ich ihm eine Antwort gebe. Aber ich würde gern zusagen. Die Mädchen werden erwachsen, und ich langweile mich. Außerdem könnten wir das Geld gebrauchen.«

Zweieinhalbtausend pro Woche, also zehntausend im Monat. Plus Prämien. Ein festes Einkommen.

Doch es ist ein zu großes Risiko, Grace für ihren ehemaligen Geliebten arbeiten zu lassen. Oder?

»Was ist mit … deinen Gefühlen?«, fragt Eddie. »Deinen Gefühlen für Benton? Wenn ich zustimme, arbeitest du für ihn, und als Nächstes schläfst du dann mit ihm? Wie kann ich dir vertrauen, Grace?«

»Ich weiß, dass das schwierig wird«, sagt Grace. »Aber ich versichere dir, dass meine romantischen Gefühle für Benton erloschen und nicht mehr vorhanden sind. Ich mag ihn nur noch als Freund. Und er ist wieder mit McGuvvy zusammen. Sie ist noch in Detroit, zieht aber nach den Feiertagen nach Nantucket, und sie werden zusammenleben, und ihr Haus ist gleichzeitig Büro.« Sie lächelt. »Du hast nichts zu befürchten – obwohl ich weiß, dass mein Wort nicht viel gilt.«

Eddie atmet tief ein, dann trinkt er einen ausgiebigen Schluck von seinem Sechsundzwanzig-Dollar-Champagner. Er hat das Gefühl, es sei Weihnachten statt Thanksgiving. Grace übernimmt einen Job, der richtiges Geld einbringt! Sie wird etwas tun, an dem sie Spaß hat! Benton ist wieder mit McGuvvy zusammen!

»Dein Wort ist alles, was ich brauche«, sagt Eddie. Schließlich vertraut auch Grace ihm; sie glaubt, dass er sie nicht mehr belügt oder das Gesetz bricht – und das wird er auch nicht tun. Nie wieder.

Erleichterung durchflutet Eddie, Freude. Er greift zur Gabel und kostet eine der Jakobsmuscheln mit Kaviar.

»Lecker«, sagt er und winkt dem Kellner, um sich noch eine Portion zu bestellen.

TEIL
DREI

DEZEMBER

BART

Am ersten Wochenende im Dezember findet auf Nantucket der Adventsbummel statt. Das war Barts ganzes Leben lang schon so, doch es hat ihn nie interessiert; er hat es kaum zur Kenntnis genommen und schon gar nicht gefeiert.

Bis zu diesem Jahr.

Weil er in diesem Jahr verliebt ist.

Er ist verliebt!

Am Freitag des Bummels möchte Mitzi Bart aus dem Haus haben, weil sich einige Kaufinteressenten die Pension ansehen wollen. Bart macht sich auf in die Main Street, die so geschäftig und belebt ist wie an einem Sommertag – nur dass die Schaufenster jetzt alle mit Pappschneeflocken und Glasanhängern, Kränzen, Schleifen, Lebkuchenhäusern, Zuckerstangen und Rentieren dekoriert sind. Die Straße ist von Christbäumen gesäumt, jeder geschmückt von einer Klasse der Nantucket Elementary School. Das war vermutlich das letzte Mal, dass Bart sich auf den Adventsbummel freute – als er in der fünften Klasse war und zusammen mit den anderen Kindern während des Schultages in die Stadt kommen durfte und sie alle ihre Figuren in ihren Baum hängten und Miss Paul sie dann auf eine heiße Schokolade in die Nantucket Pharmacy einlud.

Als Bart die Räume von Bayberry Properties betritt und Allegras Gesicht sieht, bekommt Weihnachten eine ganz neue Bedeutung.

»Ich kann jetzt Mittagspause machen. Hast du Lust zu bummeln?«, fragt sie.

Sie fassen sich an den Händen und gehen die Straße entlang, stöbern zunächst im Buchladen, dann in Murray's Toggery, und schließlich führt Bart Allegra auf einen nostalgischen Becher heiße Schokolade in die Pharmacy. Sie nimmt einen Schluck, und ein Klecks Schlagsahne tupft ihre Nase.

»Ich bin verliebt in dich«, sagt Bart.

»Was?«, fragt Allegra. »Wirklich?«

»Ja«, sagt Bart. Es ist ihm egal, ob es zu früh ist, ob sie zu jung sind, dass sie beide noch bei ihren Eltern wohnen. Es ist ihm sogar egal, ob Allegra auch in ihn verliebt ist (okay, vielleicht nicht so ganz, aber dem Strahlen ihres Gesichts nach zu urteilen und dem Licht in ihren Augen, wenn sie ihn anschaut, macht er sich keine Sorgen; sie ist auch in ihn verliebt), denn jetzt versteht er alles. Er begreift es. Die Welt ergibt Sinn. Sie hat Bedeutung, und diese Bedeutung heißt Liebe, und Liebe heißt für ihn Allegra Pancik.

Allegra hat eingewilligt, ihrer Mutter am Samstag bei der Weihnachtsdekoration von Academy Hill zu helfen. In der Lobby ist ein Baum, der gestutzt werden muss, und sie sollen eine Girlande aufhängen sowie Kränze in der Haustür und in allen vorderen Fenstern. Normalerweise kommen die Bewohner von Academy Hill aus ihren Apartments nach unten, um zuzuschauen, und Mr Lazear, der laut Allegra »echt schon neunzig Jahre alt ist« und früher, in den 1950ern, als Academy Hill noch eine Schule war, dort als Musiklehrer gearbeitet hat, dirigiert die Weihnachtslieder.

»Es macht eigentlich richtig Spaß«, sagt Allegra. »Letztes Jahr war ich mit meiner Mom da. Wir könnten wirklich deine Hilfe gebrauchen, wenn du was über das Aufreihen von Lichterketten oder das Drapieren von Girlanden weißt.«

Weiß Bart etwas über das Aufreihen von Lichterketten oder das Drapieren von Girlanden? Er ist ja nur Mitzi Quinns Sohn, und Mitzi Quinn ist nur der größte Weihnachtsfan südlich des Nordpols.

»Ich bin dabei«, sagt Bart.

»Ich kann dir gar nicht sagen, wie dankbar ich bin«, sagt Allegras Mutter Grace. »Eddie zeigt das ganze Wochenende über Häuser, und er ist sowieso nicht besonders praktisch begabt.«

»Kein Problem«, sagt Bart. Er packt den Plastikbaum aus, und er und Allegra schneiden seine Zweige auf die richtige Länge zurecht und umschlingen sie dann mit weißen Lichterketten. Allegra hängt den Schmuck auf, während Grace eine Punschschüssel mit Saft, Ginger Ale und einem Karton buntem Fruchtsorbet füllt und auf einer Platte selbstgemachte Sandtörtchen und Erdnussbuttergebäck mit Schokoherzen arrangiert.

Als Bart die Kränze aufhängt, füllt sich die Lobby mit Bewohnern, von denen Allegra viele anspricht, um ihnen Bart vorzustellen.

»Mein Freund Bart Quinn«, sagt sie.

»Ist das der Kriegsheld?«, fragt ein Herr.

»Bart Quinn, Sir, United States Marine Corps.«

Sobald sich herumgesprochen hat, dass Allegra einen neuen Freund hat, wollen alle Bart kennenlernen, ihm die Hand schütteln, für seinen Einsatz danken und erklären, was für eine Ehre es sei, ihn hier in der Academy zu begrüßen. Einer der Bewohner hat in Korea gedient, eine der Frauen war Lazarettschwester in Vietnam. Mrs Hester, die fast taub sein muss, merkt sehr laut an, wie attraktiv Bart sei, und Mr Reinemo sagt ebenso laut, dass Bart großes Glück habe, einer so bezaubernden Person wie Allegra den Hof machen zu dürfen.

Dann betritt Mr Lazear die Lobby und singt »Schmückt den Saal«. Der nächste Wunsch gilt »Jingle Bells«, und Bart muss an Ava denken – sie verabscheut das Lied von ganzem Herzen –, aber alle Anwesenden schmettern es mit der Begeisterung von Schulkindern. In den endlosen leeren Stunden seiner Gefangenschaft hielt Bart sich immer wieder die Gesichter derer daheim vor Augen, für die er kämpfte, doch die Alten waren nie dabei. Meistens dachte er an Babys, Kinder, Menschen in seinem Alter, die die Zukunft des Landes waren. Aber jetzt ist er stolz darauf, auch für Leute gekämpft zu haben, die ihre letzten Jahre mit Zielstrebigkeit und Würde leben, Leute, die andere Feinde als den IS und den Beleh kannten, Leute, die um den Preis der Freiheit wissen.

Mrs Hester kramt in einer Kiste, bis sie den Mistelzweig aus Plastik gefunden hat, und während alle singen, bittet sie Bart, ihn in die Türöffnung zu hängen. Er tut es, und dann bedeutet Mrs Hester Allegra und Bart, sich unter ihn zu stellen.

»Ich glaube, sie wollen, dass wir uns jetzt küssen«, sagt Allegra.

»Na, dann dürfen wir sie nicht enttäuschen«, sagt Bart. Er beugt sich hinunter, um Allegra zu küssen, und der ganze Raum bricht in Jubel aus.

JENNIFER

Bitte feiern Sie den Advent mit uns … und den Beginn der ersten Staffel von *Der wahre Entzug,* moderiert von der Bostoner Innenausstatterin Jennifer Quinn
Mandarin Oriental Hotel
9. Dezember 2017
18:30 bis 20:30 Uhr
SINTV

Patrick nimmt die Einladung von der Küchentheke und stößt einen Pfiff aus. »Du bist der Star«, sagt er. »Dein Name steht auf der Einladung.«

»Das Mandarin Oriental«, sagt Jennifer. »Nicht gerade schäbig.« Sie küsst Patrick auf den Mund. »Ich hab dir einen neuen Weihnachtsschlips gekauft. Er liegt auf dem Bett.«

»Wow«, sagt Patrick. »Allmählich fühlt es sich wieder nach der guten alten Zeit an.«

Jennifer weiß, was er meint. Sie hat den Vertrag für die erste Staffel unterzeichnet und einen fetten Scheck erhalten, der direkt auf die Bank wanderte. Jetzt gehen sie zu einer eleganten Weihnachtsparty, so wie früher, als Patrick noch bei Everlast Investments arbeitete. Jennifer hat sich dafür im Copley Place ein Slip Dress aus rotem Samt gekauft sowie ein Paar rote Stilettos von Jimmy Choo. Diese Party wird in aller Munde sein – *Globe* und *Boston Common* wollen darüber berichten. Alle Sponsoren der Sendung sind eingeladen sowie die Prominenz der Bostoner Gesellschaft. Jennifer durfte auch Derek und Leanne dazu bitten, was schön ist, denn es wird ihr guttun, die Gesichter von Freunden zu sehen. Danko kommt natürlich, außerdem die Regisseurin von *Der wahre Entzug,* eine Frau in den Dreißigern namens Layla, ebenfalls eine ehemalige Süchtige, wie sie gestand. In ihrem Fall waren es Kokain und Valium.

»Das eine, um mich aufzuputschen«, meinte sie. »Das andere, um mich runterzubringen.«

»Das verstehe ich nur zu gut«, sagte Jennifer. Trotzdem staunte sie, weil Layla noch jünger ist als sie selbst. Sie hat faltenlose dunkle Haut, eine Flechtfrisur, die Wangenknochen eines Supermodels und einen Abschluss von der Harvard Business School.

Am Abend der Party schickt der Sender einen Wagen, um Jennifer und Patrick abzuholen. Alyssa, die Babysitterin, und die drei Jungs bestaunen das Auto vom Erkerfenster aus.

»Seid vorsichtig mit dem Baum«, sagt Jennifer. Sie war so beschäftigt mit den Vorbereitungen für die Show, dass ihre eigene Weihnachsdekoration, die sonst recht üppig ist, ein wenig darunter gelitten hat. Sie hat sich für einen etwas kleineren Baum entschieden und nur dreitausend ihrer fünftausend Anhänger verwendet. »Weihnachten light« nennt sie es dieses Jahr.

»Irgendwie albern, einen Wagen zu schicken«, sagt Jennifer. »Zum Mandarin ist es nicht weit. Wir hätten zu Fuß gehen können.«

»Genießen wir es einfach«, sagt Patrick. Er knöpft seinen Mantel zu und legt Jennifer ihren Umhang um die Schultern.

»Tschüss, Kinder!«, ruft Jennifer. »Um zehn ins Bett!« Sie ergreift Paddys Arm und steigt die Stufen ihres Stadthauses bis zu dem wartenden Auto hinunter.

»Guten Abend, Mrs Quinn«, sagt der Fahrer.

Als der Wagen vor dem Mandarin Oriental hält und Jennifer aussteigt, machen Fotografen Bilder von ihr.

»Ich fasse es nicht«, sagt Jennifer zu Paddy. Sie fürchtet, er könne an seiner Rolle als Partybegleiter Anstoß nehmen. Schließlich war in ihrem früheren Leben er der Ernährer der Familie, der große Zampano, Jennifer dagegen eindeutig »die Ehefrau«, die sich in ihrer Freizeit ein wenig mit Innenausstattung beschäftigte. Doch Patrick strahlt; wenn er sich nicht sehr gut verstellt, dann ist er glücklicher denn je.

Er streckt einem der Fotografen die Hand hin. »Ich bin Mr Jennifer Quinn«, sagt er. »Aber Sie dürfen mich Patrick nennen.«

Sie werden zu einem Ballsaal geleitet, der komplett weihnachtlich geschmückt ist. Es gibt einen riesigen Baum, massenhaft Girlanden, weiße Lichter, elektrische Kerzen und eine dreistimmige Jazz-Combo, in der eine spärlich bekleidete Frau »Merry Christmas, Baby« singt. Kellner machen mit Tabletts voller Cocktails in Champagnerflöten die Runde. Der Cocktail heißt Santa Baby und besteht aus Champagner, Holunderblütenlikör und Blutorangensaft. Patrick nimmt zwei Gläser, eins für Jennifer und eins für sich.

»Auf dein Wohl«, sagt er.

»Sie haben keine Kosten gescheut«, sagt Jennifer. In einem Holzboot ist ein Meeresfrüchtebüfett aufgebaut, daneben sind mehrstufige Platten mit Aufschnitt und Käse und ein auserlesenes Angebot an Sushi zu sehen.

»Da ist sie ja!« Danko kommt in Jeans, einem weißen Hemd und Samtblazer angerauscht. »Du siehst fantastisch aus«, sagt er, küsst Jennifer auf die Wange und verpasst Patrick gleichzeitig einen leichten Fauststoß. »Du auch. Bereit für die große Runde?«

»Große Runde?« Jennifer sieht Patrick an.

»Geh nur«, sagt Patrick. »Ich finde dich dann schon, und wir holen uns was zu essen.«

Sie ist die beneidenswerteste Frau auf der Welt, mit einem Partner, der sie wirklich unterstützt. »Bereit für die große Runde«, sagt sie zu Danko.

Leute umschwärmen sie auf Schritt und Tritt. Männer küssen ihr die Hand, und Frauen quieken begeistert, besonders die Millennials, die alle, vermutet Jennifer, SinTV sehen und sich auf einen großen Hit freuen. Jennifer kommt sich vor wie ein echter Promi – dabei hat sie bisher nur einen halben Tag lang Werbespots gedreht, in denen sie Zigaretten-Jeans, einen schwarzen Bodysuit mit rundem Ausschnitt und schwarze wildlederne Gucci-Slipper trug, ihre Show-»Uniform«. Sie ist sportlich, klassisch, schlicht – oder, wie Danko sagt, »die Essenz von Jennifer Quinn«. Außerdem war sie auf jedem Foto mit einem knallroten Lippenstift geschminkt. Die Farbe heißt »Gabrielle«, aus der Kollektion Rouge Coco von Chanel, und Chanel hat Jennifer bereits eine lebenslange Belieferung damit zugesagt.

Sie trifft auf Layla, die in ihrem silbrig-lavendelblauen Paillettenkleid und schwarzen durchbrochenen Stilettos hinreißend aussieht, und es folgen weitere Fotos.

»Wenn unsere Dealer uns jetzt bloß sehen könnten«, sagt Layla.

Wie aufs Stichwort erspäht Jennifer Norah Vale auf der anderen Seite des Raums. Sie würde sie gern begrüßen und sich noch einmal bei ihr bedanken – denn was für einen dicken Coup hat Jennifer da gelandet! Sie hat jetzt Geld, eine neue Karriere, kann frisch durchstarten. Sie wird jede Woche im Fernsehen sein – und all das dank Norah.

Jennifer hat sich über Thanksgiving viele Gedanken über ihr Verhältnis zu Isabelle gemacht. Es tut ihr leid, dass Jennifers andauernde Beziehung zu Norah Isabelle verletzt, aber sie weiß nicht recht, wie sie sich dazu verhalten soll. Hätte sie die Teilnahme an der Sendung wegen Isabelles Unsicherheit ablehnen müssen?

Jennifer lernt Mitarbeiter von Gucci und Chanel und Adriano Goldschmidt und Hermès kennen. Die maßlos elegante Französin von Hermès erwähnt, sie hätten es gern, wenn sie ihre Armbanduhr und vielleicht manchmal einen ihrer Schals tragen würde.

Ja!, denkt Jennifer. *Ja! Ja! Ja!*

Als Nächstes wird sie dem Direktor von SinTV vorgestellt, Victor Huggins, den alle Huggy nennen. Jennifer sieht Derek und Leanne mit Natalie Jacobson sprechen, die früher bei den Nachrichten von Channel 5 war, aber sie hat Angst, sich bei Huggy zu entschuldigen. Er ist der Boss! Er macht sie mit Heidi Watney und Jason Varitek bekannt. Wo steckt Patrick? Er wird tot umfallen! Dann trifft Jennifer einen Mann namens Ellis, der ihr seine Karte gibt. Ihm gehört eine Redneragentur. Er kann ihr fünfstellige Vortragshonorare vermitteln, wenn sie bereit ist, über die Überwindung ihrer Sucht zu sprechen. Ist sie schon mehrfach öffentlich aufgetreten?

»Eigentlich nicht«, sagt Jennifer. Im Grunde hat sie nur in ihrer Selbsthilfegruppe offen über die Tabletten gesprochen. Und gerade als ihr dieser Gedanke kommt, sieht sie Sable auf sich zutreten. Sable hat Jennifers Gruppe geleitet; ihr hat Jennifer ihre Genesung zu verdanken.

Wenn Jennifer Sable das sagte, würde Sable jedoch entgegnen, dass Jennifer selbst dafür verantwortlich sei.

»Sable!«, ruft Jennifer aus.

»Ich bin so stolz auf dich, Schätzchen«, sagt Sable und drückt Jennifer beide Hände. »Du wirst sehr vielen Leuten helfen.«

Wirklich?, fragt Jennifer sich. Wenn sie auch nur einem Menschen hilft, wenn sie nur einem Menschen Hoffnung schenkt, wo zuvor bloß Verzweiflung war, hat sich die ganze Sache schon gelohnt. Der Champagner und das Chauffiertwerden sind nett. Nie wieder Lippenstift kaufen zu müssen ist nett; fünfstellige Vortragshonorare sind nett. Aber Menschen zu helfen, die so verloren sind, wie Jennifer es war, das ist wirklich wichtig.

Doch bevor Jennifer zu selbstgefällig werden kann, sieht sie sich der Person gegenüber, der sie nie wieder begegnen wollte: Grayson Coker.

»Jennifer Quinn«, sagt Danko, »darf ich Ihnen Grayson Coker vorstellen, Vorstandsvorsitzender der Boston Bank? Die Boston Bank hat sich diese Woche als Hauptsponsor der Sendung verpflichtet.«

Jennifer führt ihr Glas an die Lippen, aber es ist leer.

Danko nimmt es ihr ab. »Ich lasse es Ihnen nachfüllen«, sagt er. »Bin gleich zurück.«

»Hallo, Jennifer«, sagt Grayson.

Jennifer hebt eine Hand, um ihr Dekolleté zu bedecken. Warum hat sie ein so offenherziges Kleid angezogen? Sie fühlt sich regelrecht nackt, nackt und überrumpelt. Die Boston Bank ist diese Woche als Hauptsponsor an Bord gekommen? Diese Woche?

»Grayson«, sagt sie. Sie weigert sich, ihn Coke zu nennen. »Vielen Dank für Ihre Unterstützung.«

»Die habe ich erst zugesagt, als ich sah, dass Sie die Moderatorin der Show werden«, sagt er.

Was?, denkt Jennifer, weiß aber, dass sie nicht überrascht sein sollte. Viele Firmen warten, bis der Moderator einer Sendung bestimmt wird, bevor sie sich verpflichten, doch das hier kommt ihr sehr seltsam vor.

»Ich muss mich bei Ihnen entschuldigen«, sagt Grayson. »Es tut mir leid, was im Penthouse passiert ist. Deshalb unterstütze ich die Show aber nicht. Ich unterstütze sie, weil ich glaube, dass sie erfolgreich sein wird. Außerdem bin ich in Dorchester aufgewachsen und auf die South Boston High School gegangen. Die Sendung vermittelt eine starke Botschaft.«

Jennifer nickt. »Entschuldigung angenommen«, sagt sie. Über Grayson Cokers Schulter hinweg sucht sie den Ballsaal nach Patrick ab. Sie braucht ihn unbedingt, und zwar sofort. Stattdessen sieht sie eine sehr große Rothaarige mit sahneweißer Haut auf sich zukommen. Die Rothaarige schlingt Grayson Coker einen Arm um die Schultern und beugt sich vor.

»Ich glaube, wir kennen uns schon«, sagt sie. »Ich bin Mandy Pell, Graysons Innenausstatterin.« Sie zwinkert. »Und seine Begleitung.«

»Jennifer Quinn«, sagt Jennifer. Sie versucht, jede Häme aus ihrem Lächeln herauszuhalten. Mandy Pell hat Grayson Cokers Penthousejob und seine Zuneigung – fürs Erste –, aber Jennifer hat die Sendung! »Wenn Sie beide mich entschuldigen würden, ich muss meinen Mann suchen.«

Jennifer findet Patrick mit Leanne, Derek und Norah Vale an einem Büfett-Tisch, den Jennifer noch nicht gesehen hat. Es ist eine Taco-Bar. Es gibt gegrillten Fisch, Schweinebraten, Roastbeef, Pulled Chicken, zwei Sorten Muscheln und als Garnierung Tomaten, Salat, Zwiebeln, Koriander, geriebenen Käse, Guacamole, Mangosalsa, geröstete Paprika und saure Sahne. Jennifer hat plötzlich einen *Mordshunger*, doch sie begrüßt erst einmal Leanne, Derek und Norah. »Ihr habt euch also alle schon kennengelernt?«

»Ja«, sagt Leanne. »Norah hat uns gerade erzählt, dass sie mal deine …«

… *Dealerin war*, denkt Jennifer.

»… Schwägerin war«, sagt Leanne. »Ich finde es einfach wunderbar, dass ihr immer noch befreundet seid.«

»Ich kenne Paddy seit der Highschool«, sagt Norah. »Da war ich die kleine Dumme im zweiten Jahr und er der große, männliche Letztklässler.«

»Stimmt, das war ich«, sagt Patrick und hebt sein Glas zu einem spöttischen Prost auf sich selbst, und alle lachen.

Es ist *wunderbar*, denkt Jennifer. Sie erinnert sich daran, wie sie Norah Vale kennenlernte. Es war Sommer, und Patrick lud Jennifer zum ersten Mal nach Nantucket ein. Jennifer trug ein mit gelben Löwen bedrucktes Kleid von Lilly Pulitzer, weil sie so gern dazugehören und Eindruck schinden wollte. Norah, entsinnt sie sich, kreuzte in abgeschnittenen Shorts und einem Aerosmith-T-Shirt zu spät zum Essen in der Pension auf. Als Jennifer die Python bemerkte, die aus dem Shirt auf Norahs Hals kroch, hätte sie fast aufgeschrien.

Norah grinste. »Sieht echt aus, was, Prinzesschen?«, sagte sie.

Diese Rollen spielten sie jahrelang – Jennifer die Brave und Norah die Unartige –, bis … na ja, bis Kevin und Norah sich scheiden ließen und Norah wegzog … bis Norah zurückkam … bis Jennifer die Unartige war und Norah ihr das ermöglichte. Ihr Entwicklungsverlauf war so *bizarr* gewesen. Wenn jemand einen Roman darüber schreiben würde, wäre er unglaubwürdig.

Und doch sind sie jetzt hier.

»Als Teil ihres BWL-Studiums«, sagt Patrick, »wird Norah ein Praktikum bei SinTV in Fishers, Indiana, machen.«

»Fishers, Indiana?«, sagt Jennifer. Isabelle wird sich freuen, das zu hören! Isabelle wird begeistert sein – Norah verlässt Nantucket und zieht in den Mittleren Westen! Dann ringt Jennifer nach Luft. »Warte mal! Arbeitest du etwa bei …«

»Swing Set!«, stimmt Leanne ein und packt Jennifer am Arm. »Ist das zu fassen? Ich bin ja so neidisch!«

EDDIE

Die Christys kehren übers Adventsbummel-Wochenende nach Nantucket zurück, was eine gute wie auch eine schlechte Nachricht ist. Gut daran ist, dass Nantucket sich den Christys ins Herz schmeichelt. Das erkennt Eddie, sobald sie von der Fähre treten. Sie sind hingerissen. Nein, mehr als das. Sie sind verliebt. Sie wollen, dass die Insel ihr Zuhause wird.

Nun muss Eddie ihnen nur noch ein Domizil verkaufen.

»Ich liebe den Kranz, der am Leuchtturm hängt«, sagt Masha. »Wer hat sich das ausgedacht?«

»Die Küstenwache hängt ihn auf«, sagt Eddie. Der Kranz ist zu einem der Symbole des Advents auf Nantucket geworden – er und der kleine erleuchtete Baum, der im Bootsbassin in der Easy Street in dem roten Kahn steht. Nantucket enttäuscht in der Weihnachtszeit nicht. Es kombiniert den Charme eines Städtchens in New England mit der Schroffheit eines Küstendorfes, geschmackvoll dekoriert, wie es Geld und Tradition ermöglichen. Der ganze Ort ist mit weißen Lichtern, Fichtenzweigen und Samtschleifen geschmückt. In der Main Street treten viktorianisch gekleidete Weihnachtssänger auf. Eddie kennt keine einzige Frau, die ihnen widerstehen kann, schon gar keine so leicht zu beeindruckende wie Masha Christy. Sie steht ganz benommen da, während in dreistimmiger Harmonie »Once in Royal David's City« erklingt, dann klatscht sie wie verrückt.

Sie wendet sich Eddie zu. »Ich kannte das Lied gar nicht und habe es sofort geliebt«, sagt sie. »Mein Lieblingsweihnachtslied ist ›The Little Drummer Boy‹.«

»Das mag ich auch gern«, räumt Eddie ein.

»Können wir uns jetzt die Pension ansehen?«, fragt Masha. »Bitte?«

Das Schlechte daran, dass die Christys am Adventsbummel-Wochenende hier sind, ist die Tatsache, dass das Winter Street Inn sich jetzt viel vorteilhafter präsentiert als das Haus in der Medouie Creek Road, angefangen mit dem Namen: Winter Street Inn. Hinzu kommt, dass die Pension in der Stadt gelegen ist, einen Steinwurf entfernt vom Weihnachtszauber, während die Medouie Creek Road sich weit, weit draußen in der Pampa befindet. Eddie wird erwähnen müssen, dass es hier in den turbulenten Sommermonaten ruhig und friedlich und luftig bleibt. Es gibt keinen Verkehr, keine Menschenmengen, keine Touristen auf der Straße, keine vom Kopfsteinpflaster aufsteigende Hitze.

Aber um Masha gegenüber fair zu sein, hat Eddie für die Pension eine Besichtigung für elf Uhr vereinbart. Jetzt ist es kurz nach halb elf. »Also los«, sagt Eddie. »Wir können zu Fuß gehen.«

Sie fangen an, die Main Street entlang an all den glitzernden Schaufenstern vorbeizuschlendern. Sie begegnen

Kindern und Hunden und Männern in gesteppten Jacken und Frauen mit Pelzwesten und Wollmützen mit Bommeln aus falschem Nerz wie die, die Grace hat. Eddie bleibt an der Ecke Main und Centre stehen und holt tief Luft. Es riecht nach Tannengrün und Pfefferminz.

Auf der anderen Straßenseite sieht Eddie eine vertraute Gestalt in Jeans, irischem Seemannspullover und mit einer Santa-Mütze. Es ist Benton Coe, allein, mit einem roten Becher in der Hand.

Ach, du liebe Güte, denkt Eddie. Das ist das Letzte, was er jetzt braucht. Er dreht sich nach den Christys um – Masha sieht aus, als sei sie bereit, sich von jedem Laden und jeder Galerie auf ihrem Weg verschlucken zu lassen –, und seine Blicke huschen nach rechts und links, während er sich fragt, welche Richtung sich besser dazu eignet, dem auszuweichen, was direkt vor ihnen ist.

»Hey, Eddie!«

Widerwillig steuert Eddie die Quelle seines Namens an. Benton kommt, seinen Becher schwingend, schnurstracks auf ihn zu. Aus der Röte seiner Wangen und der Art und Weise, wie ihm seine Mütze in die Augen hängt, schließt Eddie, dass Benton schon auf einer Party gewesen ist und sich mehr als einen Becher Frohsinn genehmigt hat. Er denkt an Grace – aber sie und Allegra sind zum Dekorieren in Academy Hill.

»Hallo, Benton«, sagt Eddie. Ihm bleibt nichts anderes übrig, als Benton die Hand zu schütteln und ihn den Christys vorzustellen.

»Benton Coe, das hier sind meine Klienten Masha und

Raja Christy. Masha, Raja, das ist Benton Coe. Er ist der …« An dieser Stelle ist Eddie in Versuchung, *ehemalige Liebhaber meiner Frau* zu sagen, doch er hält sich zurück. »… neue Arbeitgeber meiner Frau.«

»Ja!«, sagt Benton grinsend. »Wir freuen uns, dass Grace jetzt mit an Bord ist. Sie wird ein großer Gewinn für unsere Firma sein.«

Masha zwinkert Benton zu. »Was für eine Firma haben Sie denn?«, fragt sie.

Eddie knirscht mit den Zähnen. Wirkt Benton Coe auf alle Frauen so faszinierend?

»Ich bin Landschaftsarchitekt«, sagt Benton. »Ich entwerfe Außenräume – Gärten natürlich, aber auch Pools, Gehwege, Terrassen, Veranden, Wasserspiele.«

Masha nickt ehrfürchtig, als habe er ihr gerade erzählt, dass er eine Raumstation entworfen habe, doch dann kommt Eddie eine Idee.

»Übrigens hat Benton den Außenbereich des Hauses in der Medouie Creek Road gestaltet.«

»Echt?«, sagt Masha.

»Ja, stimmt«, sagt Benton auch und wirkt jetzt noch angeregter als zuvor. »Überlegen Sie, das Haus zu kaufen? Ich *liebe* es. Ich glaube, der Garten dort ist einer meiner Lieblingsgärten auf der ganzen Insel. Vielleicht sogar mein absoluter Favorit.«

Tausend Dank, Benton, denkt Eddie.

»Abgesehen von Eddies und Grace' altem Haus. Das war … also, das ist meine Nummer eins, aber mein zweitliebstes ist das in der Medouie Creek Road.«

»Wirklich?«, sagt Masha.

»Das hat allerdings keinen Gartenschuppen«, sagt Benton. »Wissen Sie was, falls Sie es kaufen, rufen Sie mich an, dann baue ich Ihnen genauso einen Gartenschuppen, wie ihn Eddie und Grace früher hatten.«

»Das würden Sie *tun?*«, sagt Masha. Sie benimmt sich wie eine Zwölfjährige, die Justin Bieber kennenlernt. Eddie könnte eigentlich ebenfalls in Ekstase geraten eins zu null für Raja und das Haus in der Medouie Creek Road! –, stiege nicht die grässliche Erinnerung in ihm auf, wie er Grace und Benton erwischte, die sich in besagtem Schuppen eingeschlossen hatten!

Wenn die Christys das Haus wirklich kaufen, wird Eddie Raja empfehlen: *Auf keinen Fall einen Schuppen! Und am besten heuern Sie einen anderen Landschaftsarchitekten an.*

»War nett, Sie zu sehen, Benton«, sagt Eddie. »Wir müssen weiter.«

»Schön, Sie beide kennenzulernen«, erwidert Benton, erneut seinen Becher schwenkend. »Viel Glück beim Hauskauf!«

Sie trennen sich, und Eddie geleitet die Christys über die Centre die Liberty entlang.

»Wow«, sagt Masha. »Der war attraktiv.«

»Masha«, sagt Raja.

Masha tätschelt Eddies Arm. »Er findet mich schlimm«, sagt sie. »Dabei hätten Sie mal hören müssen, wie er von dieser Rachel geschwärmt hat, als wir das letzte Mal hier waren.«

»Sie hatte Kekse gebacken«, sagt Raja.

Du meine Güte, denkt Eddie.

Als sie die Schwelle von der Straße zum Gehweg vor der Pension überqueren, zirpt Eddies Telefon. Schnell checkt er es. Es ist eine SMS von Glenn: *Angebot über den geforderten Preis für das WSI gerade reingekommen.*

Von wem?, fragt Eddie.

Ein Typ hat eben im Büro angerufen und den vollen Marktpreis geboten, antwortet Glenn. *Er hat wohl mal da gewohnt.*

»Gibt es ein Problem?«, will Masha wissen.

»Nein … nein«, sagt Eddie. »Eigentlich nicht. Ich hab gerade erfahren, dass es für die Pension ein Angebot über den vollen Preis gibt. Ist eben reingekommen.«

Raja lächelt.

»Aber wir können sie uns doch trotzdem ansehen, oder?«, sagt Masha. »Und wenn sie uns gefällt, können wir mehr bieten.«

Eddie drängt Masha zum Weitergehen. Das klingt vage, oder? Irgendein »Typ« ruft an und bietet den geforderten Preis, weil er mal da gewohnt hat? Könnte ein Spinner sein. Obwohl Glenn der Beste in der Branche ist, wenn es darum geht, Ärger zu wittern.

Er hat Mitzi gebeten, nicht im Haus zu sein, während er es zeigt, und doch zieht sie, noch ehe Eddie nach dem Knauf greifen kann, die Tür auf und ruft: »Willkommen!«

»Mitzi Quinn!«, sagt Eddie. »Ich habe nicht erwartet, Sie

daheim anzutreffen.« Sein Ton ist ein wenig vorwurfsvoll, doch offenbar nicht ausreichend, denn Mitzi wirkt unbeeindruckt.

»Herein mit Ihnen, herein«, sagt Mitzi. »Ich bin Mitzi Quinn, die Eigentümerin.« Sie tritt vor, um Masha Christy zu umarmen – zu UMARMEN! –, eine Frau, die sie überhaupt nicht kennt. Masha glaubt, da sie eben Masha ist, ihre Seelenverwandte gefunden zu haben. Ihre Umarmung ist die von lange getrennten Freundinnen, die nach einem Krieg wieder vereint sind.

»Ich bin Masha«, sagt sie. »Und das ist Raja, mein Mann. Danke dafür, dass Sie uns in Ihr wunderschönes Heim einladen.«

Sie treten alle in das große Zimmer, das sich, muss Eddie zugeben, gut präsentiert. Mitzi hat es mit bestimmt hundert weißen Lichterschnüren dekoriert. Es sind Lichter auf dem gigantischen Baum und zwischen dem Tannenschmuck auf dem Kaminsims, und über dem Kamin hängt ein riesiger beleuchteter Kranz. Der Raum funkelt.

»Es sieht noch festlicher aus als sonst«, sagt Eddie.

»Bei den Lichtern bin ich wegen Kelley aufs Ganze gegangen«, sagt Mitzi und lächelt Masha traurig an. »Mein Mann hat Hirnkrebs im Endstadium und ist auf einem Auge blind.«

»Oh, das tut mir sehr leid«, sagt Masha.

»Er hat mein Weihnachtssängerdorf früher sehr geliebt«, sagt Mitzi. Sie führt die Christys zu einem Tisch, auf dem ein Weihnachtsmarkt von Byers' Choice aufgebaut ist. »Die Kinder haben sich immer über meine Weihnachtssänger lustig gemacht und Kelley auch, aber eines Abends habe ich ihn hier draußen dabei erwischt, wie er sie neu arrangiert hat.« Sie lacht und wird dann schnell wieder ernst. »Deshalb verkaufen wir.«

Eddie versucht, ein Stirnrunzeln zu unterdrücken. Aus genau diesem Grund wollte er nicht, dass Mitzi dabei ist! Potenzielle Käufer möchten nichts von *Hirntumoren* hören! Sie möchten sich ein Haus voller glücklicher Momente vorstellen, einen Ort, der ihnen das Gefühl gibt, sie würden ewig leben.

»Sollen wir uns die Küche ansehen?«, fragt Eddie.

»Also, mir hat es sehr gut gefallen«, sagt Masha, nachdem sie das ganze Haus bis auf das Elternschlafzimmer besichtigt haben. »Es gab keine unangenehmen Überraschungen. Aber …«

Aber, denkt Eddie. Um es weiterhin als Pension zu führen, müsste sie Personal einstellen: einen Marketingexperten, jemanden, der Reservierungen entgegennimmt, einen Geschäftsführer, eine Hausdame und mindestens ein Zimmermädchen, einen Frühstückskoch und einen Hausmeister. Das ist nicht nur teuer, sondern auch strapaziös.

»Aber … ich glaube, ich möchte mir noch mal das andere Haus anschauen«, sagt Masha. »Das in der was-auch-immer Creek Road. Der Außenbereich fasziniert mich. Und ich wünsche mir unbedingt einen Gartenschuppen, wie der Typ sagte. Wie hieß er noch mal?«

»Benton«, sagt Eddie. »Benton Coe.«

Eddie hat ganz vergessen, dass die Woche nach dem Adventsbummel, was Immobilien betrifft, die arbeitsreichste Woche ist. Jeder, der sich hier an der weihnachtlichen Stimmung erfreut hat, möchte jetzt ein Stück davon besitzen.

Es ist Donnerstag, als Raja anruft. Eddie hofft, der Grund dafür, dass es so lange gedauert hat, ist der, dass er in hitzige Debatten mit Masha verstrickt war und siegreich daraus hervorgegangen ist.

»Raja«, sagt Eddie. »Wie sieht's aus?«

»Ich habe lange nachgedacht«, sagt Raja. »Und ich komme immer wieder auf den Rat zurück, den mein Vater mir bei meiner Hochzeit gab.«

»Ach, wirklich?«, sagt Eddie. »Und welcher war das?«

»Er meinte: ›Glückliche Frau, glückliches Leben.‹ Ich weiß, das klingt banal, aber ich glaube, es stimmt.«

Glückliche Frau, glückliches Leben. Mit diesem Spruch hat Eddie sich nie anfreunden können; er hat ihn immer als eine Plattitüde wie *Geld macht nicht glücklich* abgetan. Natürlich *kann* Geld glücklich machen; das zu leugnen, lässt einen wie einen idealistischen Trottel aussehen. Und doch, wer hat sich dem Motto *Glückliche Frau, glückliches Leben* mehr verschrieben als Eddie? Er hat sie begeistert dazu ermutigt, für ihren ehemaligen Liebhaber zu arbeiten, nur damit sie zufrieden ist.

»Ich stimme Ihnen zu, Raja«, sagt er. »Hundertprozentig.«

»Also will ich Masha damit überraschen, dass ich ihr die Pension zu Weihnachten schenke«, sagt Raja. »Sie ist das, was sie sich wünscht.«

Eddie seufzt. Er hat gehofft, die Dinge würden sich in seinem Sinne entwickeln, doch er kann es Raja nicht verübeln, dass er seine Frau zu Weihnachten glücklich machen will.

»Ihre selbstlose Entscheidung ist lobenswert«, sagt er. »Und ich werde sie realisieren – wenn ich kann. Wir haben bereits ein Angebot über den vollen Preis für die Pension, glaube ich. Ich muss bei meinem Kollegen nachfragen, ob das Angebot real ist oder nur ein Papiertiger. Auch wenn es real ist, könnte es sein, dass wir noch was drauflegen müssen, und das resultiert vielleicht in einem Bieterkrieg. Wie hoch würden Sie denn gehen?«

»Zwanzig Millionen«, sagt Raja. In seiner Stimme schwingt die Tollkühnheit eines Mannes mit, der gerade all seine Pokerchips in die Mitte des Tisches geschoben hat.

»Die Pension ist mit sechs Komma fünf gelistet«, sagt Eddie. »Ich würde empfehlen, dass wir bei sieben Millionen anfangen und bei sieben Komma fünf aussteigen. Mehr ist die Pension unter keinen Umständen wert.«

»Ich zahle so viel wie nötig«, sagt Raja.

»Ich schaue mir die Sache mal an und melde mich dann bei Ihnen zurück«, sagt Eddie. »Bis bald.«

Er tritt an Glenns Schreibtisch und bewundert ein neues Foto von Glenn und Barbie in dem herzförmigen Rahmen, der dort steht. Sie sind Arm in Arm auf dem Weingut Schramsberg zu sehen. Eddie hat diverse Meinungen über Glenn Daley, aber eines muss er ihm lassen: Er liebt Barbie und behandelt sie wie eine Königin.

»Wie ist das mit dem angeblichen Käufer, den du für die Pension hast?«, fragt Eddie. »Gibt es den wirklich?«

»Den gibt es wirklich«, sagt Glenn. »Warte, bis du die Geschichte gehört hast …«

Bevor Glenn Eddie die Geschichte erzählen kann, sieht Eddie, dass Allegra ihm von ihrem Platz aus zuwinkt.

»Eddie«, sagt sie. »Mrs Christy ist am Telefon für dich. Leitung zwei.«

»*Mrs* Christy?«, fragt Eddie. »Oder *Mr* Christy?« Ist es zu viel zu hoffen, dass Raja sich plötzlich umentschieden hat?

»Missus«, sagt Allegra.

Missus, denkt Eddie. Vermutlich konnte Raja das Geheimnis nicht länger als zwei Minuten für sich behalten und musste Masha berichten, was er getan hatte, und jetzt ruft Masha Eddie an, um dafür zu sorgen, dass er die Pension anderen Interessenten vorenthält.

»Merk dir, was du sagen wolltest, Glenn«, sagt Eddie. »Ich muss erst mal dieses Durcheinander ordnen. Warum bin ich nicht Eheberater geworden wie Dr. Phil?«

»Das frage ich mich jeden Tag«, sagt Glenn.

Eddie kehrt zu seinem Schreibtisch zurück und greift nach Leitung zwei. »Guten Morgen, Masha«, sagt er. »Wie geht's?«

»Wie wär's, soll ich Ihnen eine Freude machen?«, fragt Masha.

Eddie schließt die Augen. Das Einzige, was Masha machen wird, ist Ärger. Das spürt er. »Klar«, sagt er.

»Ich habe lange nachgedacht und beschlossen, Raja zu

Weihnachten zu überraschen und ein Gebot auf das Haus in der was-auch-immer Creek Road abzugeben.«

Eddies reißt die Augen auf und rückt auf seinem Sitz nach vorn. »Moment mal. Was?«

»Das da draußen in Wauwinet. Das Haus mit dem Pool und dem Heimkino. Ich möchte es Raja kaufen. Zum vollen Preis, es sei denn, Sie glauben, wir kriegen es für weniger.«

»Ich glaube, wir *können* es für weniger kriegen«, sagt Eddie. Masha kann vermutlich zwölf Komma fünf bieten und mit zwölf Komma acht oder neun abschließen. »Ich werfe mal einen Blick auf die Zahlen und rufe Sie dann zurück, okay?«

»Okay«, sagt Masha. »Aber verraten Sie Raja nichts. Ich will ihn überraschen.«

»Sie haben mein Wort«, sagt Eddie.

Er legt auf und tritt wieder an Glenns Schreibtisch. »Du wirst es nicht glauben.«

»Wetten, dass«, sagt Glenn.

Barbie steht auf und gesellt sich zu ihnen. »Ich langweile mich. Erzähl es mir auch.«

Barbie »langweilt sich«, und dabei weiß Eddie, dass sie heute Morgen einen Vertrag über ein Fünf-Millionen-Dollar-Grundstück in Shimmo unterzeichnet hat. Typisch seine Schwester.

»Also, seit der ersten Novemberwoche können meine Powerball-Leutchen sich nicht entscheiden, was sie kaufen sollen. Mr Christy war scharf auf das Haus in der Medouie Creek Road und Mrs Christy auf das Winter Street Inn.

Aber dann, vor gerade mal zehn Minuten, ruft Mr Christy an und sagt, er möchte ein Gebot für das Winter Street Inn abgeben, um es seiner Frau zu Weihnachten zu schenken.«

»Oh!«, sagt Barbie.

»Aber ich habe einen Käufer …«, sagt Glenn.

Eddie hält einen Finger hoch. »Dann, gerade eben, kriege ich einen Anruf von Mrs Christy. Sie will ein Gebot für das Haus in der Medouie Creek Road als Weihnachtsüberraschung für ihren Mann abgeben.« Eddie grinst. »Ihr wisst, was das ist, oder?«

»Eine Erleichterung«, sagt Glenn. »Ich habe nämlich einen Käufer für das Winter Street Inn.«

»Es ist … es ist …« Allegra hat eindeutig mitgehört und schnippt jetzt mit den Fingern, während sie ihren Vater anschaut und versucht, etwas aus dem Winkel ihres Gehirns zu holen, in dem ihr Schulwissen gespeichert ist. »Es ist wie in dieser Geschichte, der Weihnachtsgeschichte über das Pärchen, das kein Geld hat. Sie lässt sich ihr Haar abschneiden, um ihm mit dem Erlös eine Kette für seine Uhr zu kaufen, und er verkauft seine Uhr, um ihr Kämme schenken zu können.«

»Genau«, sagt Eddie. Vielleicht war das Jahr an der UMass Dartmouth doch nicht komplett verschwendet. »›Das Geschenk der Weisen‹ von O. Henry.«

»Das ist eigentlich nicht wie diese Geschichte«, sagt Barbie.

»Ein bisschen schon«, sagt Eddie. »Denn meine Geschichte, die von den Christys, ist *ironisch*. Und wie die Figuren in der Geschichte von O. Henry sind die Christys motiviert von ihrer Liebe zueinander und ihrem Wunsch, das Glück des anderen an erste Stelle zu setzen.«

»Verkauf den Christys das Haus in Wauwinet«, sagt Glenn. »Die Pension geht dann an meinen Käufer.« Glenn lehnt sich in seinem Stuhl zurück. »Meine Geschichte ist vielleicht nicht so gut wie Eddies, und sie ist vielleicht nicht O. Henry, aber es ist trotzdem eine Geschichte.«

»Leg los«, sagt Eddie.

»Mein Käufer für das Winter Street Inn ist ein Typ, der dort öfter gewohnt hat, zwölf Jahre lang, immer über Weihnachten. Also kennt er Mitzi und Kelley natürlich, und er möchte sie damit überraschen, dass er für die Pension den vollen Preis zahlt. In bar. Er hat früher wohl Hüte gefertigt – es gibt eine komische Bezeichnung dafür, die ich vergessen habe –, und einer seiner Hüte wurde in der *Vogue* abgebildet, und sofort kam jemand angerauscht, um ihm sein Hutgeschäft für einen achtstelligen Betrag abzukaufen. Also hat er die sechseinhalb Millionen. Er sagt, er ist nicht in Eile; er möchte, dass Mitzi und Kelley in der Pension wohnen bleiben, so lange sie wollen, und wenn sie dann bereit sind oder Mitzi bereit ist auszuziehen, wird er übernehmen. Und er sagt, er wird sich verpflichten, die Pension genau so zu lassen, wie sie war, als die Quinns sie führten.« Glenn legt seine Hände hinter den Kopf. »Also, ist dieser Typ Santa Claus, oder was?«

»Santa Claus?«, sagt Eddie, und in ihm geht eine Glühbirne an.

AVA

Wie jeder andere in Amerika allgemein und in New York im Besonderen verbringt Ava die Wochen vor Weihnachten mit Shoppen. Nur dass sie statt Geschenken Kleidungsstücke kauft, die sie nach Österreich mitnehmen will!

»Ich komme mir so selbstsüchtig vor«, sagt sie zu Margaret.

»Lass es«, sagt Margaret. »Dies wird eine ganz spezielle Reise für dich, das spüre ich.«

Wie speziell?, würde Ava gern fragen. Weiß Margaret etwas, das Ava nicht weiß?

Ava und Margaret sind im zweiten Stock von Bergdorf Goodman in der Modeabteilung. Margaret will Ava ein Kleid für den Silvesterball in der Hofburg kaufen. Eigentlich hat Ava ihrer Mutter erklärt, dass das unnötig sei; Margaret besitzt Schränke voller Kleider. Ava könnte sich daraus einfach etwas aussuchen. Doch Margaret bestand darauf, dass dieser Ball ein neues Kleid wert sei, das Avas Figur, Hautton und Geschmack perfekt angepasst sein müsse.

Ava probiert vierzehn Modelle an, bevor sie den Sieger gefunden hat: ein trägerloses elfenbeinfarbenes Seidenkleid mit einer goldenen Kordel als Gürtel. Es ist das Gewand einer Göttin mit Blouson-Oberteil und großzügig geschnittenem Rock. Das Elfenbein schmeichelt Avas roten Haaren und ihrem Teint, und Margaret hat ein Paar lange goldene Ohrringe, die Ava sich ausleihen kann. Sie kaufen goldene Sandalen mit mittelhohem Absatz – optimal zum Tanzen – und eine winzige goldene Clutch.

»Frisur und Make-up übernehme ich«, sagt Margaret. »Du wohnst im Grand Hotel Wien, oder? Ich rufe morgen die Concierge an und verabrede einen Termin.«

»Aber du tust schon so viel«, sagt Ava. »Das Kleid, die Schuhe, das Täschchen …«

»Ich leihe dir meinen Pelzbolero«, sagt Margaret. »Erinnere mich daran, dass ich ihn vorbeibringe.«

»Und mein Flug«, sagt Ava. Potter reist am Dienstag, dem 19., nach Wien ab. Er habe vor Avas Ankunft noch Berufliches zu erledigen, sagt er.

»Was denn?«, fragt Ava.

»Ich fange mit den Recherchen zu meinem Donau-Roman an«, sagt er.

Und bevor Ava ihr Entzücken äußern kann – an der Columbia heißt es wie überall veröffentlichen oder untergehen, und Potter spricht seit Monaten von seinem Donau-Roman –, fügt er hinzu: »Und ich plane ein paar Überraschungen für dich.«

Ava wird am Donnerstag, dem 21., allein nach Wien fliegen, und Margaret hat darauf bestanden, Avas Ticket auf die erste Klasse umzubuchen.

»Du hast nicht gelebt, bis du auf einem internationalen

Flug erster Klasse geflogen bist«, sagte Margaret. »Außerdem möchte ich, dass du erfrischt ankommst.«

Ava hat das Gefühl, dass etwas in der Luft liegt, etwas Großes. Das Beharren ihrer Mutter darauf, dass dies eine spezielle Reise wird, für die sie ausgeruht und erfrischt sein muss. Potters Anspielung auf eine Überraschung für Ava. Aber Ava will sich keine Hoffnungen machen; sie ist zu oft in ihrem Leben enttäuscht worden. Nathaniel hat sie vor drei Jahren mit Gummistiefeln und passenden Socken als Weihnachtsgeschenk »überrascht«. Und Scotts Überraschung für sie war, dass er Miss Oliveria schwängerte.

Ava würde *gern* an Potter glauben. Er hat es ja wirklich geschafft, das Problem mit PJ zu bereinigen – mit Hilfe von Harrison. Als Potter aus Kalifornien nach Hause kam, brachte er ein Bild mit, das PJ gezeichnet hatte. Es zeigte fünf Strichmännchen. PJ war in der Mitte, Trish und Harrison standen rechts neben ihm und Potter und Ava links von ihm. Alle Figuren hielten sich an den Händen, und über ihnen schien die Sonne.

Die Zeichnung war mehr, als Ava sich hätte erhoffen können. Sie hat dafür gesorgt, dass Potter sie an seinen Kühlschrank klebt.

»Ich kann dir doch ein paar Dinge abnehmen«, sagt Margaret, als sie der Verkäuferin ihre Bergdorf-Karte reicht. Sie holt tief Luft. »Weißt du, wie komisch es ist, dass es fast sechs Uhr ist und ich nirgendwo sein muss?«

»Das ist ganz sicher komisch«, sagt Ava.

»Auf die bestmögliche Art«, sagt Margaret. »Gehen wir ins Café und bestellen uns einen Cocktail.«

Übers Wochenende packt Ava alles, was sie für die Reise brauchen wird. Sie hat noch drei Tage Unterricht, und am Donnerstag fliegt sie. Sie kann gar nicht sagen, wie aufgeregt sie ist. Wien und Salzburg zu Weihnachten! Mozart! Marzipan! Ava hofft, dass eine von Potters Überraschungen eine *Sound-of-Music*-Tour ist, wenn sie in Salzburg sind.

The hills are alive …

Potters erste Überraschung besteht darin, dass er am Dienstag in der Copper Hill vorbeikommt, um Ava einen Abschiedskuss zu geben, bevor er sich zum JFK aufmacht. Es ist drei Uhr und der Schultag offiziell vorbei, aber Ava ist mit Justice DeMarco im Konservatorium, wo er an einem eigenen Projekt arbeitet. Er komponiert einen Ragtime auf dem Klavier, was ein nobles Unterfangen ist, doch Justice ist schnell frustriert und hat das Gefühl, dass jede Richtung, die er der Akkordfolge gibt, nachgeahmt klingt.

»Alle Ragtimes klingen gleich«, sagt Ava, um ihn zu beruhigen.

»Aber ich möchte einen *neuen* Ragtime kreieren«, betont Justice. »Einen Ragtime hundert Jahre später.«

In diesem Moment kommt Potter herein. Er beobachtet Ava, und sie kann nicht anders, als seinen ehrfürchtigen Gesichtsausdruck zur Kenntnis zu nehmen. Es ist der Gesichtsausdruck eines verliebten Mannes, der seine Freundin bei der Arbeit sieht.

»Entschuldige mich einen Moment, Justice«, sagt Ava.

Justice spielt weiterhin seine krachenden Akkorde, während er mit der rechten Hand eine Melodie klimpert, und

Ava zieht Potter hinter die Tür zu ihrem Büro und verpasst ihm einen saftigen Kuss.

»Ich werde dich schrecklich vermissen«, sagt er.

»Es sind ja nur zwei Tage«, sagt sie und gibt Potter noch einen Kuss, länger und sehr unpassend für einen Arbeitsplatz, dann scheucht sie ihn hinaus. »Guten Flug«, sagt sie. »Schreib mir, wenn du gelandet bist.«

»Ich liebe dich«, sagt Potter.

»Ich dich auch«, sagt Ava. Sie begleitet Potter hinaus auf den Flur und winkt ihm nach, bis er um die Ecke verschwunden ist.

Es ist zehn Uhr abends, und Ava liegt im Bett und hört sich über Kopfhörer Schuberts Impromptu Nr. 3 in Ges-dur an, während sie durchs Fenster nach den Kondensstreifen von Potters Flugzeug Ausschau hält.

Ihr Telefon klingelt.

Potter?, fragt sie sich. Es ist zu spät, als dass es jemand anders sein könnte. Sein Flug sollte um viertel vor zehn starten. Er hat eine SMS geschickt, als er einstieg. Vielleicht haben sie Verspätung und sitzen in einer endlosen Reihe von Maschinen, die auf ihren Abflug nach Europa warten, und Potter langweilt sich und möchte ein letztes Mal Avas Stimme hören.

Aber als sie ihr Telefon checkt, sieht sie, dass es ein Anruf von Margaret ist.

»Mom?«, sagt Ava.

»Oh, Schätzchen«, sagt Margaret.

BART

Als er und Allegra sechs Wochen und drei Tage zusammen sind, bekommt Bart eine E-Mail vom Marine Corps, und plötzlich wird ihm klar, dass er und Allegra über die Zukunft sprechen müssen.

Er lädt Allegra zum Essen ins Greydon House ein, und sie werden an einen der versteckt liegenden Tische in der Bar platziert. Das Greydon House ist der neue Hotspot auf Nantucket; Bart erinnert sich, dass hier früher die Praxis seines Zahnarztes war. Jetzt ist es neu gestaltet als Hotel und elegantes Restaurant. Die Bar ist dunkel getäfelt, die Beleuchtung zurückhaltend, die Möblierung kunstvoll gediegen und der Gesamteindruck der eines exklusiven Clubs. Da Allegra erwähnt hat, dass sie schon immer mal herkommen wollte, und es jetzt Barts Aufgabe ist, Allegra ihre Wünsche zu erfüllen, hat er sie hierher ausgeführt.

Er bestellt einen Cocktail mit dem Namen Grey Lady, der in einem schalenförmigen Glas serviert wird. Normalerweise trinkt er in Allegras Gegenwart nicht, aber heute Abend muss er ihr etwas mitteilen und ist sich nicht sicher, wie er es formulieren soll.

»Ich hab heute eine E-Mail gekriegt«, sagt er. »Ich bin für

die Offiziersausbildung zugelassen. Am 30. Januar muss ich im Camp Lejeune antreten.«

Allegra nickt langsam. »Wo ist das?«

»In North Carolina«, sagt Bart.

Allegra starrt auf ihren Salat. Er besteht aus jungem Blattgemüse mit allen möglichen darin versteckten Schätzen – Radieschen, gebratene Rote Bete, Kürbiskerne. Bart bekommt eine Hummercremesuppe, die der Kellner ihm aus einem Zinnkrug eingegossen hat. Das Essen hier ist die reinste Kunst.

»Du gehst also?«, sagt Allegra. »Du verlässt Nantucket?«

Bart greift unter dem Tisch nach Allegras Hand. Sie waren bisher so voneinander gefangen, so beschäftigt damit, die Gegenwart zu genießen und alles über die Vergangenheit des anderen zu erfahren, dass die Zukunft keine Rolle spielte. Aber Bart *hat* Allegra erzählt, dass er die Offiziersausbildung machen wollte, gleich zu Beginn, am Abend seiner Party. Oder? Es erscheint ihm so lange her, dass er sich nicht erinnert. Bart weiß genau, dass er es ihr erzählt hat. Vermutlich hat sie ihn gehört, sich aber nichts dabei gedacht, weil sie nicht wusste, dass sie sich so sehr, so heftig ineinander verlieben würden.

Sie sind seit sechs Wochen zusammen. In sechs Wochen wird Bart nach North Carolina abreisen.

»Ich möchte, dass du mitkommst«, sagt er.

»Wirklich?«, fragt sie.

»Wirklich. Du kannst bei mir auf dem Stützpunkt wohnen. Du kannst dir einen Job besorgen. Du kannst Maklerkurse belegen. Wir können zusammenbleiben.«

Allegra stochert in ihrem Salat, als suche sie dort nach der Antwort. Bart wartet darauf, dass sie sagt, ob sie mitkommt oder nicht mitkommen kann oder will. Sie ist glücklich auf Nantucket, sie hat einen Job, sie fühlt sich wohl und ist zufrieden. Bart wird versuchen, ihr zu erklären, dass es einem hilft zu wachsen, wenn man *unzufrieden* ist. Allegra muss Nantucket und das Haus ihrer Eltern verlassen – vielleicht dringender noch als Bart.

Bart ist sich so sicher, dass Allegra diejenige, welche für ihn ist, dass er nichts anderes hören will. Zu Thanksgiving hat Patrick ihn beiseitegezogen und ihm empfohlen, »vorsichtig« zu sein. Patrick meinte, die Dinge zwischen Bart und Allegra schienen sich »ein bisschen schnell« zu entwickeln.

»Dad kann dir ja keinen Rat mehr geben«, sagte er, »also werde ich das tun.«

Bart reagierte gelassen, auch wenn er Patrick am liebsten eine reingehauen hätte. Patrick war immer sein Lieblingsbruder gewesen, und wenn er sich wie ein Ersatzvater verhalten hatte, war Bart dankbar gewesen. Paddy war jünger als Kelley und weitaus cooler. Doch inzwischen ist Bart erwachsen. Er hat Dinge erlebt, die Patrick sich nicht vorstellen kann. Er wird sich nicht von Paddy vorschreiben lassen, wie er sein Leben zu leben hat.

Patrick führt eine gute Ehe. Das muss Bart zugeben.

Vor langer Zeit hat Kelley Bart viel mehr über seine eigenen Ehen erzählt, als Bart wissen wollte. Kelley und Margaret hatten sich geliebt, jedoch in einem Dampfkochtopf gelebt. »Es war Manhattan in den Neunzigern«, fügte Kelley als Erklärung hinzu, aber Bart hatte keine Ahnung, was das bedeutete. Letztlich hatte sich die Ehe als unhaltbar erwiesen. »Das passiert manchmal, wenn man zu jung heiratet«, meinte Kelley.

Bart ist vernünftig genug, um zu wissen, dass seine Beziehung mit Allegra scheitern könnte. Vielleicht wird Allegra unglücklich, fühlt sich unerfüllt. Vielleicht zieht sie einen von Barts Vorgesetzten – oder Untergebenen – Bart vor. Er weiß, dass es Risiken gibt. Er weiß aber auch, dass manche Beziehungen zwischen jungen Menschen Stürme überstehen. Das erfordert harte Arbeit, Engagement – und Glück. Bart findet, dass ihm ein bisschen Glück zusteht; er hat genug Pech für ein ganzes Leben gehabt.

Wird Bart auch gehen, wenn Allegra nicht mitkommen will? Wird er sich von diesem Mädchen, dieser neuen Liebe, dieser Frau verabschieden, die zusätzlich zu allem anderen so schnell seine beste Freundin wird?

Nein. Er wird bleiben. Nicht gern, doch für Allegra wird er auf Nantucket bleiben.

Allegra lächelt ihn an. »Ich glaube, meine Eltern werden sagen, dass es zu früh ist. Dass wir uns kaum kennen …«

»Es ist früh, das weiß ich«, sagt Bart.

»Aber das ist mir egal!«, sagt Allegra. »Ich gehe mit dir, wohin du willst. Nach North Carolina, Alaska, Deutschland, auf den Mars.«

»Das tust du?«, fragt Bart.

»Ja«, sagt Allegra. »Das tue ich.«

Bart setzt Allegra bei ihr zu Hause in der Lily Street ab, dann bleibt er im Auto sitzen, bis das Licht in ihrem Zimmer ausgeht. Er ist so glücklich, dass ihm schwindlig ist. Allegra wird mitkommen. Er muss nie wieder allein sein.

Bart schwebt die Seitentreppe der Pension hinauf, bis er Rauch riecht und im Dunkeln die Spitze der Zigarette seiner Mutter glühen sieht.

Er kann es nicht abwarten, Mitzi die Neuigkeit zu erzählen. Sie wird sich sehr darüber freuen.

»Mom?«, sagt er.

Als er näher kommt, hört er Mitzi weinen. »Wir verlieren ihn«, sagt sie.

MARGARET

In diesem Jahr ist Margaret sehr weihnachtlich gestimmt.

Sie kauft beim Koreaner an der Ecke einen Baum. Er ist klein, aber der erste Christbaum, den Margaret besitzt, seit sie und Kelley und die Kinder das Brownstone in der East 88th Street verlassen haben.

Natürlich kann man nicht nur einen Baum kaufen, merkt Margaret, sobald der Portier ihr geholfen hat, ihn nach oben zu bringen. Sie braucht einen Ständer. Und Lichter. Und Anhänger. Sie geht zu Duane Reade, behält dort aber ihre Sonnenbrille auf, um nicht erkannt zu werden. Es ist jetzt viel schlimmer, erkannt zu werden als früher, als sie noch arbeitete. Erstens ging sie damals selten auf die Straße, um alltägliche Besorgungen wie diese zu erledigen. Zweitens schien der Bevölkerung von New York früher bekannt zu sein, dass Margaret Quinn viel beschäftigt war und deshalb nicht auf Fotos, ihre politische Meinung oder Reminiszenzen angesprochen werden durfte. Jetzt, als Ruheständlerin, ist Margaret Freiwild. Wenn Leute sie erkennen, möchten sie stehen bleiben und ihr mitteilen, wie sehr sie ihre Sendung liebten, wie viel sie ihnen bedeutete, dass »die Neue« einen irritierenden Sprachfehler hat. Dann fangen sie an, über Trump zu reden, und an diesem Punkt entschuldigt Margaret sich immer.

Sie holt bei Duane Reade einen Christbaumständer sowie einen Karton mit vierhundert weißen Lichtern. Sie hat auch die Schachteln mit Anhängern begutachtet, doch das Angebot ist mickrig und schäbig. New York ist das Zentrum des Massenkonsums. Es muss doch ein Geschäft geben – oder mehrere –, das ausschließlich Weihnachtsanhänger führt. Das Christmas in New York in der Mulberry Street in Little Italy, verrät Google ihr. Und das Christmas Cottage in der 7th Avenue.

Am nächsten Tag füllt Margaret im Christmas Cottage ihren Korb mit Anhängern. Sie und Kelley haben früher auf Reisen Anhänger gesammelt und sie denen hinzugefügt, die Kelley von seiner Mutter Frances und Margaret von ihrer Familie geerbt hatten. Im Gedenken an den Tag, an dem sie sich kennengelernt hatten, krönten sie den Baum immer mit dem Engel, den sie in dem Laden im Metropolitan Museum of Art gekauft hatten. So trägt man Anhänger zusammen, denkt Margaret: Stück für Stück, von denen jedes eine Geschichte erzählt.

Na ja! Alle Anhänger, die einmal Margaret gehörten, sind mit Kelley nach Nantucket gezogen. Aber sie und Drake *brauchen* Anhänger, also fährt Margaret fort, die hübschesten, geschmackvollsten auszusuchen, die sie findet. Die Geschichte dieser Anhänger wird bei allen dieselbe sein: *Dies ist der Christbaumschmuck, den ich im Christmas Cottage in der 7th Avenue kaufte, als ich bei CBS aufgehört hatte und Weihnachten wiederentdeckte.*

Am selben Nachmittag beschließt Margaret, Popcorn und Cranberrys zu einer Girlande aufzufädeln. Die Anleitung dazu findet sie auf Martha Stewarts Website. Martha Stewart ist eine Göttin, erkennt Margaret. Das Ausmaß ihrer Kreativität verschlägt einem den Atem.

Die Girlande erfordert einen weiteren Ausflug zu Duane Reade – um Angelschnur und ein Nähetui zu besorgen – sowie den Einkauf von Popcorn, Cranberrys und Pflanzenöl bei Gristedes.

Als Drake abends aus dem Krankenhaus kommt, hat Margaret zwei Pfannen Popcorn gemacht, die zusammen mit zwei Tüten Cranberrys eine über neun Meter lange Girlande ergaben. Sie hat sich unzählige Male mit der Nadel gestochen, aber die Girlande sieht genau so aus, wie sie soll. Margaret hat Weihnachtslieder von Johnny Mathis aufgelegt und zum Abendessen einen Topf Käsefondue gemacht. Dazu hat sie nicht nur Gruyère und Emmentaler vorsichtig schmelzen lassen und mit Wein und Kirschwasser verrührt, sondern auch ein Baguette getoastet und gewürfelt und eine Sommerwurst zum Eintunken aufgeschnitten. Das Fonduerezept stammt auch von Marthas Website und enthielt den Vorschlag, dazu einen frischen Riesling zu trinken, da die Trockenheit des Weins gut mit der Schwere des Fondues kontrastiere.

»Schau mal!«, sagt Margaret, als sie Drake ein Glas gekühlten Riesling reicht. »Ich hab eine Girlande gemacht. Und Anhänger für den Weihnachtsbaum gekauft! Wir können den Baum schmücken und dann essen.«

»Unglaublich!«, sagt Drake. »Du warst heute ja sehr produktiv.«

»War ich, oder?«, sagt Margaret. Es ist erstaunlich, wie viel man schaffen kann, wenn man nicht arbeiten muss. Und Margaret hat den ganzen Tag über nicht die Nachrichten gecheckt, kein einziges Mal.

Die nächsten Tage widmet Margaret dem Einkaufen für ihre Kinder und Enkel und für Mitzi, Kelley und Drake. In den letzten Jahren hat Margaret ihre Assistentin Darcy für alle die Geschenke aussuchen lassen, aber es macht sehr viel mehr Spaß, das selbst zu tun. Sie ist in Weihnachtsstimmung!

Am Freitagnachmittag geht Margaret mit Ava bei Bergdorf's shoppen. Sie spricht es nicht aus, hofft aber, dass es nur eine Frage der Zeit ist, bis sie sich nach einem Brautkleid umsehen.

Am Wochenende richtet Margaret ihren Blick nach draußen. Am Samstagnachmittag sitzt sie vier Stunden lang auf der Lower East Side von Manhattan in einem Lagerhaus und packt für Toys for Tots Geschenke ein. Margaret selbst hat für fast tausend Dollar Spielzeug gespendet, doch als sie die Liste der Kinder sieht, die nichts zu Weihnachten bekämen, wenn es diese ehrenwerte Aktion nicht gäbe, kommen ihr fast die Tränen. Die Liste ist seitenlang.

Ezekiel, sechs Jahre.

Marco, neun Jahre.

Patrick, zehn Jahre. *Ein Patrick ist auch dabei*, denkt Margaret. Und wahrscheinlich auch ein Kevin und eine Ava,

Kinder wie ihre eigenen, die jetzt unter dem Baum etwas schön Verpacktes vorfinden werden.

Margaret hat nie gelernt, wie man ein Geschenk richtig einwickelt, deshalb dient sie einer Verpackerin namens Nell in der ersten Stunde als Handlangerin. Dann erbarmt sich Nell ihrer und gibt ihr eine rasche Anleitung.

Den Sonntagmorgen verbringt Margaret damit, Drake zu erzählen, wie wundervoll es sich angefühlt hat, tatsächlich etwas Gutes zu tun.

»Ich hab nicht bei einer Gala an einem Zehntausend-Dollar-Tisch gesessen und Gummihähnchen gegessen«, sagt sie. »Es war real. Ich hab für Ezekiel und Marco und Patrick Geschenke eingewickelt. Ich glaube, als Nächstes suche ich mir eine Suppenküche.«

»Warum kommst du nicht mit ins Krankenhaus und liest den Kindern vor?«, sagt Drake. »Ich gebe ihnen morgen Bescheid, dann kannst du für Dienstag einen Besuch einplanen. Ich weiß nicht, ob es dir schon mal jemand gesagt hat, aber du hast eine wunderschöne Sprechstimme.«

»Ja!«, sagt Margaret. Kaum zu glauben, dass ihr das nicht selbst eingefallen ist! Sie wird zu Books of Wonder gehen, ein paar Weihnachts-Kinderbücher kaufen und sie auf der Kinder-Krebsstation des Sloane Kettering vorlesen.

Dienstag ist einer der denkwürdigsten Tage in Margarets Leben. Sie nimmt vier Bilderbücher in die Kinder-Krebsstation mit. Zwei sind Hops-&-Huper-Weihnachtsgeschichten von Holly Hobbie. Hops und Huper sind zwei Schweinchen, die in einem Wald wohnen. Hops ist abenteuerlustig und Huper ein Stubenhocker. Trotzdem sind sie beste Freunde, ähnlich wie Ernie und Bert. Margaret ist ein Fan dieser Bücher, seit Barrett, ihr ältester Enkel, klein war. Sie liebt die Bilder, das gemütliche Leben in Woodcock Pocket und die Freundlichkeit und das Einfühlungsvermögen von Hops und Huper.

Margaret hat auch *Olivia feiert Weihnachten* mitgebracht – wieder ein Schwein! Dieses ist weiblich und eigensinnig. Die Olivia-Bücher hat Ian Falconer geschrieben und illustriert, einer von Margarets Lieblingsillustratoren für den *New Yorker*. Und das letzte Buch ist eine brillante, gruselige Mischung aus Halloween- und Weihnachtsgeschichte, erzählt in geistreichen Reimen.

Nur fünf Kinder sind gesund genug, um zum Vorlesen zu kommen: Hayden, Christopher, Madison, Jayquan und Gladys.

Gladys?, denkt Margaret. Gladys ist fünf. Alles Alte ist wieder neu.

Die Kinder scheinen die Geschichten zu mögen – die Gruselgeschichte ist natürlich der große Favorit –, und Margaret staunt darüber, dass Kinder sich wie Kinder verhalten, wie krank sie auch sein mögen. Hayden, Madison und Jayquan haben ihre Haare verloren, und Gladys hängt am Tropf. Aber sie lachen und stehen auf, um die Bilder besser sehen zu können. Christopher schläft ein und wacht dann gestärkt wieder auf.

Nach dem Vorlesen lernt Margaret die Eltern kennen. Alle wünschen sich Autogramme und Fotos mit Margaret. Jayquans Mutter Aileen sagt, sie habe Margaret zum ersten

Mal am 11. September auf dem Bildschirm gesehen. Sie war damals vierzehn und im ersten Jahr an der Benjamin Cardozo High School. An diesem Tag, sagt Aileen, wurde Margaret für sie zur Heldin.

Jetzt ist Aileen für Margaret eine Heldin. Ein so krankes Kind zu haben ist eine der schwersten Lasten, die eine Mutter tragen kann. Wie schaffen diese Eltern das? Wie halten sie es aus? Wie bewahren sie sich ihren Schwung, ihren Optimismus, ihr Lächeln? Wie gelingt es ihnen, nicht zusammenzubrechen?

Sie tun, was sie tun müssen, vermutet Margaret. Ihre Kinder waren immer alle mehr oder weniger gesund, aber wenn eins von ihnen ernsthaft krank gewesen wäre, hätte sie die nötigen Opfer gebracht. Sie hätte getan, was notwendig gewesen wäre, damit es ihrem Kind wieder gut ging. Margaret umarmt Aileen besonders fest und gibt ihr ihre private E-Mail-Adresse.

Drake wartet vor der Station auf Margaret. »Jetzt lade ich dich zum Essen ein«, sagt er.

»Nein«, sagt Margaret. »Ich möchte hier essen.«

»Hier?«, fragt Drake. »Im Krankenhaus?«

Margaret weiß nicht recht, wie sie es erklären soll. Sie will im Krankenhaus bleiben, bis sie sicher ist, dass ihre fünf neuen Freunde schlafen. Am liebsten würde sie sie selbst zu Bett bringen. »Bitte?«, sagt sie.

»Okay«, sagt Drake und führt Margaret hinunter in die Cafeteria. Da stehen ein mit Schneeflocken aus Papier geschmückter Plastikbaum und eine recht traurig aussehende Menorah. Aus dem Lautsprecher ertönen Straight No Chaser mit »The Christmas Can-Can«, das Margaret ziemlich mitreißend findet. Sie holt sich ein Thunfischsandwich und eine Schüssel Gemüsesuppe; Drake nimmt den Hühnereintopf. Sie setzen sich an einen Tisch, und Margaret mustert die anderen Essensgäste, viele von ihnen mit hängenden Schultern und tief liegenden Augen.

»Wie machst du das?«, fragt sie Drake. »Wie schaffst du es, dass dich das alles hier emotional nicht zu sehr berührt? Dass du dich nicht in jedes einzelne Kind verliebst?«

»Es ist schwierig«, sagt Drake. »Aber ich rufe mir immer wieder ins Gedächtnis, dass ihnen nicht meine Liebe wichtig ist. Für sie ist es wichtig, dass ich ihr Arzt bin, dass ich operiere, dass ich sie gesund mache.«

Während Margaret darüber nachdenkt, klingelt ihr Telefon. Sie schaut auf das Display.

»Es ist Mitzi«, sagt sie zu Drake.

»Geh ran«, sagt er.

Aber Margaret will nicht rangehen. Es gibt nur einen Grund dafür, dass Mitzi jetzt anruft, so spätabends. Es ist nach neun.

Vielleicht braucht Mitzi nur Geschenkideen für die Kinder. Das wäre denkbar.

»Geh ran«, sagt Drake erneut.

»Hallo?«, sagt Margaret.

»Margaret«, sagt Mitzi. »Wir verlieren ihn.«

»Nein«, sagt Margaret und schließt die Augen. Lou Rawls singt »Have Yourself a Merry Little Christmas«. »Nein, Mitzi.«

»Dr. Cherith war eben hier. Und Lara, die Hospizschwester. Sie glauben, dass er nur noch ein paar Tage hat. Er wird nicht bis Weihnachten durchhalten.«

»Nein«, sagt Margaret. Ihre Augen sind von Tränen überschwemmt. Drake greift nach ihrer Hand.

»Kannst du die Kinder anrufen und ihnen Bescheid geben?«, fragt Mitzi. »Patrick und Ava? Kevin war gerade hier, also weiß er es schon. Aber würdest du die beiden anderen bitte für mich anrufen?«

»Ich glaube, das solltest du tun«, sagt Margaret. »Du bist seine Frau.«

»Du bist ihre Mutter«, sagt Mitzi. Margaret hört eine vertraute Härte in ihrer Stimme. Sie fechten wieder ihren alten Territorialkrieg aus – wer was für wen ist. »Bitte tu das für mich. Ruf einfach an und sag ihnen, dass sie zwei Tage haben, höchstens drei, wenn sie ihn noch sehen wollen.«

»Ja, okay«, sagt Margaret. »Ich rufe sie an. Und Drake und ich kommen morgen Abend nach Drakes letzter OP. Wir fahren die Nacht durch, wenn es sein muss.«

»Danke, Margaret«, sagt Mitzi und legt auf.

Margaret wird zuerst Ava anrufen, beschließt sie. Ava kann morgen Abend mit ihr und Drake nach Nantucket fahren, wenn sie will.

Dann ringt sie nach Luft. *Österreich!*

Oh, mein liebes Kind, denkt sie.

Sie wählt Avas Nummer.

KELLEY

Jetzt sieht er auf beiden Augen nichts mehr. Und hört nur noch mit einem Ohr. Er kann Geräusche von sich geben, aber nicht mehr sprechen. Er sieht seine Mutter Frances. Seinen Bruder Avery. Ein Junge mit Popeye-Bizeps und Südstaatenakzent streckt die Hand aus und sagt: *Schön, Sie kennenzulernen, Mr Quinn. Ich bin Centaur.*

Centaur?, sagt Kelley. *So heißt du?*

Der Junge verschwindet.

Kelley ist sehr müde.

Ist schon Weihnachten? Kelley wollte bis Weihnachten durchhalten. Andererseits hätte er gern die Erlaubnis loszulassen.

Mitzis Stimme. »George hat die Pension gekauft, Schatz. Und den vollen Preis gezahlt. Er sagt, wir können wohnen bleiben, so lange wir wollen. Er sagt, er wird nichts verändern. Er und Mary Rose wollen alles so beibehalten, wie es immer war. Ist das nicht eine gute Nachricht?«

George?, denkt Kelley. *Wer ist dieser George, der die Pension gekauft hat?*

Dann denkt er: *Ach so, George.* Ein vager Protest steigt in Kelley auf, aber er kann ihn nicht artikulieren.

Er hat George einen Boxhieb verpasst, direkt in die Fresse. George hatte es verdient.

Kelley kommt zu dem Schluss, dass George die Pension großartig führen wird.

Mitzis Stimme. »Potter ist am Telefon. Er möchte dich was fragen.«

Wer ist Potter? Harry Potter? Kelley hat nur den ersten Band geschafft.

»Ich gebe ihm deinen Segen«, sagt Mitzi. »Unseren Segen.«

Ist schon Weihnachten?

Er spürt, dass ihm jemand die Füße massiert. Lara, nicht Laura.

Kevins Stimme. »Ich hab dich lieb, Dad.«

Eine winzige weiche Hand auf seiner Wange. Geneviève!

Isabelle sagt etwas auf Französisch. Kelley erinnert sich an ihren verwirrten Gesichtsausdruck, Sekunden nachdem Kelley Mitzi und George in Zimmer 10 beim Küssen erwischte.

George kauft die Pension.

Mitzis Stimme. »Heute ist der 21. Dezember. Wintersonnenwende«, sagt sie. »Der kürzeste Tag des Jahres. Um viertel nach vier wird es dunkel. So früh schon so dunkel.«

Mitzi berührt sein Gesicht. »Es ist okay, Kelley«, sagt sie. »Wir werden zurechtkommen.«

Da ist die Erlaubnis, wird ihm klar. Er darf loslassen.

Heute ist Wintersonnenwende.

Weißt du, was das Beste an der Wintersonnenwende ist?, würde er Mitzi gerne sagen.

Ab morgen werden die Tage länger.

AVA

Sowohl ihre Mutter als auch Mitzi drängen sie, ihre Reise wie geplant anzutreten. Bis sie in Nantucket ist, könnte Kelley schon bewusstlos sein. Er wird gar nicht merken, ob Ava da ist oder nicht. Sie sollte wie geplant nach Österreich fliegen.

»Dein Vater würde wollen, dass du glücklich bist«, sagt Mitzi.

Kelley würde vielleicht nichts merken, Ava aber schon. Er ist ihr Vater. Ihr wird das Herz schwer bei dem Gedanken, Österreich zu verpassen, ein Land, das sie immer bereisen wollte, und das in der zauberhaftesten Jahreszeit mit dem Mann, den sie liebt. Potter sitzt noch im Flieger. Sie wird ihn morgen früh anrufen und ihm sagen, dass sie nicht kommt.

Am nächsten Morgen hat sie eine SMS von Potter: *Gut gelandet. Fahre jetzt ins Hotel und haue mich hin.* Ava versucht, ihn anzurufen, landet jedoch auf der Mailbox. Sie ruft das Hotel an, und man stellt sie durch auf sein Zimmer, aber er nimmt nicht ab. Er muss fest schlafen.

Sie schickt ihm eine SMS: *Mein Vater hat noch ein, zwei Tage. Ich muss heute Abend nach Nantucket. Ich liebe dich.*

Dann schickt sie eine zweite Nachricht, und die lautet: *Es tut mir so leid.*

Ava fährt zum Unterrichten in die Schule. Ihre Mutter und Drake verlassen New York um sieben Uhr, aber so lange will Ava nicht warten. Sie bucht einen Fünf-Uhr-Flug nach Boston und quetscht sich bei Cape Air in den letzten Flieger von Boston nach Nantucket.

Österreich läuft mir nicht weg, denkt sie. Sie hat ein schlechtes Gewissen, weil sie Potter zu Weihnachten allein lässt, doch er ist ein guter Mensch und wird ihre Entscheidung richtig finden. Potters Eltern sind bei einem Verkehrsunfall umgekommen; er konnte sich nicht von ihnen verabschieden.

Sie versucht, nicht an Potter oder Österreich oder Kelley oder eine Welt ohne Kelley zu denken; sie reagiert nicht auf die Texte von Patrick, Kevin und Bart, in denen sie ihre Reisepläne erörtern. Sie konzentriert sich ausschließlich auf die Logistik: mit Uber zum JFK, der einstündige Flug von JFK nach Boston, der Gang durchs Terminal C zum Gate 27, dem Standort von Cape Air. Ava bleibt vor ihrem Flug nach Nantucket noch eine Stunde. Endlich kann sie sich entspannen.

Wein, denkt sie.

Direkt neben Gate 27 sieht sie einen leeren Hocker an der Bar.

»Sitzt hier jemand?«, fragt sie den Typ auf dem Hocker daneben.

Er dreht sich um, und ihre Blicke treffen sich.

Das darf nicht wahr sein, denkt sie.

»Ava«, sagt er und schenkt ihr sein vertrautes schalkhaftes Grinsen.

Es ist Nathaniel.

»Was?«, sagt sie. »Fährst du …?«

»Ich will über Weihnachten nach Nantucket«, sagt er. »Meine Eltern haben alle zum Skilaufen in Tahoe eingeladen, aber ich bin im Herbst von der Leiter gefallen und hab mir den Rücken gezerrt, deshalb kann ich dabei nicht mitmachen. Außerdem konnte ich mir nur vier oder fünf Tage freinehmen, also dachte ich, ich fahre einfach nach Hause. Hänge wahrscheinlich die ganze Zeit in der Brewery ab. Treffe mich mit Freunden. Weißt du übrigens, dass ich morgen Abend mit Scott Skyler verabredet bin?«

»Mit Scott?«, fragt Ava.

»Ich hab versprochen, ihm beim Servieren des Weihnachtsessens im Our Island Home zu helfen, und dann gehen wir noch was trinken.« Nathaniel zieht die Augenbrauen hoch. »Du könntest mitkommen!«

Nein, danke, denkt Ava

»Wir könnten Scott überraschen. Ich kreuze auf und bringe dich mit. Er wird ausflippen. Du kennst doch die andere Tussi, diese Englisch-Lehrerin? Die hat ihn echt fertiggemacht. Sie ist wirklich durchgeknallt.«

»Roxanne«, sagt Ava.

»Ich treffe mich morgen um fünf mit ihm«, sagt Nathaniel. »Wegen der Nachmittags-Happy-Hour und so. Ich könnte dich abholen.«

Ava gibt dem Barkeeper ein Zeichen und bestellt ein Glas Wein. »Ich würde gern mitkommen«, sagt sie. Das stimmt nicht im Entferntesten. Sie wünscht sich alles andere, als mit Nathaniel und Scott auf das alte Karussell zu steigen. Unglaublich, dass die beiden jetzt Freunde sind und was zusammen unternehmen! »Aber ich kann nicht. Mein Vater ist sehr, sehr krank.« Ihr Wein kommt gerade rechtzeitig, denn Ava spürt Tränen in sich aufsteigen, und sie will auf keinen Fall vor Nathaniel weinen und ihm damit einen Grund geben, sie zu trösten. Sie räuspert sich. »Ich fahre nach Hause, um mich zu verabschieden.«

»Verabschieden?«, sagt Nathaniel. »Ist er so krank?«

Ava nickt. »Hirntumor. Er hat noch … ein, zwei Tage.«

»O nein, Ava. Das tut mir leid. Das wusste ich nicht.«

»Bitte lass uns das Thema wechseln«, sagt sie.

»Okay«, sagt Nathaniel. »Warte mal … du lebst jetzt in New York. Wie gefällt es dir? Bist du noch mit dem lachhaft attraktiven Typen zusammen, den ich letztes Jahr zu Weihnachten kennengelernt habe?«

»Potter«, sagt Ava. »Ja.« Sie hält einen Finger hoch und kramt in ihrer Tasche nach ihrem Telefon. Sie hat einen verpassten Anruf von Potter, aber keine Sprachnachricht oder SMS.

In diesem Moment wird der Viertel-nach-sieben-Flug nach Nantucket aufgerufen.

»Das ist unsere Maschine«, sagt Nathaniel und legt ein paar Geldscheine auf den Tresen. »Ich übernehme deinen Wein.«

»Nein«, sagt sie.

»Ava«, sagt er und berührt ihre Wange. »Ich bin's.«

Ava verbringt fünfundvierzig Minuten in der dunklen Kabine der Cessna damit, auf Nathaniels Hinterkopf zu starren. Sie denkt an die Jahre, in denen sie zusammen waren, daran, wie wahnsinnig verliebt sie gewesen ist. Nathaniel war damals nie ganz erreichbar für sie. Vor drei Jahren fuhr er über Weihnachten nach Hause nach Connecticut und ließ sich wieder mit seiner Highschool-Freundin ein. Damit brach er Ava das Herz. Als Ava dann anfing, sich mit Scott zu treffen, kehrte Nathaniel wild entschlossen zu ihr zurück. Er machte ihr sogar einen Antrag.

Aber mit Nathaniel hatte es nie richtig funktioniert. Es war nie stimmig gewesen.

Und Scott … Avas Beziehung mit Scott war tragfähiger. Sie dachte, sie würden vielleicht irgendwann ein Paar werden – doch dann ließ er sie sitzen. Scott Skyler war die größte Enttäuschung in Avas Leben, eine weitaus größere als Nathaniel, weil Nathaniel von vornherein so unzuverlässig gewesen war.

Ava kann kaum glauben, dass die beiden jetzt Freunde sind. Sie hofft, dass sie sehr glücklich miteinander werden.

Sie liebt Potter. Sie vermisst Potter.

Als sie auf Nantucket landen, fragt Nathaniel: »Sollen wir uns ein Taxi teilen?«

»Kevin holt mich ab«, sagt Ava.

»Das mit deinem Dad tut mir leid, Ava«, sagt Nathaniel. »Ruf mich an, wenn du mich brauchst.«

Ava lächelt. Wenn sie eins mit Sicherheit weiß, dann, dass sie Nathaniel Oscar nicht brauchen wird. »Mache ich«, sagt sie.

In der Pension ist es still, als Ava nach Hause kommt, und alle Lichter sind aus, bis auf die Lichter am Baum, auf dem Kaminsims und am Kranz. Das Wohnzimmer sieht hübsch aus und riecht gut. Da ist das übliche Glas voller Hartbonbons, den alten Betrügern – sie wirken so verlockend und schmecken so grässlich.

Ava würde sich zu gern ans Klavier setzen und ein paar Weihnachtslieder spielen, etwas Beruhigendes, aber sie will Kelley nicht wecken und den Frieden des Hauses nicht stören. Sie wird alle morgen früh sehen.

Paddy trifft mit Jennifer und den Jungs am nächsten Tag um elf Uhr ein, und Margaret und Drake kommen mittags. Kevin geht bei Sophie T's Pizza holen, und Jennifer baut in der Küche das Monopoly-Spiel auf. Bart, Allegra und die drei Jungen spielen, und Drake stellt sich als Bankier zur Verfügung. Ava weiß, dass das Spiel als Ablenkung gedacht ist. Sie halten Wache. Sie warten darauf, dass Kelley stirbt.

Patrick und Kevin sprechen darüber, dass George die Pension kaufen wird. Die Bedingungen sind unglaublich günstig – Mitzi kann wohnen bleiben, so lange sie will. Und George plant, alles zu lassen, wie es ist, also wird das Winter Street Inn, solange es George und Mary Rose gehört, unverändert weiterleben.

»Klingt nach einer Geste seinerseits«, sagt Kevin. »Ist vielleicht eine Wiedergutmachung dafür, dass er eine Affäre mit Mitzi hatte.«

Ava will sich nicht in das Schicksal der Pension vertiefen. Sie wartet auf eine Nachricht von Potter. Sie isst ein Stück Würstchen-Champignon-Pizza; sie beobachtet, wie ihr Neffe Pierce auf dem St.-James-Place und der Tennessee Avenue Hotels errichtet. Ihre eigenen Lieblingsgrundstücke waren immer die von Marvin Gardens; sie fragt sich, warum.

Endlich zirpt ihr Telefon. Ava checkt das Display. Die SMS ist von Scott Skyler und lautet: *Nathaniel hat mir gerade das mit deinem Dad erzählt. Bin schon unterwegs zu euch*.

»Nein«, sagt Ava.

Alle am Tisch sehen sie an. Sie simuliert ein Lächeln. »Ich gehe in mein Zimmer und mache ein Nickerchen. Ich will auf keinen Fall gestört werden. Nur, wenn Dad aufwacht. Das wäre der *einzige* Grund. Haben das alle verstanden?«

»Verstanden«, sagt Drake. »Allegra, du bist dran.«

Allegra würfelt.

Ava muss eingeschlafen sein und hört jetzt, dass jemand an ihre Tür klopft. Sie setzt sich auf. Draußen wird es dunkel, aber das bedeutet nicht unbedingt, dass es schon spät ist; heute ist der kürzeste Tag des Jahres.

»Ja?«, sagt Ava.

Margaret steckt ihren Kopf zur Tür herein. »Ava, Schatz?«

Ava fängt an zu weinen. Kelley muss wach sein, und sie haben sich darauf geeinigt, ihn in der umgekehrten Reihenfolge ihrer Geburtstage zu besuchen. Allerdings ist *besuchen* nur ein Euphemismus für *sich verabschieden,* und Ava kann sich nicht von ihrem Vater verabschieden.

Sie kann einfach nicht.

»Mommy?«, sagt Ava. Margaret ist eine kompetente, starke Frau, eine Problemlöserin. Sie muss auch dieses Problem lösen. *Kehren wir zurück,* denkt Ava. Zurück zu Avas erster Erinnerung an Kelley, an ihre Eltern zusammen. Sie war drei oder vier Jahre alt. Kelley kam von der Arbeit nach Hause, und Margaret umarmte ihn. Sie küssten sich, und Ava machte einen Tunnel aus ihren Beinen und kroch hindurch.

»Da ist jemand für dich«, sagt Margaret. »Kannst du bitte mal rauskommen?«

Jemand für sie? Scott! So ein Mist! Margaret war nicht in der Küche, als Ava sagte, sie wolle nicht gestört werden, und aus irgendeinem Grund war Margaret immer ein Fan von Scott.

»Ich will nicht«, murrt Ava.

»Oh, das glaube ich doch«, sagt Margaret.

Pflichtbewusst steht Ava auf und folgt ihrer Mutter den Flur entlang.

Das Wohnzimmer ist leer. Alle sind in der Küche; den Geräuschen nach zu urteilen geht Avas Neffe Barrett gerade bankrott.

Und dann sieht Ava Potter neben dem Weihnachtsbaum stehen. Er lässt sich auf ein Knie nieder und hält ihr eine Samtschachtel hin, in der ein Brillantring liegt.

»Ava Quinn«, sagt er. »Willst du mich heiraten?«

Als eine Stunde später für Ava die Zeit gekommen ist, ihren Vater zu besuchen, tut sie das allein, mit dem Ring an ihrer linken Hand.

Sie setzt sich auf den Stuhl neben Kelleys Bett. Seine Augen sind offen, doch sie weiß, dass er nicht mehr sehen kann. Mitzi ist auf der anderen Seite des Bettes und hält Kelleys Hand.

»Es ist Ava, Liebling«, sagt sie. »Ava ist hier. Sie muss dir was erzählen.«

»Ich werde heiraten, Daddy«, sagt Ava. »Potter hat mir einen Antrag gemacht, und ich habe Ja gesagt.« Ava greift nach Kelleys anderer Hand und versucht, nicht daran zu denken, dass sie ohne diesen Mann an ihrer Seite vor den Altar treten wird. Sie hat diesen Moment mit ihm; sie darf ihm die Neuigkeit mitteilen. Dafür ist sie dankbar, sehr dankbar.

Kelley gibt ein Geräusch von sich. Vielleicht ist es ein Atemzug oder ein Seufzer, vielleicht versucht er aber auch zu sprechen.

Ich freue mich so für dich, Ava. Mein kleines Mädchen.

»Ich hab dich lieb, Daddy«, sagt Ava.

Sie drückt seine Hand, und der Anflug eines Lächelns huscht über Kelleys Lippen.

MARGARET

Die Zeit ist Margaret nach wie vor ein Rätsel. Ein Monopoly-Spiel kann einen Nachmittag dauern, und eine Stunde auf dem Laufband kommt einem ewig vor. Aber ein Leben verstreicht in einem Augenblick.

Am Donnerstagabend kommt Lara, die Hospizschwester, in die Küche.

»Jetzt dauert es nicht mehr lange«, sagt sie.

Margaret steht im Flur vor Kelleys Zimmer, als zuerst Bart, dann Ava, dann Kevin und schließlich Patrick hineingehen, um sich von ihrem Vater zu verabschieden. Margaret hat in ihrem Leben alle möglichen Schwierigkeiten bewältigt, aber nichts so Schwieriges, wie ihre erwachsenen Kinder weinen zu sehen, als sie wieder aus dem Zimmer kommen.

Als Patrick herauskommt, sagt er: »Du bist an der Reihe, Mom.«

Margaret dachte nicht, dass auch sie an die Reihe käme. Es erscheint ihr selbstsüchtig und vielleicht auch unpassend. Mitzi ist im Zimmer, an Kelleys Bett, wo sie hingehört. Sie ist seine Ehefrau. Margaret ist … wer ist Margaret noch für Kelley? Seine ehemalige Frau? Die Mutter seiner drei älteren Kinder?

Seine beste Freundin, denkt sie. Sie kennt ihn länger als alle anderen.

Neben ihr taucht Drake auf. Das Monopoly-Spiel ist offenbar zu Ende. Als läse er Margaret die Unschlüssigkeit vom Gesicht ab, sagt Drake: »Geh rein und verabschiede dich. Du wirst es bereuen, wenn du es nicht tust.«

Margaret nickt. Natürlich hat er recht. Sie öffnet die Tür einen Spalt weit und sieht Mitzi am Bett stehen, Kelleys Hand halten und gedankenversunken und liebevoll auf sein Gesicht starren.

»Ist er wach?«, fragt Margaret. »Oder …?«

Mitzi nickt und bedeutet Margaret einzutreten.

»Er hat nach dir gefragt«, sagt Mitzi.

Wirklich?, denkt Margaret. Kelley kann nicht mehr sprechen, daher ist es unwahrscheinlich, dass er nach Margaret »gefragt« hat, doch sie ist dankbar für die Lüge oder Übertreibung oder Intuition. Vielleicht hat Mitzi gespürt, dass Kelley, wenn er noch sprechen könnte, nach Margaret fragen würde. Auf seltsame Weise hat die ganze Geschichte – mit der Pension, den Kindern, sogar seiner Ehe mit Mitzi – an dem Tag begonnen, an dem Kelley und Margaret sich in New York City kennenlernten.

Margaret beugt sich vor, sodass ihre Stimme in Kelleys Ohr ist.

»Hey, alter Freund«, sagt sie. »Ich bin's, Maggie. Ich möchte dir nur sagen …« Es schnürt ihr die Kehle zu. Sie braucht einen Moment, um sich zu fassen, und drückt Kelleys Hand. »Ich möchte dir danken, Kelley Quinn. Für all die Jahre, die wir hatten. Für unsere drei bemerkenswerten, wunderbaren Kinder. Und für deine Liebe. Denn trotz allem war da immer Liebe.«

Kelleys Augenlider flattern.

Margaret küsst Kelley auf die Wange, dann lässt sie seine Hand los. Sie tritt Schritt für Schritt zurück und sieht zu, wie Mitzi zu Kelley in das Krankenhausbett klettert und ihm ihren Kopf auf die Brust legt.

Sie wird ihn im Arm halten, bis es vorbei ist, denkt Margaret. Das ist schön und richtig so – aber auch sehr, sehr traurig. Tränen fließen ihr lautlos die Wangen hinunter.

Drake steht in der offenen Tür und wartet auf sie. Er legt ihr einen Arm um die Schulter, weiß jedoch, dass er sie nicht drängen darf. Sie schaut ihm in die Augen.

»Ich habe nie gedacht, dass es einmal enden würde«, sagt sie.

»Ich weiß«, sagt Drake.

Aber weiß er es *wirklich*?

Margaret dreht sich zu einem letzten Blick auf Kelley um, doch die Person, die sie da im Bett sieht, ist sie selbst in dem Moment, nachdem sie Patrick zur Welt brachte. Man hatte ihr das Baby eben auf die Brust gelegt, und Kelley war neben ihr, strahlend und weinend zugleich.

»Wir haben einen Sohn, Maggie«, sagte er. »Einen gesunden kleinen Jungen.«

Margaret erinnert sich, wie es sich anfühlte, ein Neugeborenes zu halten, wie die Liebe in ihr anschwoll, bis sie zu platzen meinte. Das Leben erschien ihr wie ein goldenes Band, das sich in die Ewigkeit abspulte. Sie waren Eltern. Alles begann gerade.

»Komm ins Bett«, sagt Drake.

»Ja«, sagt Margaret. »Okay.« Sie weiß, dass es das Richtige ist. Sie folgt Drake hinaus in den Flur und schließt die Tür hinter sich, damit Kelley und Mitzi Frieden finden.

DANKSAGUNGEN

Hier ist die wahre, verrückte Geschichte der Winter-Street-Reihe.

Im Sommer 2013 riefen mich Mitarbeiter meines Verlags Little, Brown and Company an und sagten, ein für die Adventszeit geplanter Titel sei geplatzt. Sie wollten wissen, ob ich in vier Wochen einen Weihnachtsband schreiben könne. Ich saß damals gerade an *Das Sommerversprechen,* einem, wie manche von Ihnen wissen, emotional aufwühlenden Roman, und da ich mich nicht davon ablenken lassen wollte, lehnte ich ab. Der Gedanke an einen Weihnachtsroman faszinierte mich jedoch, deshalb versprach ich ihnen, im nächsten Jahr einen zu schreiben. Mir kam die Idee zu einer Weihnachtstrilogie, die in einer Pension spielt und in der es um eine Patchworkfamilie mit vielen Problemen geht. (Mit *vielen* Problemen.) Den ersten Band dieser Trilogie wollte ich *Weihnachten mit den Quinns* nennen.

Dieser Titel gefiel nicht nur niemandem bei Little, Brown and Company, sondern auch das Konzept einer Trilogie sagte ihnen nicht zu. Ich konnte es ihnen nicht verübeln: Ich war eine unbekannte Größe im Weihnachtsgeschäft, und man wollte testen, wie sich ein Weihnachtsroman, verfasst von der »Königin der Sommerlektüre«, verkauft. Ich reichte ein Manuskript mit dem Titel *Winter Street* (deutsch *Winterglanz*) ein, zugleich der Name einer real existierenden Straße auf Nantucket, obwohl es dort keine Pension gibt, und ich bin ziemlich sicher, dass den echten Bewohnern der echten Winter Street jetzt ständig Leute ins Fenster schauen. Tut mir leid! Allerdings verpasste ich ihm als Ende einen Cliffhanger – und voilà! Ich bekam einen Vertrag für zwei weitere Bände.

Ganz verrückt wurde es dann im Sommer 2016, als meine Lektorin Reagan Arthur mich anrief und fragte, ob ich bereit sei, einen *vierten* Winter-Street-Band zu schreiben. Den vierten Band einer Trilogie? Ich hatte das Gefühl, mit dem Ende von *Winterhochzeit* alle Handlungsstränge abgeschlossen zu haben, aber nach gründlicher Überlegung wurde mir klar, dass ich eine »doppelte Fortsetzung« zustande bringen könnte, wenn ich einige Figuren aus *Das Licht des Sommers* einfügte und ihre Geschichten miteinander verwob.

Und so haben wir meiner Lektorin Reagan Arthur dieses Buch zu verdanken, das zu schreiben mir dann sehr viel Freude bereitete. Ich habe ihr diesen Roman nicht nur gewidmet, weil sie für seine Existenz verantwortlich ist, sondern auch, weil sie das Geheimnis meines Erfolgs ist. Dies ist der fünfzehnte Roman, an dem ich mit ihr zusammengearbeitet habe. Für ihre Sensibilität habe ich die größte Hochachtung; ihre Meinung ist mir von allen die wichtigste. Sie hat immer recht, und meine letzten fünfzehn Romane wurden durch ihr herausragendes Lektorat enorm verbessert.

An dieser Stelle möchte ich verraten, dass meine Lieblingsfigur stets Margaret Quinn war, und dass ich zu ihr inspiriert wurde von dem Schuldgefühl, das ich selbst verspüre, wenn meine Karriere es erfordert, dass ich so viel Zeit ohne meine Kinder verbringe. Ich habe wie Margaret zwei Söhne und eine Tochter. Der Versuch, zwei Jobs gleichzeitig zu erledigen, ist wohl das Dilemma berufstätiger Mütter überall auf der Welt. Ich beschloss, mir dadurch zu einem besseren Gewissen zu verhelfen, dass ich Margaret zur Heldin machte; in *Winterglanz*, dem ersten Band, rettet sie die Lage. Hoffentlich habe ich auch ihre Menschlichkeit wiedergegeben, damit jede berufstätige Mutter sich selbst ein Stück weit in Margaret sehen kann.

Wie immer möchte ich meiner Familie danken und meinen Freunden, die für mich wie Familie sind; ihr wisst, wen ich meine (nach so vielen Büchern wissen es auch alle anderen!). Besonders hervorzuheben ist meine allerliebste Freundin Elizabeth Almodobar, von der ich die Immobiliengeschichten habe, die meine Fantasie anregten.

Zwei Drittel dieses Romans habe ich auf St. John USVI verfasst, einer zweiten Insel, die mir nicht nur ein Zuhause geworden ist, sondern auch eine Zuflucht. Für diejenigen unter Ihnen, die das Ende der Winter-Street-Reihe beklagen, habe ich (womöglich) gute Nachrichten: Ich werde eine neue Trilogie schreiben, die auf St. John spielt. Ich kann nur hoffen, dass es mir gelingt, dieser atemberaubenden Insel und all den faszinierenden Menschen, die dort leben, gerecht zu werden.

Ein Dankeschön an all meine Fans und treuen Leser, die

den Quinns in den letzten Jahren gefolgt sind. Manche von ihnen sagen, dass ihnen von meinen Romanen diese die liebsten sind, und das gilt in gewissem Sinne auch für mich. Die Quinns werden mir immer teuer sein und in meinen Gedanken und meinem Herzen weiterleben.

Zum Schluss möchte ich meinen Kindern Maxwell, Dawson und Shelby danken. Je älter ihr werdet, desto mehr erstaunt ihr mich mit euren Begabungen und eurer Freundlichkeit. Womit habe ich so viel Glück verdient? Eure Mutter zu sein ist eine Ehre. Ihr sorgt dafür, dass mir jeder Tag wie Weihnachten erscheint. (Okay, *fast* jeder Tag.) Ich liebe euch.